ars vivendi

THOMAS PALZER

NACHTWÄRTS

ROMAN

ARS VIVENDI

Originalausgabe

1. Auflage Februar 2014

www.arsvivendi.com
Lektorat: Stefan Imhof
Korrektorat: Eva Elisabeth Wagner
Umschlaggestaltung: Philipp Starke, Hamburg
Druck: CPI Ebner & Spiegel, Ulm
Gedruckt auf holzfreiem Werkdruckpapier der Papierfabrik Schleipen. Das eingesetzte Material stammt aus ökologisch und sozial verantwortungsvoller Forstwirtschaft.
Printed in Germany

ISBN 978-3-86913-412-3

NACHTWÄRTS

On se sent plutôt la qu'ici.
Henri Michaux

ERSTER TEIL

1

»Kanallje!«, zischte Laurens.

»Kanallje?« Der Angesprochene machte eine spöttische Miene. »Auf Französisch kläng's besser!«, schob er nach.

In den Gesichtern rundum: fettes Grinsen.

»Ne me casse pas les couilles.«

Einen provozierend blöden Ausdruck im Gesicht, fasste sich der Junge in den Schritt. Dann trat er mit versteiften Extremitäten ein paar Mal roboterhaft auf der Stelle. In halbamtlichem Tonfall gab er die Imitation einer bekannten Formel.

»Meinten Sie ›Canaille‹?«

Grölendes Gelächter.

»Kanallje.«

Mit hochrotem Kopf drehte Laurens ab.

Als nach der sechsten Stunde die Glocke schrillte, wurden auf allen drei Stockwerken des Hrabanus-Maurus-Gymnasiums in Hamburg-Othmarschen die Türen aufgestoßen, und Horden von Schülern strömten in die Mittagspause.

Vor der Haupttreppe kam es zum Stau. Man drängelte, puffte, gab zurück. Bis man von dem Strom, der sich die breiten Stufen hinabwälzte, mitgerissen wurde.

Tosend trieb man dem Ausgang zu.

Laurens mittendrin.

Verloren wie ein Stück Treibholz.

Seit dem Morgen schneite es ununterbrochen, und der Schulhof war mit einer dicken Schicht weißer Flocken bedeckt. Die Spuren der zweiten Pause hatte der neu gefallene Schnee längst unter sich begraben, und nur die Abdrücke des Hausmeisters gab es zu sehen, die dicht am Gemäuer entlangliefen.

Sich aus der Menschenwelle lösend, die förmlich ins Freie schwappte, hatte es Laurens eilig, den Hof zu überqueren und auf die leeren Fahrradständer unter dem schneebedeckten Wellblech und den Ausgang zuzusteuern.

Abseits der Rufe und des Geschreis war von Weitem der Hafen zu hören.

Obwohl im Anschluss an die Mittagspause noch zwei Unterrichtsstunden abzusitzen waren, hatte er den Entschluss gefasst, der Schule den Rücken zu kehren und nach Hause zu pilgern.

Heute war nicht sein Tag. Gleich in der ersten Doppelstunde hatte ihn Darius vor der versammelten Klasse blamiert. Wieder einmal.

Sein Herz begann zu klopfen.

Er sah noch vor sich, wie Darius sich in seinem Stuhl genüsslich dehnte, bevor er sich langsam aufrichtete und zur allgemeinen Erheiterung das Maul auf- und zuklappte.

»An deiner Stelle würde ich mich stumm schalten.«

Klapp, klapp.

Grölendes Gelächter.

Laurens spürte, wie ihm die Wut in den Kopf stieg. Weil er aufgerufen worden war, hatte er sich von seinem Platz bereits erhoben. Jetzt ragten er und Darius aus dem Meer der Köpfe. Wie zwei Leuchttürme standen sie da, für niemanden zu übersehen.

Zwei Positionen, vier Koordinaten.

Todfeinde.

D 4?

Wasser.

H 8?

Versenkt.

Diesmal war er es, der die Niederlage einstecken musste. Wie immer, wenn sie Französisch hatten.

Anders als Darius war er nicht imstande, Vokabeln wie »marjolaine«, »émeraude« oder »murmure« so ausklingen zu lassen wie ein Instrument, wenn kein Finger mehr die Tasten oder Saiten berührt.

Seinem Kontrahenten dagegen perlten die Worte förmlich von der Zunge. Jeden Satz, den er sprach, beendete er mit der für das Französische typischen Betonung der letzten Silbe. Auf sein sprachliches Talent bildete er sich ungeheuer viel ein.

Darius war zweisprachig aufgewachsen. Seine Mutter war eine Frankokanadierin, die in Brest für ein maritimes Unternehmen als Dolmetscherin gearbeitet hatte, bevor es sie an der Seite ihres deutschen Mannes nach Hamburg verschlug.

Mehr als andere hatte er Laurens, den Reedersohn, auf dem Kieker.

Und das hatte seinen Grund.

Darius war der unbestrittene Hahn der Mittelstufe. Für Laurens ein überaus schmerzlicher Umstand. Sein einziger Trost bestand darin, dass ausgerechnet dasjenige Mädchen, für das sein ärgster Feind schwärmerische Gefühle hegte, davon völlig unbeeindruckt blieb. Dieses Mädchen war seine Schwester Finn. Finn war gegen Darius immun. Um ein Jahr älter, befand sie sich eine Klasse über ihnen in der 10a.

Für ihr Verhalten ließ Darius Laurens büßen.

»Canaille.«

Darius hatte ihm das Wort förmlich entgegengespien. Seine tyrannischen Gefolgsleute waren gleich zur Stelle. Nach kurzem Gerangel nahmen sie ihn in den Schwitzkasten.

Dass man es versäumte, ihm die Nase blutig zu schlagen, hatte er einzig und allein dem Umstand zu verdanken, dass der Klasse ja noch weiterer Unterricht bevorstand und keiner scharf darauf war, von den Lehrkräften in die Mangel genommen zu werden.

In der ersten Pause machte man mit den Hänseleien weiter, in der zweiten wurde das Spiel unverdrossen fortgesetzt.

Und jetzt?

Patsch!

Laurens schrak zusammen. Unwillkürlich fasste er sich ins Genick. Ein Schneeball hatte ihn getroffen.

Er wusste sofort, woher das Geschoss kam. Er wusste, dass er sich nur umzudrehen brauchte, um in Darius' breit grinsendes Gesicht zu blicken – und in das hechelnde Echo seines Anhangs. Der Impuls, diese heimtückische Attacke sofort mit einem Gegenschlag zu parieren, loderte heftig in ihm auf. Aber er bezwang sich. Stoisch ging er weiter auf das Torgitter zu, das nur angelehnt war.

Plötzlich prasselten die Schneebälle nur so auf ihn ein – begleitet von höhnischen und aufstachelnden Rufen. Laurens spürte, wie die Horde in seinem Rücken näher und näher kam, und er wusste, dass er sich jetzt entweder zur Wehr setzen oder die Beine in die Hand nehmen musste, eine andere Wahl hatte er nicht. Und in Anbetracht der zahlenmäßigen Übermacht seiner Feinde entschied er sich für Letzteres.

Völlig außer Atem kam er nach zwanzigminütigem Sturmschritt zu Hause an.

Dilya, dem usbekischen Hausmädchen, ging er ebenso aus dem Weg wie dem Mittagessen, das ihn am langen Esstisch erwartete, wo es allmählich kalt wurde. Jeden Morgen saß man um das Kopfende herum, zu dritt, der Vater, die Schwester und er, sodass der Tisch von der Traube, die man zusammen bildete, aus seinem optischen Gleichgewicht gebracht wurde.

Finn befand sich noch in der Schule, und der Reeder war um diese Zeit sowieso nicht da. Nur Addax, der Dobermann, sah ihn mit schief gelegtem Kopf treuherzig an und ließ seinen Schwanz wie einen Scheibenwischer über das Parkett gleiten.

Von allen in der Firma und am Hafen wurde ihr Vater »Reeder« genannt, und so hatten auch Laurens und die Schwester sich entschlossen, ihn »Reeder« zu nennen.

Nur Freunde riefen den Reeder »Uwe«, aber sie, die Geschwister, waren nicht seine Freunde. Seit dem Weggang ihrer Mutter waren sie sein Eigentum. Sie waren übler dran als alle, die für ihn arbeiteten.

In seinem Zimmer schleuderte Laurens den Ranzen in die Ecke und warf sich aufs Bett. Er war wütend auf sich und auf die Strafe, die er wegen seines Fernbleibens vom Unterricht unter Garantie aufgebrummt bekommen würde. Lebhaft konnte er sich ausmalen, wie Darius und seine Gefolgsleute nichts Besseres zu tun hatten, als genau in dieser Minute die Lehrkraft mit gespielter Verwunderung auf sein unentschuldigtes Fehlen aufmerksam zu machen.

Die Fäuste in die Augenhöhlen gedrückt, sodass bunte Sternchen vor ihm tanzten, hatte er plötzlich die rettende Idee. Er würde Dilya den Arzt rufen lassen und sich krank stellen. Noch zwei Wochen waren es bis zu den Weihnachtsferien, und warum sollte er diese Zeit sinnloserweise in der Schule absitzen, Darius' Gemeinheiten ausgesetzt? Besser war es doch, sich auf die andere Welt vorzubereiten, die ihn und die Schwester nach Neujahr erwartete – die Welt der Tante in der Rue Henri Beyle im 5. Arrondissement, wo Baladine mit ihrem Mann lebte.

Baladine …

Dreimal manipulierte die Zunge den Luftstrom, wenn er den Namen halblaut aussprach.

Schon im vergangenen und vorvergangenen Jahr hatten er und Finn die Ferien zwischen Neujahr und Schulbeginn bei der Tante verbracht, die selbst kinderlos geblieben war. Und dieses Mal freute sich Laurens besonders auf sie, wahrscheinlich, weil es das dritte Weihnachten ohne die Mutter war, und er wie die

Schwester jetzt ziemlich genau wussten, was das bedeutete: allein sein mit dem Reeder.

Laurens drückte die Augen fester zu, um Baladines Gestalt besser zu erkennen.

2

Mit beiden Händen zog er von innen die Schiebetür zu. Abgesehen von ein paar Ritzen, durch die spärlich Licht fiel, war es im Schrank jetzt vollkommen dunkel. Als wären die Augen geschlossen.

Nichts lenkte mehr ab. Auf Strümpfen bahnte er sich vorsichtig einen Weg. Es war eine gedämpfte, fast geräuschlose Welt, in die er sich begab; eine, die ihn mit tausend Flügeln streifte, berührte; die tollpatschig immer wieder über sein Gesicht strich.

Anfangs war da eine gewisse Absichtlichkeit, aber die verlor sich rasch. Er stolperte über unsichtbare Schuhe, über Stiefel, Halbschuhe, Sandaletten, Pumps; er trat auf Kartons und auf Schuhspanner aus Holz oder Plastik, auf Schrankpapier, das unter seinem Gewicht verrutschte. Er trat auf etwas, das ihn zunächst erschreckte, weil es weich war und nachgiebig: Schuhe aus Segeltuch. Gleich darauf stieß er mit dem großen Zeh gegen etwas Hartes. Zögernd und auf alles gefasst umfuhr er das Ding mit dem Fuß. Eine flache, vielleicht einen Zentimeter dicke Scheibe.

Zedernholz. Um die Motten fernzuhalten.

Wachsam tastete er sich weiter.

Er hatte diese überraschende und abgründige Welt letzten Sommer in Paris entdeckt, als ihn gewisse Nachforschungen in das Schlafgemach und schließlich in den begehbaren Schrank der Tante geführt hatten. Und jetzt brauchte er dank des gutmütigen Dr. Dewens und seiner eigenen Simulationskünste bis zu den Ferien nicht mehr in die Schule, durfte zu Hause in Othmarschen bleiben, in dem Palast, in dem sein Vater, der Reeder, ihn und die Schwester gefangen hielt.

Er hatte Finn von seiner Entdeckung erzählt, von den Trips, die man im Schrank unternehmen konnte, aber diese hatte ihn eingedenk des Vorfalls mit Baladines Strümpfen nur komisch angesehen, ohne näher darauf einzugehen.

Es war Neujahr, ein diesiger Vormittag. Von unten war Dilya zu hören, die das Frühstücksgeschirr abräumte. Der Reeder war beim Joggen. Finn steckte in ihrem Zimmer.

Von der Stille im Raum nur durch ein dünnes Furnier getrennt, kämpfte er sich durch den Andrang von Stoffen wie durch dicht gestaffelte Vorhänge. Bügel um Bügel schob er beiseite, teilte die Dunkelheit wie Portieren, von denen jede ihn dem Ziel seiner Wünsche näherbrachte. Portieren aus Seide oder Wolle oder schwerem Loden teilte er, oder aus Jersey, der sich kühl anfühlte. Er steigerte sich hinein und hatte bald den Eindruck, in eine ihm unbekannte Welt vorzustoßen.

Und während er an Blusen, Schals, Pelzmänteln vorbeiruderte, an Kostümen und Hosenanzügen, Strickkleidern und Abendroben, vorbei an Weichem und Kratzigem und an der Glätte von Leder, da geschah es, dass er glaubte, Stimmen zu hören, Stimmen, die von einem Ort her auf ihn zukommen, der sich mit jedem Wort, das fällt, stärker ausdehnt, mit jedem Gedanken, der daran anschließt, bis er selbst Teil dieses Ortes geworden ist.

Er kann nicht beschwören, dass die Stimmen wirklich da sind, vielleicht werden sie von seinem Kopf nur erfunden, aber die Stoffe, die er sorgsam zwischen den Fingern befühlt, gehen ungehindert als Aspekte von etwas ganz anderem in diesen Ort ein. Von den Bildern, die sich einstellen, wird er überrascht, von ihrer Intensität und Kraft. Manchmal streckte er den Arm aus, um die wolkigen Gebilde, die er vor sich sah, mit den Fingerspitzen zu berühren, aber natürlich griff er durch sie hindurch ins Leere.

Was ihn über diesen eigentümlichen Pfad führte, waren neben seinen erkundenden Händen die Gerüche – war das Gemisch aus Staub und Vergänglichkeit, das den Klamotten, die einmal seine Mutter getragen hatte, wie ein verjährter Zauber entstieg. Es roch süßlich. Es benebelte ihn. Es zog ihn magisch an. Manchmal bildete er sich auch ein, Puder zu riechen oder Parfum – den Duft angenommener, ihm noch rätselhafter Weiblichkeit. Tief nahm er diesen Duft in sich auf.

Es war mittlerweile das fünfte Mal, dass er den Schrank mit dem Vorsatz betrat, Baladine zu besuchen oder seine abhandengekommene Mutter – in einem eigentlich unnützen, klobigen Möbel, in dem ihre Sachen aufbewahrt wurden, wahrscheinlich bis zum Sankt-Nimmerleins-Tag, denn niemand kümmerte sich mehr darum.

Der Schrank befand sich zusammen mit anderen ausgelagerten Möbeln in einem verwaisten Zimmer im ersten Stock, dem ehemaligen Spielzimmer.

Finns Reaktion war eindeutig und zeigte ihm, dass sie von dem, was er da veranstaltete, nicht viel hielt. Eigentlich überhaupt nichts. Obwohl er sie in das Geheimnis seiner Reisen einweihte. Die ganze Sache war ihr suspekt. Das ließ sie ihn deutlich spüren.

»Du hast schmutzige Gedanken«, tadelte sie. »Die Mädchen in meiner Klasse mögen dich nicht.«

»Die Mädchen in deiner Klasse sind mir völlig egal«, entgegnete er. »Sie interessieren mich nicht. Sie sind viel zu jung.«

»Zu jung? Dass ich nicht lache. Du hast ja gerade mal den Stimmbruch hinter dir.«

Doch es war Finn anzusehen, dass sie dem Bruder die »Reisen« nicht abnahm. Sie fragte sich, was er zwischen all den Frauenklamotten wirklich trieb – Klamotten, die im Übrigen längst aus der Mode waren.

Zog er sie sich an?

Vielleicht hatte sie mal irgendwo etwas über solche Typen gelesen.

Vor dem inneren Auge sah sie Laurens den Kopf schütteln.

Mit fünfzehn war sie in einem misstrauischen Alter.

Zumal der Vorfall mit den Strümpfen der Tante noch allen deutlich vor Augen stand. Letzten Sommer …

Natürlich suchte er bei der Mutter nicht das, was er im Schrank von Baladine gesucht hatte. Beides hing nur auf eine vertrackte und ihm unverständliche Weise miteinander zusammen.

Die Gedanken daran verscheuchte er gleich wieder.

War das, was er da im Dunkeln trieb, normal?

Natürlich war es normal. Es handelte sich nur um eine Reise.

Er musste zugeben, dass man allerdings genau das bezweifeln konnte. Die Umstände sprachen ja dafür, dass es um irgendwas Verbotenes ging. Wozu sonst die Geheimnistuerei? Doch wohl, um sich der Kontrolle zu entziehen. Das war schwerlich zu bestreiten.

Unbestreitbar war für ihn aber auch, dass seine Kindheitserinnerungen ihm das Recht verliehen, den Schrank wie ein Reservat zu betreten. Ein Reservat war ein geschützter Bezirk, eine Schonung. Ein Reservat gewährte Zuflucht.

Niemandem sollte es einfallen, an diesem Recht zu rühren. Schon gar nicht seiner Schwester.

Als er das letzte Mal den Schrank verlassen hatte, hatte ihn Finn überrascht. Sie lag auf dem alten Sofa, das unter dem Fenster stand, und wartete ab. Wartete, bis er wieder hervorkam. Sie belauerte förmlich sein Treiben hinter dem senfbraunen Furnier. Es war ihr ungeheuer, und irgendwie hoffte sie, ihm eines Tages vom Gesicht ablesen zu können, was er im Inneren des hölzernen Ungetüms anstellte.

»Kannst du dir vorstellen, dass Männer auf Tampons eifersüchtig sind?«, fragte sie ihn sogar, um ihm eine Falle zu stellen.

Man muss Laurens' Reisen näher erklären.

Natürlich besucht er im Schrank nicht seine reale Mutter, es war komplizierter. Seine Mutter war ja nicht tot; sie war nur *wie tot*. Es hieß, dass sie viel unterwegs sei, da sie angeblich für das Reisemagazin einer orientalischen Fluggesellschaft arbeitete. Sie lebe in Marrakesch und habe wieder ihren Beruf als Fotografin ergriffen.

Genau genommen unternimmt Laurens, wenn er durch den Schrank reist, eine Fahrt zu einem namenlosen Woanders, wo es für Typen wie Darius keinen Platz gibt. Für grobschlächtige Leute war das Woanders viel zu vage. Paradoxerweise war es aber bei aller Vagheit körperlich erfahrbar. Das Woanders nährte sich von der Dunkelheit und von der tiefen Ruhe, die in dem Möbel herrschte; von dem wenigen Raum zwischen den Kleidern, der in Wahrheit Landschaften und ganze Kontinente in sich barg; von den verführerischen Ausdünstungen der Stoffe.

Der Schrank war eine Wunderkammer. Eine Raum- und Zeitmaschine. Zum Beispiel liebte es Laurens, wenn er in das elterliche Haus seines Freundes Mika versetzt wurde, nur ein paar Straßen weiter. Das geschah in jüngster Zeit öfter. Hier sah er sich oben unter dem Dach, wo die Kinderzimmer lagen, an einer besonders engen Stelle darauf hinarbeiten, dass Mikas Schwester Lia endlich in der Tür zu ihrem Zimmer erschien und natürlich so tat, als sei sie von seiner Anwesenheit völlig überrumpelt. Lia trug Strumpfhosen und darüber ein dünnes schwarzes Sporttrikot. Sie wusste genau, dass Laurens nach der Schule mit ihrem Bruder mitkam, denn die beiden rumpelten so laut die Treppe herauf, dass es unmöglich zu überhören war.

Er sah sich dastehen und das Spiel erdulden, das jetzt folgte, die vorhersehbaren, unerträglichen Verzögerungen, aus denen es zu großen Teilen bestand. Sie dienten einer mehrfachen Brechung in Lias Bewusstsein, die sich so selbst weismachen konnte, in die Kammer, deren Durchgang er mit seinem Körper versperrte, unbedingt eintreten zu müssen. Mit einem elektrisierenden Glimmen in den Augen kam sie näher, um ihren Körper an seinem in Zeitlupe vorbeizudrücken und sein Herz mit ihren harten Knospen in Aufruhr zu versetzen.

Laurens war stehen geblieben, setzte die Reise jetzt aber fort. Umweht vom Geist der Mutter, war ihm in der Welt des Schranks viel mehr erlaubt als in der Realität. Was er hier erlebte, schien ihm so viel realer zu sein als alles, was die Realität an Erlebnissen bot, so viel intensiver, dass er sich gegen die Existenz der sichtbaren Welt entschied. Es gab sie nicht. Sie existierte so wenig wie die Mutter. Für ihn und Finn gab es keine Mutter. Sie war so wenig real wie die Realität. Beide waren woanders.

Laurens weiß natürlich, dass sein Weg im Innern des Schranks parallel zu jenem Doppelglasfenster verläuft, welches das Spielzimmer auf der gegenüberliegenden Seite begrenzt und auf die Elbe zeigt sowie auf dahinterliegende Containerterminals. Aber dieses Wissen gerät mit seiner Entdeckung keineswegs in Konflikt. Im Schrank kommt er sich nicht etwa vor wie in einem Schattenreich, wie in einem Paradies falscher Vögel. Nein, es ist eher umgekehrt.

An diesem Neujahrsmorgen klappte die Reise allerdings nicht so wie geplant. Zu mächtig und geräuschvoll war das Draußen, die Welt des Reeders, die aus Tonnagen und Frachtraten bestand und eigentlich nicht existierte. Das Tuten der Schiffe drang zu ihm und Glockengeläute. Und in der Villa ging es viel zu umtriebig zu. Ständig hörte man jemanden die Treppen laufen: Dilya, das Hausmädchen, Addax oder den Reeder. Als hätte es eine geheime Absprache gegeben. Fehlte nur noch Frisbee, der Kater, aber den hörte man nicht.

Als Laurens aus dem Schrank kam, fiel sein Blick gleich auf die Schwester, die die ganze Länge des Sofas einnahm. Erwartete sie ihn also wieder …

Sie sah verändert aus. Beim Frühstück war sie normal gekleidet gewesen. Jetzt täuschte sie etwas vor. Sie musste sich umgezogen haben. Sie trug einen dunkelblauen Faltenrock zu gleichfarbigen Kniestrümpfen, eine weiße Bluse und darüber einen grauen Pullover mit V-Ausschnitt, bei dem auf Höhe der rechten Brust ein dunkelblauer Anker eingestickt war.

Die Parodie eines Matrosen, dachte er.

Das Kinn auf dem Handballen, das eine Ohr frei, blickte sie ihn forschend an, seufzte schließlich und sagte:

»Wir müssen los.«

3

Die Unebenheiten der Straße gab der Wagen nur gedämpft an die Insassen weiter. Aber Laurens tat so, als würde sein Kopf auf dem Rückpolster hin- und hergeworfen.

Er genoss es, zu übertreiben.

Neben ihm saß die Schwester und spielte auf der Tastatur ihres Telefons mit beiden Daumen Klavier. Sie nutzte die Fahrt, um Neujahrsgrüße in die Welt zu verteilen.

Ihm war das unverständlich. Wie ließ sich nur so viel Energie an die Verkündung einer Tatsache verschwenden?

Neujahr.

Neujahr braucht man nicht zu verkünden, Neujahr wird verhängt. Über jeden. Ob man wollte oder nicht.

Für einen Moment unterbrach er sein Theater und schielte hinüber zu Finn.

Manchmal nervte sie schrecklich.

Die Schwester war in ihre Tätigkeit dermaßen versunken, dass er es wagen konnte, ihr Profil zu studieren, ohne Gefahr zu laufen, ertappt und von ihr einer peinlichen Befragung unterzogen zu werden. Zum wiederholten Mal versuchte er das Geheimnis ihrer Überlegenheit zu ergründen.

Doch seine Studien führten zu keinem Ergebnis.

Es blieb dabei. Sie nervte.

Um vor Baladine zu glänzen (und uneingestandenermaßen, um in ferner Zukunft Darius auszustechen), hatte er vor Kurzem angefangen, mit Finn bei allen möglichen Gelegenheiten französisch zu parlieren. Im Gegensatz zu ihm tat sich die Schwester nicht schwer damit.

»Nur ein Dialekt des Lateinischen«, bluffte sie großspurig.

Sie musste ahnen, was der Grund für den bemerkenswerten

Eifer war, den er seit Neuestem an den Tag legte, denn zu seinem Ärger fing sie an, ihn zu schulmeistern. Jedes Wort, das er falsch aussprach, wiederholte sie in der korrekten Aussprache.

Au fond ça m'est bien égal!

Gepeinigt starrte er gegen den Wagenhimmel und rollte die Augen.

Arriviste!

Ein schiefes Grinsen legte sich auf sein Gesicht.

Er senkte den Kopf, um die Aufmerksamkeit nach vorne auf den Reeder zu richten, der den dunkelblauen Maserati Quattroporte mit unbewegtem Gesicht nach Steinwerder lenkte.

Es ging zum Schwimmdock fünf der Werft Blohm + Voss, in dem normalerweise die angeberischen Jachten von russischen oder saudi-arabischen Milliardären darauf warteten, überholt zu werden. Wegen der Benefizveranstaltung, die gleich dort stattfand, war das Dock trockengelegt.

Der Reeder hatte sie gezwungen, sich in Schale zu werfen, weil zu der Veranstaltung vorhersehbar alles aufkreuzte, was in der Hansestadt Rang und Namen hatte.

Was für ein gemischtes Völkchen! Die einen scharf darauf, die Schuld, die sie in den Augen der Gemeinschaft durch die Anhäufung von unverschämt viel Geld auf sich geladen haben, mit einem wohltätigen Opfer symbolisch abzutragen. Die anderen darauf versessen, sich vor ausreichend großem Publikum zu produzieren.

Und alle nah am Wasser.

Es ging um krebskranke Kinder.

»Zieht euch anständig an«, hatte der Reeder in einem Ton gesagt, der ihnen klarmachte, dass sie andernfalls Paris würden knicken müssen.

Aber Paris war das, was sie im Kopf hatten – Laurens und die Schwester. Paris bedeutete ein paar Tage Ferien vom Leistungsdruck, von Moralpredigten und von den täglichen Querelen. Die Tante und ihr Mann Edgar, der Bruder des Reeders – sie Pädagogin, er EU-Beamter –, boten ihnen in 11, Rue Henri Beyle einen Tagesablauf, den sie weitgehend nach eigenen Vorstellungen gestalten durften.

Das Ehepaar war der Reformpädagogik zugetan, in der der Reeder, wie sie wussten, freilich nicht mehr erkennen konnte als das unverblümte Eingeständnis, dass Erziehung stets Anmaßung war.

Es ist ganz einfach: Die Größeren wollen Befehle erteilen, und die Kleineren sollen sie empfangen.

Jedenfalls: Am Abend ging der Zug. Und um die Reise nach Paris nicht zu gefährden, war es klug, die Anweisung widerspruchslos zu befolgen und auf alles zu verzichten, was dem gediegenen Kleidungsstil des Reeders widersprach.

Und jetzt rollte die Limousine auch schon über das Werftgelände. Bis zum Beginn der Veranstaltung blieb nicht mehr viel Zeit.

Laurens sah, wie Finn die Wagentür hinter sich ins Schloss warf. Whoumm. Er liebte dieses satte Geräusch, wenn die Luft im Innern der Zelle gestaucht wurde.

Dann stieg er selbst aus.

Mit zur Schau getragener Achtlosigkeit ließ er entgegen seiner Liebhaberei den Schlag offen stehen. Als wollte er sagen:

Bitte, steigt ein, wenn euch danach ist.

Eine Geste, die seinem vagen Rebellentum geschuldet war.

Nichts. Kein Gebell, das ihn im Rücken ereilte und zur Umkehr zwang. Offenbar weigerte sich der Reeder, den Affront zur Kenntnis zu nehmen. Meistens war er empörend gleichgültig.

Die Ohren nach hinten gestellt, vernahm Laurens deutlich, wie die Tür des Maseratis ins Schloss gedrückt wurde. Sachte und kommentarlos. Daraufhin die Fahrertür. Vor dem inneren

Auge sah er den Reeder folgen. Er wusste, dass er sich nach ein paar Metern noch mal umwenden und per Funk die Zentralverriegelung betätigen würde.

»Scheiße.«

Das war unverkennbar seine Stimme.

Laurens bewegte leicht den Kopf. Jede übertriebene Anteilnahme war im Hinblick auf ihr ungeklärtes Verhältnis fehl am Platz.

In den Augenwinkeln erkannte er, dass der Reeder beim Rückwärtslaufen in eine Pfütze getreten war.

»Scheiße.«

Finns Miene offenbarte, dass sie sich in Scheinheiligkeit übte.

Die Geschwister liebten es, unausstehlich zu sein. Es ersparte ihnen, dass man sie als Gehilfen der lästigen Realität betrachtete.

Das eisige, schmutzig-graue Elbwasser schlug mit feiertäglicher Monotonie gegen die Kaimauer. Am grauen Himmel das Geschrei der Möwen.

Sich an die Fersen der Schwester heftend, eilte Laurens zum Eingang an der Ostseite, wo man unter das Vorzelt der mächtigen, geradezu wilhelminischen Stahlkonstruktion trat.

Es war bereits einiges los.

Trotz der eintausend Euro, die man für das Einzelticket berappen musste, schien die Rechnung der Veranstalter aufzugehen, die mit deutlich über tausend Gästen gerechnet hatten, vor allem mit Fernsehköchen, Sportlern, Wetterfröschen, Rappern und anderer Prominenz – kurz: mit der Elite der Gegenwart. Wenn man sich umblickte, hatte man den Eindruck, dass sie vollzählig angetreten war.

Und mittendrin der Reeder. Er war namhaft genug, um zu solchen Veranstaltungen eingeladen zu werden. Die Stadt Hamburg sah in ihm eine fiskalische Größe.

Inzwischen waren die Geschwister von ihm eingeholt worden. Man sah den stoßweisen Atem vor seinem Mund. Alle zusammen passierten sie die Kontrolle.

Im Zelt Lärm und Hitze und Gedrängel an den Garderoben. Au complet hatte man sich herausgeputzt. Von den dreien gab nur der Reeder den Mantel ab.

Laurens kramte in seinem Gedächtnis.

Sommes-nous au complet?

In das pausenlose Geplapper mischte sich penetranter Geruch von Haarspray und Duftwasser.

Er sah, wie Finn die Nase kräuselte. Im Hinblick auf Ausdünstungen war sie überaus empfindlich. Außerdem registrierte sie, die sich mit dem Gedanken trug, Hutmacherin zu werden, mit Luchsaugen die anwesenden Hüte: Ripsbandhüte, Basken, Ballon- und Schirmmützen, melierte Trendhüte – nichts, was es nicht zu besichtigen gab.

Zwischen all den Leuten fühlte er sich verloren.

Kurzzeitige Rettung versprach eine beeindruckende Schönheit, auf die jetzt sein Blick fiel. Sie presste ein winziges, mit bunten Steinen besetztes Telefon an ihr Ohr. Unter dem Arm trug sie eine Clutch bag aus Kuhfell. Milchhäutig, mandeläugig, makellose Zähne. Ein Mannequin.

Ihm entging nicht, dass die Schwester ihn von der Seite anstierte und die Augen verdrehte.

Viens, ma gosse.

»Hallo, Uwe.«

Das kam von links.

Schwarz-blaue Klubjacke mit goldenen Ankerknöpfen zu anthrazitfarbenen Hosen und schwarzen Schuhen. Der Reeder drehte sich um und grüßte mit einer stummen Geste zurück.

Unter Fürsten kannte man sich.

Das Dock hatte man in eine riesige Konzerthalle verwandelt. Vorne eine Bühne, die in Stufen steil anstieg. Über die Stufen verteilt das Orchester. Man sah Musiker, die Notenblätter wendeten oder die Schwalbenschwänze ihrer Fräcke anhoben, bevor sie sich auf die Hocker niederließen. Der ganze Saal war erfüllt von der Kakofonie der Instrumente, die gestimmt wurden.

Vor der Bühne zwei Blocks mit Stuhlreihen. Wärmestrahler hingen in Trauben von der Decke und hatten die Luft auf eine Temperatur gebracht, die selbst für die sparsamer bekleidete Klientel akzeptabel war. Ein riesiger roter Teppich lenkte vom blanken Stahl der Sohle ab. Im Eingangsbereich kreuzten unumgänglich Hostessen den Weg. Auf Tabletts wurde Prosecco oder Mineralwasser gereicht.

Den Geschwistern war natürlich klar, warum der Reeder darauf bestanden hatte, dass sie mitkamen.

Wegen der Hierarchen!

Die ließen es sich nämlich nicht nehmen, ebenfalls in Steinwerder zu erscheinen – und ihnen zollte der Reeder Respekt. Mehr als der Prominenz. Auf deren Anerkennung pfiff er. Doch die Hierarchen der Stadt – die Admirale, Senatoren und alteingesessenen Reeder – waren wichtig. Auf ihr Urteil gab man etwas. Man orientierte sich daran, so oder so. Im Geschäft und bei den Banken.

Natürlich kamen die Hierarchen in Begleitung. Sie nutzten die Gelegenheit, um die beeindruckend lange Tradition ihrer Familien zur Schau zu stellen. Anders als bei den jährlich stattfindenden Essen im alten Börsensaal der Handelskammer, wo man bei Pfeffersuppe und Hirschbraten unter sich blieb, rückten sie hier mit dem versammelten Clan an, mit Kindern und Enkeln. Unter sechstausend Euro kam keiner von ihnen davon. Minimum.

Der Reeder, erst zwei Jahrzehnte im Geschäft, musste geahnt haben, dass er wie ein windiger Aufsteiger und Quiddje wirkte, wenn er diesem Aufmarsch nichts entgegensetzte. So griff er auf seine beiden Sprösslinge zurück. Er drehte den Spieß einfach um. Denn da in diesen Kreisen jeder wusste, dass ihm vor Jahren die Frau abhandengekommen war, bot ihm die Wohltätigkeitsveranstaltung eine Chance, die ungebrochene Solidarität seines Nachwuchses unter Beweis zu stellen und als Anwalt einer neuen Generation in Erscheinung zu treten, auf der Höhe der Zeit – und damit den Hierarchen zu signalisieren, dass die ihre vorüber war.

Laurens wirkte befremdet, wenn man ihn dabei beobachtete, wie er verstohlen den Reeder musterte. Wie einen hölzernen Gegenstand, wie etwas, mit dem er nichts zu tun hatte.

Widerwillig folgte er an der Seite der Schwester durch das Gedränge im Dock.

Ging ihn all das hier irgendwas an?

Er warf Finn einen Seitenblick zu.

Ob die Schwester ähnlich empfand?

Gewöhnlich kannte sie kein Pardon. In ihrem Urteil war sie mitleidlos. Sicher konnte sie nicht übersehen, dass er wie sie an dem krassen Theater hier mitwirkte.

Sie waren Verräter.

Verräter in eigener Sache.

Und das war unverzeihlich.

Man sah den heuchlerischen Trupp in der Menge verschwinden.

Es war das klare Ziel, einen guten Platz möglichst nahe an der Bühne zu ergattern. Gar nicht so leicht, denn das Dock füllte sich mehr und mehr. Ein wahrlich babylonisches Stimmengewirr flutete gegen den Stahl oder wurde von den mit Filz behangenen Wänden geschluckt. Die Gänge waren schon jetzt restlos verstopft. Die besten Plätze wurden mit Schals, Handschuhen, Hüten oder dem Programm für besetzt erklärt. Der Großteil des Publikums drängte nämlich bis vor an die Bühne, um sich im Proszenium den Kameras zu zeigen. Es war ja noch Zeit bis zum Konzertbeginn.

Ein italienischer Tenor!

Man hatte für einen guten Platz wirklich zu kämpfen.

Laurens blieb hart an Finn, und diese hart am Reeder. Zu dritt bildeten sie eine gedachte Kette.

Sich untereinander zu verständigen, war eine schiere Unmöglichkeit. Erst recht gelang es nicht, sich bei der Hand zu fassen. Mal wurde Laurens abgedrängt und drohte den Kontakt zu Finn zu verlieren, mal war es Finn, die für Sekunden den Kontakt zu ihm verlor.

Was der Reeder an der Spitze für seine eigenen Zwecke tun konnte, war nicht viel mehr, als wiederholt zu rufen:

»Lassen Sie doch die Kinder durch.«

Um abzuhauen, standen die Dinge also günstig. Sie mussten nur aufpassen, dass sie einander nicht aus dem Auge verloren.

Finn ergriff die Initiative.

Aus dem Strom, der die Menge an der Bestuhlung vorbei unerbittlich durch den Gang schob, scherte sie aus. Sie flüchtete in eine der leeren Reihen.

Laurens folgte ihr. Als er neben der Schwester zum Stehen kam, fand er sich in einem Meer von Stühlen vor. Nach allen Seiten drehte er sich Hilfe suchend um.

Für einen Moment wirkten beide Geschwister derangiert.

Der Reeder war aus ihrem Blickfeld verschwunden.

Drüben versuchte ein Seriendarsteller mittels Handzeichen auf sich aufmerksam zu machen, und ein anderer Gast, der auftrat, als würde er jedem in der Halle bekannt vorkommen müssen, durchpflügte mit gesenktem Kopf die vorderen Reihen.

Suchte er was?

»Komm.« Das war an Laurens gerichtet.

Er rührte sich nicht von der Stelle. Seine Augen folgten der Schwester, die die Stuhlreihe bis zur Mitte hinunterlief und dabei die Hand wie einen Vogel über die Lehnen schweben ließ.

Erst jetzt raffte er sich auf. Beide Hände in den Manteltaschen, schlenderte er Finn erhobenen Hauptes hinterher. Er gab sich so lässig wie möglich.

Zwanzig Stühle weiter endete sein Blick bei der Hallenwand.

Davor das gleiche Bild wie eben: ein breiter Strom Menschen, der sich murmelnd nach vorn wälzte.

Beinahe wäre er gegen Finn gerempelt.

Fragend sah die Schwester ihn an.

Sie saßen fest. Ihre Insel war umgeben von zwei unpassierbaren Strömen.

Da dürfte ihr wie dem Bruder gedämmert sein, dass es nur eine Lösung gab.

Sie mussten durch die Mitte nach vorn stechen.

Laurens machte als Erster eine entsprechende Gebärde.

Finn nickte. Sie bewegte den Arm, als wollte sie die Stuhlreihen auseinanderdividieren. Wie Moses das Meer.

Ihre Augen flogen zur Bühne. Dann packte sie den Stuhl vor sich an der Lehne und hob ihn aus der Reihe. Eine gewisse Eleganz war ihr nicht abzusprechen, als sie mit dem Möbel den Platz tauschte.

Laurens tat es der Schwester nach. Hinter sich ließ er den Stuhl wieder zu Boden.

So bewegten die Geschwister sich vorwärts, Reihe um Reihe, Sitz um Sitz. Wie ein riesiges, doppelgeschlechtliches Insekt.

Es brauchte seine Zeit.

Als sie der Bühne ziemlich nah gekommen waren, bemerkten sie, dass man unterdessen im Publikum auf sie aufmerksam geworden war. Vereinzelt gab es Gelächter, das Zustimmung signalisierte.

Irritiert sah sich Laurens um und entdeckte hinter sich etliche Nachahmer. Eine Welle drohte loszubrechen. Gleichzeitig wuchs links und rechts die Zahl derer, die das Treiben missbilligten und mit Rufen und Gesten Einhalt zu gebieten suchten.

Vorerst hielt der Damm.

Für ein paar Augenblicke empfand er die Situation als brenzlig. Unter anderen Bedingungen wäre vielleicht Panik ausgebrochen. Sicher bangten die Organisatoren um den geregelten Ablauf der Veranstaltung. Doch so plötzlich, wie der Spuk begonnen hatte, ging er vorbei. Wer bis jetzt nicht zum Proszenium vorgedrungen war, musste sich damit abfinden, im Gang festzustecken.

Da ertönte das Signal.

Es ertönte noch zwei weitere Male. Erst danach kam Bewegung in die Menge. Und es dauerte eine Weile, bis jeder seinen Platz gefunden hatte. In Anbetracht des Fernsehens blieb man gesittet. Wer wusste schon, ob ihn nicht irgendeine Kamera gerade auf dem Kieker hatte. Der angekündigte Startenor wollte die Hits vergangener Saisons zu neuem Leben erwecken. Eine große Sache.

Und vor allem eine gute!

Das Licht wurde heruntergedimmt. Ruhe legte sich über das Meer der Köpfe. Dann brandete Applaus auf.

Und die Geschwister?

Das Geschwisterpaar war wie vom Erdboden verschluckt.

Es steckte hinter einem schweren, schwarzen Vorhang aus Samt, abgetrennt von Proszenium und Halle, unsichtbar für die Augen möglicher Verfolger. Seine Flucht war geglückt. In dem Bereich, in dem es sich jetzt aufhielt, war sicher niemand gezwungen, andächtig einem italienischen Tenor zu lauschen.

Den Vorhang im Rücken, blickten sich Finn und Laurens neugierig um.

Von irgendwoher kam elektrisches Licht, und man erkannte im Hintergrund eine Art Wohnwagen oder Waggon, der voller Technik stecken musste, weil armdicke Kabel zu einer Art überdimensionaler Steckleiste an der Unterseite führten. In den erleuchteten Fenstern sah man Männer, die offenbar in den Anblick ihrer Monitore versunken waren. Auf den Lochblechstufen der Treppe, die in den Wagen führte, hockte ein Mädchen mit einem Turban auf dem Kopf.

Irgendwie sah es aus wie eine Klosterschülerin oder, besser gesagt, wie die Novizin eines unbekannten Ordens.

Finn starrte fasziniert auf die Kopfbedeckung, ein schwarzes, kunstvoll gewickeltes Tuch.

Laurens machte auf das Mädchen einen Schritt zu. Es war ungefähr so alt wie er, vielleicht ein Jahr jünger. Dreizehn oder so.

»Ich muss euch was zeigen!«

Er stockte. Ohne dass er von der Kleinen auch nur eines Blickes gewürdigt worden wäre, hatte sie das geäußert.

Er drehte sich nach hinten zur Schwester, um sich zu versichern, dass er richtig gehört hatte.

War es kindische Lust, die das Mädchen dazu trieb, verblüffen zu wollen?

»Es wird euch gefallen!«

Laurens musste grinsen. Die Forschheit gefiel ihm.

Trotz der lebhaften dunklen Augen wirkte das Mädchen irgendwie müde. Müde und gläsern.

»Was willst du uns denn zeigen?«

Das klang misstrauisch. Es kam von der Schwester. Typisch.

Während Finn auf eine Antwort wartete, musterte Laurens die Unbekannte ausführlich. Erst jetzt fiel ihm auf, dass sie nicht nur eine seltsame Kopfbedeckung trug – sie bedeckte ihren Körper zudem mit einem Kleidungsstück, das ihm irgendwie unangemessen vorkam: mit einem schwarzen Persianer, der ihr bis über die Knie reichte.

Das umgearbeitete Stück ihrer Mutter oder Großmutter. Familienerbe.

Laurens verschränkte die Arme vor der Brust und wiederholte Finns Frage.

»Was?«

Auf dem Gesicht des Mädchens zeigte sich schwach ein Lächeln.

»Werdet schon sehn.«

Mit dieser ausweichenden Antwort war unstillbare Neugier geweckt, das wusste es natürlich.

Laurens ahnte tief in seinem Innern, dass ihm die Aussicht auf ein Abenteuer gefiel, auch wenn die Chance, dass es sich um ein richtiges Abenteuer drehte, nur gering war. Bei einem Abenteuer hatte er immer das Gefühl, in einen heiligen Bezirk des Lebens einzutreten.

»Wie heißt du eigentlich?«

Das Mädchen hatte sich von der Treppe erhoben. Laurens spürte, dass es die Aufmachung von ihm und der Schwester als extrem philiströs empfand.

Das wenigstens schloss er aus dem belustigten Blick, den es ihnen beiden zuteilwerden ließ.

»Ann Kristin.«

Ohne weiter auf ihn oder Finn zu achten, sprang es auf den Ponton und setzte sich in Bewegung.

Jetzt konnte man ahnen, dass es unter dem Mantel recht mager war.

Laurens gab der Schwester das Zeichen zu folgen.

Nachdem er Finn an sich hatte vorbeigehen lassen, schloss er sich den beiden Vorausgehenden an. Alle drei passierten sie den Ü-Wagen und gerieten in eine Zone, in der es schnell düster wurde. Bald sah man nicht mehr genug und musste sich mit ausgestreckten Armen vortasten.

Wenige Schritte – und er stieß mit den Fingern gegen eine Schulter. Finn war stehen geblieben. Einen Moment später fiel auf ihren Hals ein Streifen Licht, der sich rasch auffächerte, bis er nach hinten zu Laurens gewandert war und ihn einschloss.

Ann Kristin stand bei einer Stahltür, die sie mit ihrem ganzen Körper aufzuziehen suchte.

Finn kam ihr zu Hilfe.

Die Welt, die sich in der Öffnung zeigte, war völlig andersartig als die, aus der sie gerade kamen. Es war eine eiserne und rohe Welt, hart und kahl, großteils bestehend aus Gusseisen und Stahlrohren, aus Traversen, Diagonalen, Kupplungen, Stützpfeilern und Rosten.

Sie befanden sich hinter der Bühne. Das keilförmige Gerüst, welches den Aufbau für das Orchester trug, nahm die Hälfte des Raums ein. Der Rest war bis auf eine kleine Staffel Kielpallen blank. Blank wie Stahl.

Dumpf und wie durch Watte drang von nebenan Musik zu ihnen. Das Konzert hatte begonnen.

Laurens musste sich an das diffuse und anstrengende Licht erst gewöhnen.

Vorne war das Dock offen und mit einer halbtransparenten Plane abgehängt, um vor dem frostigen Wind zu schützen, der von der Elbe her blies. Durch das Plastik wirkten Hafen und Wasser noch grauer.

Es war zugig und roch nach Schweröl und Fischbrötchen. Fröstelnd schloss er den Mantel. Seine beiden Kombattanten hatten es ihm vorgeführt. Finn streifte sich jetzt sogar Handschuhe über.

»Wolltest du uns das hier zeigen?«

»Das hier?« Mit der Hand wimmelte Ann Kristin die Frage ab. »Nein, das ist doch nur ein Raum.«

Ein Lächeln glitt über ihr Gesicht.

»Räume sind Käfige.«

Sie streckte den Arm aus und deutete auf den Rückteil der Bühne.

»Siehst du das Gerüst?«

Laurens wandte den Kopf. Auch die Schwester drehte sich um.

»Ein Käfig aus Luft.«

Er nickte. Obwohl er nicht ganz verstand, was sie meinte. Finn klaubte den Schnipsel eines Lassobands von ihrem Mantel.

Ann Kristin sah an sich herunter. Leise, traurig erläuterte sie:

»Auch das ist ein Käfig. Der Körper.«

Das letzte Wort war kaum zu hören. Eigenartig, dieses Geschöpf. Der Turban; die Art, wie es sprach. All das zusammen wirkte auf Laurens befremdlich.

Befremdlich, aber ganz und gar nicht unsympathisch.

Er war neugierig, wie sich die Sache weiterentwickelte.

»Eigentlich wollte ich euch das Gegenteil zeigen«, murmelte Ann Kristin.

»Wie man den Käfig verlässt.«

Verständnislos sahen die Geschwister sich an.

Das Mädchen fing an, mit der Hand in der Manteltasche zu kramen. Endlich brachte es etwas ans Licht, das ungefähr die Größe eines Kiesels besaß und in Alufolie gewickelt war.

Auf dem Handteller präsentierte es den Brocken stolz den Geschwistern. Nachdem die erwartete Anerkennung ausblieb, begann es, das Silberpapier vorsichtig auseinanderzufalten.

Laurens beugte als Erster den Kopf über Ann Kristins dargebotene Handfläche. Finn zögerte, bevor sie näher kam und den Brocken ebenfalls einer genaueren Prüfung unterzog.

Was da lag, war braun und sah aus wie ein Maggiwürfel, weich und knetbar.

Harz oder so was.

»Haschisch?« Finn sprach aus, was der Bruder dachte.

»Habe ich von meinem Vater.«

Und als ob diese unsinnige Erklärung eine weitere benötigte, fügte Ann Kristin hinzu:

»Er ist Musikproduzent.«

»Ist er hier?« Das kam wie aus der Pistole geschossen.

Ann Kristin schenkte Finn einen hypnotischen Blick und deutete mit der freien Hand auf die Stahltür, die selbsttätig zugefallen war.

»Er ist dahinten.«

Laurens hob kurz den Blick.

Da war niemand.

Ach so, in dem Wohnwagen.

Schnell war seine Aufmerksamkeit wieder bei dem Mädchen, dieser frühreifen Drogistin.

»Damit kann man jeden Käfig verlassen.«

Halb erstaunt sah er Ann Kristin an.

Er hatte natürlich von den Wundertaten der Droge gehört. Allerdings glaubte er den Berichten, die auf dem Schulhof kursierten, nur begrenzt. Vieles kam ihm übertrieben vor. Den Kopf vorbeugend, hielt er die Nase über das Harz und schnüffelte daran.

»Mit dem da?«

Eine rhetorische Bemerkung, in der eine gewisse Bereitwilligkeit anklang, sich auf das Experiment einzulassen.

»Wartet! Ich beweise es euch.«

Sie streckte die Hand mit dem zerbeulten Maggiwürfel vor.

»Kannst du mal halten?«

Finn kam ihm mit einem schnellen Griff zuvor.

Auch die Schwester hatte offenbar die Neugier gepackt. Es bot sich ihnen hier die Gelegenheit, das nervige, geheimniskrämerische Getue mancher Mitschüler einem Realitätstest zu unterziehen.

»Kannst du drehen?«

Die Frage galt ihm.

Er nickte beflissen. Dabei hatte er in seinem ganzen Leben nur zwei oder drei Zigaretten geraucht, und die waren geschnorrt. Etwas anderes als Zustimmung blieb ihm aber nicht übrig, wenn er den Eindruck vermeiden wollte, den Ansprüchen des Mädchens nicht genügen zu können.

»Wirklich?«

Das Gesicht, das er machte, musste nicht sehr glücklich ausgesehen haben.

»Also gut.«

Ann Kristin drehte sich von ihm weg und ging auf das offene Dockende zu. Unterwegs gab sie ein Zeichen, dass man nachkommen solle.

Vor der Plane ließ sie sich auf dem Boden nieder. Mit dem Rücken zur Elbe setzte sie sich auf den unteren Teil des Vorhangs, sodass das Plastik nicht nachgab, als sie sich dagegenlehnte.

Es sah ein bisschen so aus, als lehnte sie sich an die Luft.

Käfig aus Luft, dachte Laurens – und glaubte ihre Bemerkung von vorhin besser zu begreifen.

Bald saßen sie alle drei aufgereiht da.

Und alle lehnten sie sich an die Luft.

Unter ihnen schlug rhythmisch das Wasser gegen den Stahl.

Ann Kristin trällerte leise ein Liedchen.

Vom Konzert war nicht viel zu hören.

Was nun passierte, glich einem eingespielten Ritual. Dabei war es für die Geschwister das erste Mal, dass sie einen Joint drehten. Die Angeberei, mit der es gewöhnlich praktiziert wurde, stieß sie wirklich ab. Wenn es um Drogen oder Sex ging, sagte nie einer die Wahrheit. Hier, unter der Regie Ann Kristins, lief es dagegen eher lässig.

Wie es läuft, ist bekannt. Aus Alufolie wird ein Löffel geformt. Man träufelt Tabak in dünnes Zigarettenpapier. Danach wird das Haschisch mit dem Löffel über der Flamme eines Feuerzeugs erhitzt. Intensiver, schwerer Duft breitet sich aus. Jetzt lässt sich das weich gewordene Harz mühelos kneten und zerkleinern. Die Krümel streut man in den Tabak. Endlich wird das Ganze so lange zwischen Daumen und Zeigefinger gedreht, bis ein Joint herauskommt. Ein angefeuchtetes, tütenähnliches, klumpiges Ding.

Es wird hier nur erwähnt, weil vielleicht bald keiner mehr weiß, wie man Dope raucht.

Laurens bemerkte den auffälligen Stein, den Ann Kristin am Mittelfinger trug.

Niemand sagte etwas. Man nahm die Sache ernst.

Das Mädchen steckte sich den Stängel routiniert in den Mund, zündete ihn an, inhalierte, behielt den Rauch in der Lunge – und atmete ihn nach ein paar Sekunden wieder aus.

Bevor es den Joint an Laurens weiterreichte, benetzte es den Zeigefinger mit Spucke und befeuchtete das Papier unterhalb der Glut, damit es nicht so schnell herunterbrannte.

Im Angesicht der Zigarette drehte Laurens reflexhaft den Kopf zur Schwester. Mit den Augen wollte er sich bei ihr als der Älteren die Erlaubnis holen. Dann aber wurde ihm klar, dass das nicht nötig war. Was sie taten, war illegal – da war jede Erlaubnis sowieso unerlaubt.

Er nahm den Joint zwischen die Finger und setzte ihn an die Lippen. Fest sog er an dem Papier, bis er auf der Zunge den intensiven Geschmack von Weihrauch hatte.

An Finns Gesichtsausdruck erkannte er, dass ihr der Haschischgeruch nicht unangenehm war. Er schien ihr sogar zu behagen. Als er den Joint für einen zweiten Zug an den Mund führte, registrierte er in den Augenwinkeln, dass sein Egoismus bei ihr Empörung hervorrief.

»Du bist nicht allein auf der Welt«, raunte sie böse.

Ihre ewige Angst, zu kurz zu kommen, ärgerte ihn. Das Los der Erstgeborenen, denen die Zweitgeborenen mit nervender Ausdauer am Thron sägen. Aber auf einen Streit mit der Schwester wollte er es nicht ankommen lassen. Bei Ann Kristin wäre er damit sicher untendurch gewesen. Widerstrebend gab er den Joint an Finn weiter.

Nach der dritten Runde tippte sich das Mädchen an den Turban und sagte:

»Merkt ihr schon was?«

Laurens hielt inne. Eigentlich merkte er nichts. Oder nicht viel. Er fühlte sich vielleicht ein bisschen schwummrig.

In den Worten der Schwester klang es ähnlich.

»Ob ich was merke?« Ihr Blick wurde glasig und richtete sich nach innen. »Bin mir nicht sicher.«

Ann Kristin lachte. Es war ein ziemlich brüchiges Lachen.

Auf Laurens wirkte sie in diesem Moment besonders fragil und zerbrechlich.

»Keine Sorge. Ihr werdet nicht enttäuscht werden.«

»Bist du dir sicher?« Der Ton war spöttisch.

Als Antwort machte sie mit der Zigarette in der Hand eine beschwingte Geste. Die Glut beschrieb in der Luft kleine Bögen.

»Das ist reinstes Karma.«

Als der Joint bis auf einen Stummel aufgeraucht war, schnippte Ann Kristin ihn durch das Dock. Eine bemerkenswert maskuline Geste für so ein junges Wesen. Er erlosch widerstandslos auf dem eiskalten Metall.

Und mit ihm die eine oder andere Vision.

»Kommt, wir hauen ab. Bestimmt vermisst man euch schon!«

Das klang überraschend resolut.

Sie stand auf und klopfte sich am Hintern den vermeintlichen Staub aus dem Persianer.

Auf dem Weg zurück dämpfte der Filz im Durchgang die Musik, die noch immer die Halle nebenan erfüllte.

Ann Kristin ging zu dem Ü-Wagen und setzte sich wieder auf die Lochblechstufen. Unschuldig saß sie da, die Arme um die Knie gelegt. Als ob nie etwas geschehen wäre.

»Wartet«, sagte sie.

Sie holte ihr Telefon hervor und zielte mit ihm in Richtung Geschwister.

»Was soll das?«

Finn hasste es, wenn man sie fotografierte. Das kam ihr vor, als würde man ihr etwas wegnehmen. In der Schule passierte es ohnehin oft genug, dass jemand ein Telefon in die Luft hielt und drauflosknipste.

»Nur für mein Tagebuch.«

Ann Kristin schob das Telefon zurück in den Mantel.

»Wollt ihr mich morgen besuchen kommen?«

»Geht nicht«, antwortete Finn streng. Sie deutete auf den Bruder: »Wir fahren nach Paris. Heute Abend.«

Die Schwester sagte das mit eindrücklicher Bestimmtheit – so, als wäre jeder Gedanke an einen anderen Hinderungsgrund ausgeschlossen. Etwa der, dass das Erziehungsprogramm, welches der Reeder den Geschwistern angedeihen ließ, Ausgang nach neun an keiner Stelle vorsah. Erst recht nicht ohne den Schutz wenigstens eines ihm ergebenen Erwachsenen.

Um sich zu verabschieden, hob Laurens lässig die Hand. Daraufhin folgte er wortlos der Schwester. Fast hätte man glauben können, es handelte sich bei ihm um ihren treuen Vasallen.

Bevor Finn den Vorhang erreichte, hatte er sie eingeholt.

Er schob den schweren Samt beiseite und ließ die Schwester zuerst hindurchtreten.

Es war eine ironische Geste, die Bezug nahm auf die absonderlichen Gepflogenheiten ihrer Mathelehrerin, die, zum Spott des gesamten Hrabanus-Maurus-Gymnasiums, hartnäckig daran arbeitete, aus den Jungs in der Klasse Kavaliere zu machen.

Als Laurens nachfolgte, knallte er gegen eine Wand aus Licht und Lärm.

Geblendet erstarrte er und wäre vor Schreck beinahe einen Schritt zurückgewichen.

Dann löste sich die Wand in ihre Einzelheiten auf: in eine Batterie von Scheinwerfern, die von den Seiten gebündeltes Licht auf die Bühne schickten; in die donnernde Stimme des Tenors und die sinfonische Musik des Orchesters.

Zudem schälte sich eine Phalanx säuberlich aufgereihter und geschlossener Knie aus dem Dunkel am unteren Bildrand. Und Gesichter, die fromm und mit Glanz in den Augen vor zur Bühne starrten.

Er fühlte sich von der Musik ergriffen und erhoben. Wie euphorisiert. Übergroß, olympisch, unbezwingbar. Es war ein irritierendes Gefühl, denn er kam sich abstrakt vor, als gehörte er nicht ganz sich selbst.

Sein Blick wanderte unwillkürlich zur Decke.

Daraufhin bewegte er die Schultern, als wollte er etwas von sich abschütteln. Das Insekt, das ihm auf dem Rücken hockte. In Gedanken sah er es vor sich. Wie ein Käfer klammerte es sich an seinen Rücken und kniff ihm mit seinen beiden Kopfscheren in den Nacken.

Im nächsten Moment war ihm sehr flau in den Knien. Es musste an dem Gift liegen, das ihm das Insekt mit seinem Stachel injizierte.

Bevor er die Schwester bitten konnte, dass sie ihn von dem Ungeziefer befreite, zog ihn diese am Ärmel. Im Halbdunkel hatte sie den Reeder entdeckt.

In einer der vorderen Reihen, halb erhoben, winkte er energisch die Geschwister zu sich.

Der Feind, dachte Laurens – und wunderte sich, wie er auf diese Assoziation kam.

Reinstes Karma.

4

Draußen begann es bereits zu dunkeln, da saßen Finn und der Bruder glücklich im Zug.

An Neujahr war die City Night Line laut Winterfahrplan die letzte Möglichkeit, um von Hamburg aus nach Paris zu gelangen. Um halb zehn am Vormittag würden die Geschwister in der Gare du Nord eintreffen.

Mit Umziehen und allem Drum und Dran – der gebührenden Verabschiedung von Addax, Frisbee und Dilya, dem Hausmädchen – hatten sie es am Ende gerade noch geschafft. Am Bahnhofsvorplatz war der Reeder gar nicht mehr mit ausgestiegen. Er hatte nur von innen den Kofferraum entriegelt, damit sie an ihr Gepäck kamen. Und dann waren sie auch schon auf und davon.

Dass es so knapp wurde, war eine mittelbare Folge des Haschischkonsums. Laurens' Zustand hatte sich nach dem Konzert rapide verschlechtert, und man musste erst beim Notdienst Rat einholen, bevor klar war, ob es nach Hause ging oder ins Krankenhaus. Natürlich gab er gegenüber den Sanitätern nicht die wahre Ursache seines vermuteten Kreislaufkollapses preis.

Auf dem ganzen Rückweg von Steinwerder nach Othmarschen hatte er das Gefühl, sich jeden Moment übergeben zu müssen, und als der Maserati beim heimatlichen Palast in die Garagenzufahrt einbog, gewährte ihm der Organismus genau die zwanzig Sekunden, die er brauchte, um im Sturmschritt die Toilette im Erdgeschoss zu erreichen. Als er über der Schüssel hing und sich der Magen schwallartig in die falsche Richtung entleerte, glaubte er seine ganze Substanz mit auszukotzen.

Doch jetzt war alles vorbei. Abgesehen von dem faden Geschmack im Mund ging es ihm wieder einigermaßen. Nach

Angaben der Schwester war er zwar um die Nase herum noch ein bisschen blass, aber sein Kreislauf hatte sich grundsätzlich stabilisiert.

Er befand sich auf dem Weg nach Paris, auch wenn es im Moment nicht unbedingt danach aussah, weil der Zug, aus dem man auf einen menschenleeren Bahnsteig starrte, keine Anzeichen machte, sich in Bewegung zu setzen.

Im Wagen vor dem Triebkopf am hinteren Zugteil hatten er und Finn ein ganzes Abteil in Beschlag genommen.

Sie saßen am Fenster, einander gegenüber, jeder vor dem Schmetterlingstisch, den man aus der Armlehne hervorklappen konnte. Nach einem uneinsichtigen Plan hatten sie verschiedene Gegenstände darauf ausgebreitet, vor allem ausreichend Lektüre und natürlich Lakritzschnecken, die ohne die Bücher keinen Sinn ergaben.

Beide waren sie manische Leser. Wie die meisten von uns wurden sie vom Sichtbaren nicht zufriedengestellt. Deshalb lasen sie auch keine Illustrierten oder Magazine.

Finn hatte gerade eine Phase, in der es ihr französische Romane besonders antaten. Die Tante hatte ihr *L' Amant* von Marguerite Duras geschenkt. Sie las es im Original. Das Buch gefiel ihr so gut, dass sie daraufhin für die französische Literatur gewonnen war. In Othmarschen entdeckte sie eine Kiste mit Büchern, darunter welche von Françoise Sagan und Anne Golon. Wahrscheinlich stammten sie aus dem Besitz der Mutter, die sie ins Haus gebracht hatte. Außer Kunst- und Fotobänden besaß der Reeder keine Bücher, und er las auch keine. Jedenfalls hatte sie ihn noch nie eines lesen sehen.

Laurens war Fan von Graphic Novels. Graphic Novels zeigten Dinge, die es nicht gab, als gäbe es sie. Das faszinierte ihn. Am liebsten mochte er die ohne Sprechblasen. Wenn er Bildgeschichten liebte, hieß das aber nicht, dass er keine Bücher las.

Er las sogar gern Bücher, besonders die, die keine oder wenig Dialoge aufwiesen. Dialoge mochte er nicht, am wenigsten die Sorte, die so tat, als sei sie aus der Realität herausgeschnitten und direkt auf das Papier geklebt worden.

Er verachtete den ranschmeißerischen Realismus.

In diesem Augenblick aber wirkte er belustigt. Er sah nämlich der Schwester dabei zu, wie sie neben einer Tüte Schokocrisps sogar ihr in japanisches Chiyogami-Papier eingeschlagenes Tagebuch mit Magnetverschluss platzierte, als wollte sie im Verlauf der Reise noch die Eindrücke festhalten, die ihr das Haschisch verschafft hatte. Von Übelkeit und Erbrechen war sie nämlich unfassbarerweise verschont geblieben.

Ohne es zu bemerken, hatte er sich in die Betrachtung von Finns gefüttertem Parka vertieft, der an einem Haken in der Ecke zwischen Wand und Fenster hing und darauf wartete, dass der ICE ihn in ein sanftes Schwingen versetzte.

Die Zeit verstrich …

Laurens senkte die Lider.

Plötzlich schreckte ihn die Stimme der Schwester auf.

»Weißt du, warum Ann Kristin einen Turban auf dem Kopf trug?«

Ihm war sofort klar, dass Finn die Frage nur zum Schein aufwarf. Sie wusste die Antwort.

»Wegen der Chemo. Sie hat keine Haare mehr auf dem Kopf.«

»Meinst du?«

Sein Gegenüber nickte.

Für einen Moment breitete sich stille Nachdenklichkeit im Abteil aus.

»Meinst du, dass sie sterben muss?«

»Wir müssen alle sterben«, antwortete sie altklug.

»Ich meine aber, ob du glaubst, dass sie bald sterben muss?«

Er hatte noch immer die Lider gesenkt, aber er spürte durch die dünne Haut, dass der Blick der Schwester auf ihm ruhte.

»Vom Tod sind wir alle gleich weit entfernt.«

Laurens überlegte, ob er verstand, was die Schwester mit diesem Satz sagen wollte. Dann langte es ihm. Ihr anmaßendes Getue ging ihm auf die Nerven.

Er hob den Kopf und sah, wie sich Finn über den Kinderkoffer auf dem Nebensitz beugte und diesem einen dicken Schal entnahm, den sie sich gleich um den Hals legte. Danach holte sie ihren Parka vom Haken und schlüpfte hinein.

Erst jetzt wurde ihm bewusst, wie frostig es im Abteil war. Wie der Schwester war es auch ihm gar nicht aufgefallen.

»Ist dir auch so kalt? Ich bibbere.«

Finn merkte wohl, dass sie mit ihren philosophischen Ambitionen zu weit gegangen war, und wechselte das Thema.

Laurens sah sich um. So, als könnte man die Kälte sehen. Aber man konnte sie nicht sehen.

Finns Gepäck bestand lediglich aus dem Kinderkoffer in rötlich-braunem, abgewetztem Leder. Das Stück stammte vom Flohmarkt an der Porte de Clignancourt. Baladine hatte ihn im Januar vor einem Jahr zwischen allerlei Gerümpel entdeckt und auf ein Drittel des Preises heruntergehandelt.

Finn konnte sich noch gut daran erinnern.

Der Beginn einer leidenschaftlichen Liaison.

Li-ä-song.

Verstohlen sah sie zu Laurens hinüber.

Sie schob den Ärmel des Parkas zurück und blickte auf die Uhr. Voller Empörung meinte sie:

»Seit fünfundvierzig Minuten hocken wir jetzt hier und warten. Wir warten und warten. Aber nichts passiert. Dabei hätte der Intercity doch längst den Bahnhof verlassen müssen!«

Sie rüttelte am Knie des Bruders. Ohne Erfolg. Laurens war eingeschlafen. Der Tag hatte ihn doch ziemlich mitgenommen.

Die Schwester drehte den Kopf hin und her, als ob sie nach Hilfe suchte. Aus Not ließ sie mit einer schlackernden Bewegung die Uhr wieder unter dem Ärmel verschwinden.

Nirgends zeigte sich jemand, den sie hätte ansprechen können.

Bevor sie sich darüber richtig wundern konnte, war sie schon wieder in ihren Sitz zurückgesunken.

Vor ihnen lag eine ganze Nacht im Zug …

Ankunft in der Gare du Nord: halb zehn. Bis dahin konnte es noch spannend werden.

Wenn es nur nicht so tierisch kalt gewesen wäre …

»Laurens …«

Finns flehentliche Stimme kam aus einer anderen, weit entfernten Wirklichkeit. Sie erreichte den Bruder nicht.

Die Beine an sich herangezogen, die Arme vor der Brust verschränkt, schmiegte er sich in das wattierte Futter seiner rotschwarz karierten Jagdjacke, mit der er den Sitz ausgepolstert und in eine Art Höhle verwandelt hatte.

Die Schwester studierte sein Gesicht.

Sie fragte sich, ob er träumte. Und wovon?

Sie ahnte es. Nein, sie wusste es.

Er träumte von Baladine.

Mit vierzehn ist Laurens in einem Alter, in dem Frauen anfangen, einen Jungen zu beunruhigen – vor allem, wenn es sich um Frauen handelt, die älter sind. Baladine war Anfang vierzig.

Tatsächlich sah Laurens die Tante gerade zum wiederholten Mal auf sich zukommen, im Gegenlicht; sah die durchscheinende Silhouette …

Ängstlich achtete er darauf, seine schwärmerischen Gefühle vor der Schwester zu verheimlichen, aber Finn, die instinktiv erfasste, was in ihrem Bruder vorging, ließ keine Gelegenheit verstreichen, ihn daran zu erinnern, dass er für die Liebe einfach noch nicht reif war, für ihre Geheimnisse zu jung.

Jungs interessierten sie nicht.

Sie interessierte sich für erwachsene Männer.

Männer, die am besten so um die dreißig waren.

Frei und ohne Käfig um sie herum.

Statt noch die Schulbank zu drücken und mit so etwas Selbstverständlichem wie der französischen Sprache Schwierigkeiten zu haben.

Themen dieser Art waren es, über die sich die Geschwister in die Haare kriegten. Dann hörte man im Palast des Reeders oben die Türen knallen.

Und während Finn ihre Gedanken weiterverfolgte, weilte Laurens nach wie vor in Paris, in der Rue Henri Beyle, am Ende der Zimmerflucht, durch die Baladine in einem engen französischen Kostüm wandelte, in den Händen ein Tablett mit Schokocroissants.

Er träumte von den weiß gestrichenen, halb offenen Flügeltüren, die Einblick in das Musikzimmer gewährten, wo auf dem Schemel vor dem schwarz lackierten Bechstein-Flügel die Tante saß und Schubert-Lieder improvisierte oder einen Walzer von Chopin – Rücken und Gesäß zu einem vollendeten Notenschlüssel geformt. Er träumte, dass sie an der Spüle stand, wo sie die Stiele der Blumen mit der Schere beschnitt, träumte vom Anblick ihres Hinterns und ihrer Schenkel, die sich unter dem engen Rock deutlich abzeichneten.

Er träumte vom Widerschein des Mondlichts auf dem knarrenden Parkett; von hohen Stühlen und Spiegeln mit dämonischem Glanz; vom Treppenhaus mit den bunten Jugendstilfenstern und den grün-weiß marmorierten Wänden, das dem Innenraum einer Kirche glich; vom roten Teppich, der, zwischen goldenen Messingleisten verspannt, über die Stufen lief; von der maghrebinischen Concierge im geblümten Kittel, deren Kopf regelmäßig im Ausguck der Loge erschien, wenn man unten durch den Flur kam, an der wichtigtuerischen Parade der Briefkästen vorbei.

Er träumte von der kapriziösen Wohnung und ihren unerwarteten und mysteriösen Geräuschen in der Nacht. In einer Art nicht-realistischer Gesamtschau betrachtete er sie, begab sich in dieses Zimmer und in jenes; träumte, näher heranzoomend, von den zahllosen Verstecken, die sie bereithielt: Verstecken hinter karamellfarbenen und voluminösen Bodenvasen, deren Grund mit dem Arm kaum zu erreichen war; Verstecken hinter schweren, nachtblauen Samtportieren, die vollgesogen waren mit Puder, Staub und unausdenklichen Frivolitäten; Verstecken in labyrinthischen Kammern und geheimnisvollen Schränken, imprägniert vom Duft, den Baladine verströmte …

Dann träumte er von ihren seidenen Strümpfen mit den golden und silbern schimmernden Rosen- und Rankenmustern …

Oh Gott! Die Strümpfe!

Fast riss es Laurens aus seinen Träumen.

Bei der ersten und folglich entsprechend ausgedehnten Reise in Baladines persönlichem Schrankzimmer in den vergangenen Sommerferien hatte er sie entdeckt. In einer Schublade. Es war verrückt, aber er hatte dem Drang nicht widerstehen können, die Strümpfe an sich und mit auf das Gästezimmer zu nehmen, das er mit der Schwester teilte. Die Besitzerin war ja nicht da. Trotz der Ferien ging sie jeden Morgen ins nahe gelegene Lyzeum, als müsste sie unterrichten. Vielleicht war es nur die Gewohnheit, die sie aus dem Haus trieb. Und Finn besuchte eine kleine Galerie um die Ecke, die Hüte aus den vergangenen vierzig Jahren zeigte. Sie fühlte sich bereits als angehende Modistin.

Es bestand also keine Gefahr. Dass er die Strümpfe einsteckte, war natürlich ein schwerer Fehler, wie sich schon am folgenden Morgen herausstellte.

Da nämlich gab ein durchdringender Schrei der Bonne in der ganzen Wohnung und wahrscheinlich auch in denen darüber und darunter kund, dass sie unter seiner Matratze entdeckt worden waren – vom Schlaf und den Stahlfedern zerfetzt …

Wie gesagt, beinahe hätte ihn die peinliche Erinnerung aus den Träumen gerissen, doch die Wäsche der Tante nahm ihn wieder rechtzeitig in den Bann.

Wäsche in verbotenen Farben …

Deutlich sah er sie vor sich.

Fein säuberlich gestapelt war sie über insgesamt drei Schubladen verteilt. Und zu diesen drei Schubladen waren er und die Schwester unterwegs – zur Rue Henri Beyle Nummer 11, 6. Etage!

Bevor er aus den Träumen geholt wurde, fiel ihm noch ein wichtiges Detail ein:

Zu den Schubladen waren sie unterwegs, zu den in ihnen aufbewahrten, verborgenen Welten – und zum gâteau maison, diesem gelben, in Süßwein getränkten Kuchen, den die Tante stets für sie backte.

Lautlos formten seine Lippen das Wort nach.

Ga-t'o-mäsong.

»Laurens!« Finn hatte den Namen mit energischer Bestimmtheit ausgerufen.

Anders als der Bruder erging sie sich nicht in Fantasien. Ein Teil ihres Gehirns blieb trotz der vielen Gedanken, mit denen sie sich zerstreute, aufmerksam. Und das lag nicht bloß an der Kälte. Es lag daran, dass sich in ihrem Kopf ein Verdacht festsetzte, der von Minute zu Minute unabweisbarer wurde.

Der Verdacht, in den falschen Zug gestiegen zu sein.

Ohne dass er zunächst von ihr bemerkt worden war, mogelte er sich unter ihr Brustbein. Genau auf der Höhe des Medaillons aus echtem Elfenbein – einem Mitbringsel eines mit dem Reeder befreundeten Admirals, das auszuschlagen sie trotz der strengen Grundsätze, die sie und Laurens sich auferlegt hatten, nicht fähig gewesen war. Und dort, unter einem daumennagelgroßen Porträt der Mutter als junge Frau, wucherte er. Wurde so groß, dass er umliegende Organe wie Herz und Lunge in ihrer Arbeit beeinträchtigte. Immer mehr Raum forderte er. Kurz, der Verdacht konnte nicht länger ignoriert werden.

Sie war hellwach. Zu lange standen sie schon am Bahnsteig, ohne dass das Geringste passierte. Kein Mensch stieg ein. Niemand kam am Abteil vorbei. Weder auf dem Gang noch draußen am Fenster. Nirgends war zu sehen, wie ein Freund oder eine Freundin mit großem Theater verabschiedet wurde. Mitreisende? Fehlanzeige!

In einem fernen Gleisbett ein paar Arbeiter in orangefarbenen Overalls. Das war alles.

Ihrem schlafenden Bruder ob seiner treuherzigen Ahnungslosigkeit einen vernichtenden Blick zuwerfend, drückte Finn, die in der angenommenen Fahrtrichtung saß, zum wiederholten Mal die Schläfe an das eiskalte Glas. Soweit sie den Bahnsteig hinunterzublicken vermochte – er zeigte sich leer und verlassen. Das Ende des Zuges konnte sie sehen. Ihr Blick folgte dem schneeweißen Band bis zur Halle und hinaus in die Dunkelheit.

Irgendwas an der Situation war falsch.

Offensichtlich waren sie die einzigen Passagiere.

Wie auch immer es passiert war: Sie saßen im falschen Zug!

Von dieser Erkenntnis fühlte sie sich plötzlich wie erleuchtet.

Ihr Griff am Knie des Bruders wurde fester.

Was seine Wirkung nicht verfehlte. Endlich.

Schwerfällig hob Laurens die Lider. Der verschwommene, entgeisterte Blick gab zu erkennen, dass er von weit her kam. Die Augen irrten umher, erkennbar nach dem Grund suchend, der ihn aus seiner Welt gerissen hatte.

Finn. Er hätte es sich denken können.

Auf Laurens Gesicht legte sich ein Ausdruck von Gequältheit.

Wie sehr er die Gegenwart verachtete – und mit ihr die Schwester, die sich in diesem Illusionstheater wie ein Fisch bewegte!

Er sperrte den Mund auf und gähnte. Unverschämt weit sperrte er die beiden perlweißen Zahnreihen auf.

»Laurens!« Finn überstrapazierte die Stimmbänder. Erregt deutete sie mit der Hand nach draußen. Als wollte sie sagen:

Da. Sieh nur.

Der Bruder schaute. Aber er verstand nicht. Ganz und gar nicht.

Was sollte er da schauen?

Genervt sah er die Schwester an. Dann wechselte sein Gesichtsausdruck. Er zog es offenbar vor, das Gekreische durch betonte Gleichgültigkeit zu parieren. Und er beschloss, zunächst die Glieder zu strecken. Seelenruhig.

Laurens' Plan ging auf. Das war nicht schwer vorauszusehen. Die Schwester fuhr aus der Haut. Doch nur für ein, zwei Augenblicke. Dann fasste sie sich und schluckte. Sichtbar schluckte sie ihre Wut hinunter.

So viel Ignoranz!

Sie klappte den Schmetterlingstisch ein und sprang auf. Ostentativ verweigerte sie dem Bruder jede weitere Erklärung.

Sollte er sehen, wie er weiterkam.

Und ob überhaupt.

Sie riss die Abteiltür auf und stürzte auf den Gang. Von der gläsernen Tür, die den Abteilbereich vom Großraumwagen trennte und hartnäckig geschlossen blieb, wurde sie gezwungen, ein paar Mal auf den Boden zu springen, damit die Automatik ihren Dienst verrichtete. Dann hörte man ihre Schritte davoneilen.

Und kurze Zeit später zurückkehren. Wieder das Klappern der Glastür, als diese in die Trennwand zurückwich. Die Tür zu ihrem Abteil stand noch offen.

»Wir müssen raus! Schnell! Das hier ist ein Geisterzug! Alle Wagen sind leer!«

Sie rang nach Luft.

»Wir sitzen im falschen Zug!«

Während Finn die Worte förmlich hervorstieß, räumte sie ihre Sachen vom Tisch und stopfte sie zwischen Blusen und Jeans. Dann warf sie den Deckel ihres Koffers zu.

Sie schielte zur Gepäckablage über Laurens' Kopf.

Von der Entschlossenheit der Schwester beeindruckt, schlüpfte der Bruder in die Ärmel seiner Jagdjacke. Er langte nach der Tasche auf der Ablage, warf achtlos seine Besitztümer hinein und folgte Finn aus dem Abteil.

»Dein Buch!«

Finn deutete auf den Sitz.

Laurens verdrehte die Augen.

Das war kein Buch, das war ein Album.

Lall-bomm.

Mit einem Griff schnappte er es sich.

Vor dem Ausstieg prallte er beinahe gegen die Schwester. Finn stand da und drückte vergeblich den Knopf, mit dem die Türautomatik betätigt wurde. Das verräterische Zischen der Druckluft blieb hartnäckig aus. Der Zug war zentral verriegelt.

»Mist!«

Und als ob das Schicksal Finns Ausruf als Losung begriff, um das Unglück zu vollenden, rollte der Intercity mit einem Ruck los.

»Merde alors!« Das kam von Laurens.

Finn drehte sich um und funkelte den Bruder an. Sie war noch immer schlecht auf ihn zu sprechen.

»Canaille!«

Laurens ignorierend, der bei diesem Wort die Brauen hob, lenkte sie den Blick zur gegenüberliegenden Tür.

Hinter dem trüben Glas sah sie mit wachsendem Tempo den Bahnsteig vorbeiziehen.

Für einen kurzen Augenblick war der Bruder hin- und hergerissen zwischen jähem Hass auf die Schwester und Panik. Doch dann legte sich der Anfall.

Die Schwester absichtlich brüsk zur Seite schiebend, ging er in die Hocke und versuchte von einer der Fallblattanzeigen, die in immer schnellerer Folge am Zug vorbeihuschten, den Zielbahnhof abzulesen.

»Köln?«

Mit der Antwort ließ er sich Zeit.

»Es steht nichts da.«

Es stand nichts da. Die Fahrtrichtungsanzeiger waren genullt.

Finn machte einen Schritt von der Stirnwand weg. Im ganzen Vorraum suchte sie nach einem Anhaltspunkt, der über das Ziel des ICE aufklären konnte. Das Display der Fahrgastinformation neben dem Ausstieg war erloschen. Andere Informationsmöglichkeiten gab es nicht. Kein Schild, kein Hinweis. Wohin sie das Auge auch richtete.

Sie beugte sich noch einmal zum Türfenster und starrte hinaus. Was sie sah, war so grau und trostlos, dass es sich nur um Trabantenstädte im Winter handeln konnte.

Inzwischen hatte der Intercity Fahrt aufgenommen. In lang gezogenen Kurven ließ er Hamburg allmählich hinter sich. Zwischen den Gleisen lag verrußter Schnee.

Finn deutete mit einem Nicken symbolisch in Fahrtrichtung. Wortlos willigte der Bruder ein. Seine Wut war gänzlich verflogen. Er akzeptierte, dass die Schwester die Führung übernahm.

Mit Entschiedenheit ergriff Finn ihren Koffer und ging voran. In Richtung vorderer Triebkopf.

Die Abteile, die sie und der Bruder passierten, waren allesamt leer. Auf den Sitzen zerlesene Zeitungen, Gratisblätter, Beilagen von Möbelhäusern, *WELT kompakt*, *Financial Times Deutschland*, *Husumer Nachrichten* …

Wieder verweigerte die Automatik ihren Dienst, als Finn von einer der Glastüren aufgehalten wurde.

Auch im Großraumwagen keine Menschenseele. Zerknüllte Servietten, leere Pappschalen, Zeitschriften, Abfall. Reinigungspersonal schien den Zug nicht durchkämmt zu haben.

Durch den Doppelwellenbalg traten die Geschwister von der Ersten Klasse ins Bordrestaurant. Leer. Die Decken auf den Tischen schmutzig, aber das Geschirr abgeräumt. Der Rollladen des Bistros heruntergelassen. Es kamen die Wagen der Zweiten Klasse. Ebenfalls leer. Dafür noch mehr Zeitungen und Abfall auf den Sitzen. Laurens zählte stumm mit. Es waren sieben. Sieben Wagen der Zweiten Klasse.

Finn kam auf die Idee, die Leisten der Gepäckablage nach »Reserviert«-Schildchen abzusuchen. Aber nirgends steckte ein Schild. Nirgends waren Plätze reserviert. Nirgends ein Hinweis, wohin die Reise ging.

Die Geschwister gelangten im letzten Mittelwagen vor dem vorderen Triebkopf an.

Sie durchquerten das Großraumabteil und stießen auf einen geschlossenen Doppelwellenbalg, der ihrer Reise ein abruptes Ende setzte. Jenseits des Gummis lag der Maschinenraum. Zwischen ihnen und dem Tisch des Zugführers blieben also zehn, fünfzehn Meter.

Zehn, fünfzehn unüberwindbare Meter!

Eine Art Schwindel erfasste die Geschwister, da sie gewahr wurden, dass die Situation ganz und gar nicht derjenigen entsprach, die sie erwartet hatten.

Ratlos standen sie vor der Trennwand. Mit dem Fuß trat Laurens mehrmals gegen das Blech der Tür, die so nahtlos in die Wand eingelassen war wie der Deckel einer Sardinenbüchse.

Umsonst. Die Tür blieb verriegelt.

»To'n pi!«

Die Schwester sah ihn aus böse funkelnden Augen an.

5

Als die Geschwister die Tür zu ihrem Abteil aufzogen, schlug ihnen warme, trockene Luft entgegen. Die Generatoren des ICE arbeiteten inzwischen auf Hochtouren. Die klammen Gedanken schmolzen dahin – wie die Eiskristalle am Glas.

Die beiden hängten die Jacken zurück an die Haken und bezogen ihre gewohnten Plätze. Finn behielt den Schal um den Hals.

Laurens stellte seine Tasche auf den Nebensitz und warf sich in das dunkelblaue Leder, während die Schwester den Koffer unter ihrem Sitz verstaute und eine Halbliterflasche Wasser aus dem Parka zog.

Rückhaltlos mochten die Geschwister der Situation nicht mehr vertrauen, und sie vermieden es, sich in dem Abteil ein zweites Mal häuslich einzurichten. Sie reisten jetzt unter veränderten Bedingungen. Das erforderte erhöhte Wachsamkeit.

Finn drehte den Verschluss auf und nippte am Wasser. Sie behielt die Flasche in der Hand, als erinnerte sie sich eben, dass Mineralwasser schon seit geraumer Zeit zu ihrer ständigen Begleitung gehörte.

»Wie wäre es, wenn wir eine SMS nach Othmarschen verschicken, die nahelegt, dass wir entführt worden sind?«

Laurens, der tief in den Sitz gerutscht war, die Beine weit gespreizt, sah die Schwester verständnislos von unten herauf an.

»Was? Wie? An wen?«

Als wäre die Frage an eine andere Person im Abteil gerichtet, starrte Finn ungerührt in die Nacht. Sie brauchte Zeit, bevor sie begriff, dass sie laut nachgedacht und der Bruder ihr dabei zugehört hatte.

»An wen?«, wiederholte sie, um noch ein paar Sekunden zusätzlich herauszuschinden. »An den Reeder!«

Laurens platzierte die Ellbogen auf die Armlehnen und zog seinen Körper wie einen Sack der Länge nach im Sitz hoch. Dabei hörte man ihn Luft zwischen den Zähnen einsaugen.

»Von einem unserer Telefone aus?«

»Ja klar, die Entführer verraten sich doch nicht durch die Benutzung ihrer eigenen.«

Es war nicht das erste Mal, dass die Geschwister eine Entführung erwogen. Schon öfter hatten sie mit dem Gedanken gespielt, sich selbst zu kidnappen. Es ging ihnen dabei um mehr als nur um ein Störmanöver. Die in ihren Augen korrupte Welt des Vaters sollte in ihren Grundfesten erschüttert werden. Und so etwas gelingt, wie man weiß, am besten, wenn man an den Schwachpunkten ansetzt. Propaganda der Tat.

Kidnapping gehörte zu ihren Lieblingsideen. Aber bislang war eine Umsetzung regelmäßig daran gescheitert, dass keinem der beiden eine geeignete Situation einfiel, die eine Entführung glaubwürdig erscheinen ließ. Was sie sich ausdachten, kam ihnen nach einer Weile immer entweder zu konstruiert oder zu durchschaubar vor.

Um die Schmach dieser ihrer Ideenlosigkeit zu verschmerzen, sahen sie sich meist gezwungen, übereinander herzufallen. Direkt im Anschluss an ihr vergebliches Ringen um eine Lösung.

Dabei brauchte nie lange nach einem Auslöser gesucht zu werden, wenn ein Streit vom Zaun gebrochen werden sollte. Es genügte, dass zwischen ihnen nicht zweifelsfrei zu klären war, von wem die Idee eigentlich stammte. Natürlich wollte jeder der Urheber gewesen sein. Ausufernde Wortgefechte waren die absehbare Folge. Man kämpfte erbittert um das Copyright.

Finn bestand darauf, dass der entscheidende Vorstoß von ihr gekommen war – präziser gesagt: Er war das Ergebnis eines Traums, war eine Weissagung aus dem Woanders.

Laurens wusste dieses schwerwiegende Argument nicht ohne Weiteres zu entkräften. Er konnte nur mit emotionalem Dünkel dagegenhalten. Er schlug einen Ton an, der so gönnerhaft war, dass ihn die Schwester nur als demütigend empfinden konnte – was den Streit naturgemäß im Nu zur Eskalation brachte.

Solange sich keine Situation fand, die eine Entführung plausibel machte, blieb es bei sinnlosen Stellvertreterkriegen.

Die so nötige Idee ließ auf sich warten …

Tag um Tag, Woche für Woche.

Der Plan geriet in Vergessenheit.

Dieser zugegebenermaßen ungeheuerliche Plan!

Ein perfekter Plan!

Und jetzt?

Der Zufall ist ein Gott!

»Du denkst, dass wir uns in einer Situation befinden, die geeignet ist, um sie als Entführung auszugeben?«

Laurens wägte die Worte sorgfältig ab. Als ob er befürchtete, dafür eines Tages in Haft genommen werden zu können.

Finn nickte. Innerlich aufgewühlt, wechselte sie die Position. Ein Bein schob sie unter das andere.

»Ja, denke ich.«

Ein Seufzer lag ihr auf den Lippen.

Diese seltsame Welt der Geschwister …

Finn starrte in die Nacht, in eine plane, teilnahmslose Dunkelheit, die nichts verhüllte; die nur eine schwache und bruchstückhafte Version des eigenen Abteils präsentierte.

»Sag mal, merkst du eigentlich noch was?«

»Vom Dope? Weiß nicht. Vielleicht bin ich noch ein bisschen erhoben. Aber nicht viel.« Ohne den Bruder anzusehen, hielt sie den Arm ins Abteil und deutete mit Daumen und Zeigefinger die Höhe an.

Laurens grinste.

Die Schwester sah weiter unverwandt aus dem Fenster.

In der Ferne zwei helle Punkte, die sich in das Schwarz brannten und rasch näher kamen. Auf dem Nachbargleis raste ein Zug entgegen. Und schon im nächsten Moment knallte der Luftdruck gegen das Fenster. Das ganze Abteil erzitterte.

Finn richtete den Oberkörper auf. Sie verstand den Knall als Echo auf ihre gerade gewonnene Erkenntnis. Als Signal, dass der Traum begonnen hatte, in der Wirklichkeit Früchte zu tragen.

Mit beiden Händen zog sie das Schienbein näher zu sich heran.

Kidnapping war ideal. Es war hundsgemein. Es machte noch den Mächtigsten wehrlos. Es war die reinste Folter. Der Gegner hatte kein Gesicht. Man kämpfte gegen ein Phantom. Nur die Opfer waren bekannt. Tag und Nacht dachte man an sie. Man weinte ihre Tränen, litt ihre Qualen, fürchtete um ihr Leben.

Kidnapping war einfach nicht zu überbieten.

Für den Reeder würde es ein harter Schlag. Man konnte sagen: Ein Schlag ins Kontor.

Für den »Feind«, wie der Bruder sich neuerdings ausdrückte.

Finn zog die Stirn in Falten. Mit dem Oberkörper ging sie ein Stück vor, als wollte sie ihren Gedanken den Leib hinterherschicken.

Angeregt von Laurens checkte sie im Glas ihre Erscheinung. Sie senkte das Kinn auf die Brust, griff sich in den Nacken und schlug ihre glatten, schulterlangen Haare über den Kopf. Mit dem Zeigefinger zog sie den vermuteten Seitenscheitel nach, warf den Kopf wieder zurück. Zuletzt pickte sie sich akribisch einzelne Haare von den Schultern.

Plötzlich hatte sie es.

Sie erriet den Sinn.

Erneut setzte sie die Mineralwasserflasche an die Lippen.

Über die Öffnung hinweg erkannte sie an der Haltung des Bruders, dass diesen Zweifel plagten. Er hatte den Kopf schief gelegt, als würde es ihm so leichter fallen, die richtigen Worte zu finden.

»Aber wir wissen ja nicht einmal, wo wir hinfahren.«

»Und was macht das?«, erwiderte Finn gereizt. »Irgendwo muss der Zug enden. Und wenn wir dann aussteigen, werden wir am Bahnsteig ein Schild sehen, das uns sagt, wo wir uns befinden.«

»Und dann?«

Und dann!

Theatralisch fasste sie sich an den Kopf. Obwohl sie natürlich genau wusste, dass Laurens den wunden Punkt erwischt hatte.

Und dann?

Sie machte eine ohnmächtige Geste.

»Wie's weitergeht, müssen wir uns ausdenken.«

Herausfordernd sah sie ihn an. Aber zu ihrer Überraschung hatte der Bruder nichts einzuwenden, so ungenügend ihre Antwort bei genauer Betrachtung auch war.

Sie entspannte sich und sank zurück in den Sitz. Ihre Augen wanderten ziellos durch das Abteil.

Sie befanden sich in keinem Abteil. Sie befanden sich in einem Käfig!

Wie furchtbar!

Aus dem Käfig wollte sie raus.

Kurz schloss sie die Augen.

Im nächsten Moment sprang sie auf. Eine unbestimmte Euphorie trieb sie aus dem Abteil auf den Gang. Vor dem nachtschwarzen Fensterband breitete sie die Arme aus, als wollte sie gleich aus dem Fenster fliegen.

Schließlich drehte sie sich Laurens zu – seinem verblüfften Gesicht.

»Weißt du, was?«

Natürlich erwartete sie keine Antwort auf ihre Frage. Sie wollte den Gedankenfluss des Bruders nur in die richtige Richtung lenken.

»Wir sind frei.«

Sie senkte die Lider, als suchte sie dahinter nach einem Bild, das ihren Gefühlen Ausdruck verlieh.

»Egal, was wir machen werden, wenn wir aus diesem Zug hier aussteigen – die Entscheidung liegt bei uns. Allein bei uns.«

Pause.

»Bei uns, bei uns, bei uns!«

Sie wiederholte die Vokabeln leise, aber eindringlich. Als wollte sie die Völker der Welt telepathisch aufrufen, ihre Angelegenheiten endlich selbst in die Hand zu nehmen.

»Ann Kristin ist auch frei. Obwohl sie von ihrer Krankheit gekidnappt worden ist. Sie hat kapiert, wie das geht.«

Laurens betrachtete die Schwester aus der Distanz. In ihrer magischen Beschwörung konnte er nicht mehr erkennen als eine Peinlichkeitsübung.

Um sie zurück in die Realität zu holen, passte er einen Moment der Stille ab, bevor er sagte:

»Glaube ich nicht.«

Durch die offene Abteiltür schickte ihm Finn einen erst ungläubigen, dann erbosten Blick.

Auf eigensinnige Weise blieb der Bruder von den revolutionären Erkenntnissen, die sie gerade gewonnen hatte, unbeeindruckt.

»Wir sind nicht frei.«

Die trockene Luft zwang ihn zu einer unfreiwilligen Pause, in der er Speichel sammelte und geräuschvoll schluckte.

»Frei sind wir nur, solange wir unterwegs sind. Jetzt eine SMS nach Hause zu schicken, ergibt keinen Sinn, denn weder wissen wir, in welchem Zug wir sitzen, noch, wo er hinfährt. Unwahrscheinlich, aber nicht völlig auszuschließen, dass wir Paris doch ansteuern. Und dann? Was machen wir dann?«

Laurens zeigte der Schwester achselzuckend zwei leere Handflächen.

»Was, wenn uns Baladine am Bahnsteig empfängt?«

Eine unmerkliche Kopfbewegung verlieh seiner Frage Nachdruck.

»Nein, wir müssen warten, bis wir mehr wissen.«

Finn spürte, wie sie der Zorn packte. Der Pragmatismus des Bruders empörte sie. Wo blieben seine Fantasie, sein Zutrauen?

Regungslos stand sie auf dem Gang, unfähig, etwas zu erwidern.

Mit dem Fuß sich von der Blende am Boden abstoßend, kam sie endlich zurück ins Abteil, ließ aber mit provozierender Nachlässigkeit die Tür hinter sich zur Hälfte offen.

Den Augenkontakt zu ihrem Bruder vermeidend, griff sie wahllos nach einem Faltblatt, das auf dem Nebensitz lag. Während sie sich Mühe gab, so zu tun, als würde sie die Verbindungen studieren, dachte sie angestrengt nach – und spielte dabei mit dem Bund ihres Ärmels.

Und während sie stumm ihren Groll pflegte, kam ihr nicht zu Bewusstsein, dass die Zahlen und Buchstaben, die ihre Augen abwanderten, eine Bedeutung besaßen.

Garmisch ab 06:04
München ab 07:28
Ingolstadt ab 09:01
Nürnberg ab 09:33
Würzburg ab 10:31
Fulda ab 11:04 …

Ihre Finger am Bund ribbelten und ribbelten …

Eine Übersprungshandlung, wie sie für Finn typisch war. Immer, wenn in ihrem Inneren antagonistische Energien um die Vorherrschaft kämpften, versuchte sie auf diese Weise eine Lösung des Konflikts herbeizuführen.

Besonders häufig kam es im Schulunterricht zu Übersprungshandlungen. Auf der einen Seite empfand sie nur Verachtung für die Lehrkräfte, auf der anderen konnte sie ihren Ehrgeiz kaum zügeln, wenn es darum ging, eine Frage, die von der Klasse unbeantwortet geblieben war, zu lösen oder wenigstens eine Lösung vorzubereiten. Das brachte ihr nicht nur Respekt ein. Man hielt sie für eine Verräterin, die mit den Erwachsenen gemeinsame Sache machte.

Kaum verwunderlich also, dass sich bereits diverse Pullover am Bund aufzulösen begannen.

Doch was sollte sie machen? Auf der Welt gab es nichts, was sie so entsetzlich langweilte wie die Schule.

Jetzt sah sie das helle Klassenzimmer vor sich, die großen Fenster, in denen es schneite; die Bänke und Stühle; sah sich, ihre Nachbarin; sah all die anderen; sah das bunte Chaos der Schultaschen. Sie hörte den Lärm, der in den Zwischenpausen aufbrandete, roch die Jahre des Büffelns, den säuerlichen Schweiß und die Kreide.

Dann rief sie sich die Lehrer vor Augen. Jeden einzeln. Vorne an der Tafel sah sie sie stehen, in Cordhose und Norwegerpulli oder in einem praktischen Hosenanzug; sah den Direx, die Mathelehrerin Ferberboeck und all die anderen, die die Ideologie des Wissens verbreiteten; sah, wie sie redeten und redeten – erklärten, diktierten; sah, wie sie fragten, aufriefen, befahlen. Die ganze Litanei.

Der Käfig.

Laurens befand sich eine Klasse unter ihr. In der 9b. Wie die Schwester konnte er der Schule wenig abgewinnen. Der Dressur, der Verteilung der Rollen.

Der Chorarbeit!

Den anderen.

Manchmal, so hatte der Bruder erzählt, versuchte er sich die anderen als hölzerne Gegenstände zu denken.

Während der Schulstunden floh er mit den Augen oft aus dem Fenster in den Garten hinaus. Wurde er aufgerufen, war er nicht bei der Sache.

So oder so ähnlich würde es im Halbjahreszeugnis stehen, Finn ahnte es im Voraus. Die Versetzung des Bruders war gefährdet.

Und so fest entschlossen sie war, Modistin zu werden, schien unter den zigtausend Anstellungen, die die Welt zu vergeben hatte, nicht eine für den Bruder gemacht zu sein. Nicht eine.

An der ganzen Schule gelten die Geschwister als Einzelgänger. In ihren Interessen sind sie den meisten Mitschülern voraus, sodass sie sich immer etwas deplatziert vorkommen. Laurens misstraut allen Menschenansammlungen, die über mehr als vier Augen verfügen, und Finn kann es ihm zwar nicht von der Konsequenz, aber von der Neigung her nachfühlen.

Mitschüler sind nicht mehr als Statisten in einem Spiel, dessen Regeln nur die beiden kennen.

Man darf nicht vergessen, dass ihre Erfahrungen sehr begrenzt sind. Weder ist ihnen Armut vertraut, noch dass etwas misslingt und man die Hilfe anderer benötigt.

Auf alle Fälle kann man nicht behaupten, dass sie in der Schule sehr beliebt sind. Gemeinschaft ist für die Geschwister eher eine – Gemeinheit.

Sie sind Finn und Laurens, die anderen aber sind nur die – anderen.

Finn nahm den Blick vom Faltblatt und sah zu Laurens hinüber, der den Kopf in den Nacken gelegt hatte und den Eindruck erweckte, als suche er an der Decke nach bislang unentdeckten Geheimnissen. Die Hände hatte er zwischen die Knie fallen lassen.

Die Idee mit der Entführung hatte er bestimmt schon wieder vergessen.

Böse war sie ihm nicht mehr, dass er ihr mit seinen Einwänden die Laune verdorben hatte. Am Ende würde sie recht behalten.

Das Faltblatt achtlos zur Seite legend, versank sie in der Betrachtung ihrer Haarspitzen.

Vor ihr auferstand jetzt das Quartier des Halles – im vergangenen August; sie entsann sich der Hitze in den engen, von hohen Mietshäusern gesäumten Straßen. Die meisten Bewohner hatten ihre Stadt verlassen.

Der Spätsommer tauchte Paris in ein kräftiges Gold.

Am späten Vormittag war sie losgezogen, ohne den Bruder.

Bevor sie auf die Straße getreten war, hatte sie sich unten im Hausflur die Lippen geschminkt. In einem toten Winkel, den die Concierge von ihrem Ausguck aus nicht einsehen konnte.

Ein leichtes Sommerkleid umspielte ihren Körper.

Wieder sah sie die lange Kette der Boutiquen, die alle ihre Markisen ausgefahren hatten; sah die Rollständer mit den Kleidern und Blusen, die im kühlen Schatten auf Kundinnen warteten.

Aber es war niemand da. Die Stadt war an diesem Tag ungewöhnlich leer.

Sie sah, wie sie die Bügel nacheinander durchging, wie sie innehielt und einzelne Stücke begutachtete; sah, wie sie an den Schaufenstern vorbeiflanierte und dabei mehr auf ihr Spiegelbild achtete als auf die Auslagen; sah, wie sie plötzlich den Mann entdeckte, der sie aus dem Halbdunkel des Hauseingangs heraus beobachtete. Er war groß und schlank, sie konnte gar nicht viel von ihm erkennen, aufgrund der Statur schätzte sie ihn auf Anfang oder Mitte dreißig.

Zufällig hatten sich ihre Augen über die Bügel hinweg in den gepflasterten Hausflur verirrt.

Sie sah in der Mitte die Silhouette eines Brunnens und sah den Mann, der an der Hauswand lehnte und rauchte; und jetzt erwiderte sie seinen Blick, sie konnte gar nicht anders, als ihn zu erwidern. Es drehte sich nur um Bruchteile von Sekunden, aber das genügte.

Sie hatte das Gefühl, dass sich unter dem fremden Blick jede ihrer Bewegungen extrem verlangsamte, und während sie Stoff für Stoff liebevoll durch die Finger gleiten ließ, Material und Nähte in Augenschein nahm, prüfte, passierte etwas mit ihr, sie wusste nicht genau, was.

Sie aalte sich in den unverschämten Blicken, die der Fremde ihr herüberschickte, und sie begriff, dass sie vom ersten Augenblick an gefühlt hatte, dass er ihr verfallen war, nur für diesen einen Moment. Aber weil dieser Moment sich umstandslos in Vergangenheit und Zukunft ausdehnte, spielte es keine Rolle, ob für immer oder nur für den Augenblick.

Die Situation faszinierte sie, und sie faszinierte sie immer noch, wenn sie später daran dachte – und sie dachte oft daran, so wie jetzt, keine fünf Monate danach. Sie wusste, dass sie in Paris fortan nur das suchen würde: dieses Gefühl, das sie innerlich versengte, das sie an die Grenzen trieb und ihr deutlich machte, dass sie allein dazu geschaffen war, diese Grenzen zu überschreiten.

Sie erinnerte sich, dass sie nach dieser passade, diesem kleinen Abenteuer, zur Cité gewandert war, zum Square du Vert-Galant an der Westspitze der Insel, um sich in der kleinen Grünanlage unterhalb der Pont Neuf zu erholen und beim Anblick der im Sonnenlicht glitzernden Seine süßen Träumen hinzugeben.

Mit einem Seufzer hob Finn die Arme und reckte sich.

Eben aus den gefütterten Schaftsneakers geschlüpft, zog sie die Knie unters Kinn.

Nacheinander bewegte sie in den Strümpfen die Zehen.

Ihre Zunge befuhr die Lippen, als seien diese noch immer geschminkt.

Sie begriff mit einem Mal, dass es genau das war, was sie ersehnte und was sie zur Frau machte: die Blicke der Männer; der Genuss, von Fremden angestarrt und begehrt zu werden.

Ein prickelndes Gefühl der Verderbtheit überschwemmte sie.

Damals, im Gras zwischen den sorgfältig angelegten Schmuckbeeten, setzte sich der Gedanke in ihr fest, dass sie es tun musste, wenn sie dazugehören wollte – bald, so bald wie möglich.

Gleich nach ihrer Rückkehr aus Paris.

Sie kannte eine Klassenkameradin, die sich mit einem Kochlöffel selbst entjungfert hatte, weil ihr die Vorstellung Angst einjagte, dass das vielleicht irgendwann jemand tat, der sie gar nicht oder fast gar nicht kannte.

Nun, das war nicht ihr Problem. Ihr ging es darum, auf alle Eventualitäten vorbereitet zu sein, falls es eines Tages zu einer intensiveren Begegnung als der im Quartier des Halles kam.

Sie erinnerte sich, dass ihr damals, als sie vom Vert-Galant aus den Ausflugsbooten hinterhergesehen hatte, die beidseitig der Inselspitze vorbeizogen, René vor Augen getreten war, ein Junge aus der Nachbarschaft, den sie aus der *Strandperle* kannte, einem Lokal am Elbufer, wo man bei gutem Wetter die dicken Pötte beobachten konnte, wenn diese in den Hafen einliefen. Gelegentlich half er sommers auf der Terrasse aus. Als sie eine Zeit lang nach der Schule immer hierhergelaufen war, um unter einem der Schirme ihre Hausaufgaben zu machen, hatten sie sich ein bisschen angefreundet. Stets sorgte er dafür, dass niemand an ihren Tisch kam und sie störte. René wirkte schüchtern, hatte es aber faustdick hinter den Ohren.

Finn blickte auf. Sie hatte einen verächtlichen Seitenblick des Bruders abgefangen.

Zuerst reagierte sie irritiert, weil sie sich ertappt fühlte. Doch dann begriff sie und ließ die Hände sinken, um von den Haarspitzen endgültig abzulassen.

Ihr Blick fiel auf das Faltblatt, aber sie kam nicht auf die Idee, es sich noch einmal genauer zu Gemüte zu führen.

Ihr wurde nur wieder bewusst, dass es mit diesem Zug ganz offenbar nicht nach Paris ging.

Beim nächsten Gedanken heiterte sich ihre Miene auf.

Wohin auch immer sie und der Bruder von ihm getragen wurden, der erste Schritt war getan.

Sie dachte an den Fremden im Hausflur.

Ein wissendes Lächeln flog über ihre Lippen, doch bevor sie wieder anfing, in aufgemotzten Erinnerungen zu schwelgen, langte sie unter den Sitz und holte den Koffer hervor.

Die Erinnerung an René kam ihr dazwischen, mit ihm hatte es nicht geklappt. Es war ein Fiasko gewesen. Sie brauchte etwas, um sich abzulenken.

Mit Schwung hob sie sich den Koffer auf die Knie, öffnete den Deckel und entnahm erneut eine Tüte Schokocrisps.

Sie riss das Zellophan auf und schüttelte sich drei oder vier Flocken in die Hand.

Die Tüte im Schoß, klaubte sie jede einzeln mit Daumen und Zeigefinger auf und schob sie versonnen zwischen die Lippen.

Vernehmlich kaute sie vor sich hin.

Aufmerksam geworden, spähte Laurens zu seiner Schwester. Seinem feinen Gespür entging nicht, dass sie innerlich in Aufruhr war. Mit den Schokocrisps wollte sie ihre Nerven beruhigen.

Dass er das spürte, war erstaunlich, denn er war seinerseits ganz woanders – nämlich vor dem Lycée Henri Barbusse, einem braunen Kasten mit Jugendstilfassade im 5. Arrondissement, zwei Métrostationen von 11, Rue Henri Beyle entfernt. Hier arbeitete Baladine als Französisch- und Deutschlehrerin, und hinter seiner Stirn verfolgte er, wie sie über den regennassen Hof stöckelte – der Kragen des Knautschlackmantels hochgeschlagen, die Taille von einem Gürtel eng geschnürt.

Es war Vormittag, gleich würde die Glocke den Beginn der Französischstunde ankündigen.

Aber es klingelte nicht.

Es knackte und knisterte.

Verheißungsvoll.

Automatisch ging Laurens mit dem Oberkörper nach vorn. Wie ein Bettler öffnete er die Hand, wenn man von der fehlenden Demut absah.

Finn nahm die Tüte und schüttete dem Bruder Crisps in den Handteller. Ihrer Ansicht nach eine ausreichende Menge.

Sie sah sich getäuscht. Eine kurze Bewegung – und der Haufen Crisps landete mit einem Satz im weit aufgerissenen Schlund des Bruders.

Und schon schoss seine Hand wieder vor und bettelte ungeduldig um Nachschub.

Finn schickte einen um Erbarmen flehenden Blick zur Decke.

Komischerweise kam ihr die Ferberboeck in den Sinn. Die Mathelehrerin. Als hätte diese kurz den Kopf ins Abteil gesteckt.

Reflexhaft zuckte Finn die Achseln.

Warum gerade sie?

Unermüdlich schrieb die Ferberboeck Formeln an die Tafel.

Finn hatte es vor sich.

Dann wusste sie es.

Die Lehrkraft bestand darauf, dass die Jungs beim Betreten der Klasse den Mädchen den Vortritt ließen. Wie echte Kavaliere.

Eine Marotte, die ihr imponierte.

Sie sah, wie die Horde sich vor dem Klassenzimmer teilte.

Ein Lächeln flog über ihr Gesicht.

Dann pauste sich der Bruder in das Bild. Sie gewahrte, dass sie schon seit ein paar Minuten zu ihm hinüberschielte.

Sein Heißhunger auf die Schokocrisps schien verflogen zu sein. Er reckte die Glieder und rekelte sich in wollüstiger Schläfrigkeit. Auf eine provozierende und beleidigende Weise wirkte er frei von der Welt. Für einen Augenblick beneidete sie ihn.

Da bemerkte sie, dass eine Bewegung durch seinen Körper lief. Der Bruder rutschte vor an die Sitzkante.

Mit Erstaunen verfolgte sie, wie er anfing, im Fenster Grimassen zu schneiden.

Eine Weile verkniff sie sich jeden Kommentar.

Endlich hielt sie es nicht mehr aus.

»Kannst du damit nicht mal aufhören?«

Ihre Stimme klang gereizt.

Laurens schien sich von dem Doppelgänger im Fenster zu Höchstleistungen angespornt zu fühlen.

Jetzt erstarrte er – er und der andere, der ihn aus dem Glas anblickte und vorgab, ebenfalls Laurens zu sein.

Verblüfft sahen die zwei sich ins Gesicht. Sekunden später traten die beiden Augenpaare auseinander und blickten aus zwei Perspektiven auf die Schwester.

Aus den Mienen getilgt: die Grimassen.

Stattdessen: Feindseligkeit.

Was bildete sich die Schwester ein …

Die wilden Verwünschungen waren förmlich von Laurens' Stirn abzulesen.

Bevor es zur Explosion kam, lenkte Finn ein. Sie wollte keinen Streit. Nicht jetzt. Besänftigend flatterte sie mit beiden Händen in der Luft.

»Das nervt«, sagte sie mit einer Stimme, aus der jede Gereiztheit getilgt war.

»Du nervst«, gab Laurens schroff zurück.

Entmutigt ließ er sich im Sitz zurücksinken.

Um den Sieg, den sie davongetragen hatte, abzumildern, tat Finn es dem Bruder nach. Das heißt, sie täuschte Verdruss vor.

Demonstrativ voneinander abgewandt, starrte jeder von ihnen mit versteinerter Miene aus dem Zugfenster.

Jeweils direkt in das gespiegelte Antlitz des anderen.

Sie sahen sich an, in der Scheibe – und brüllten gleich darauf wie aus einem Mund los.

Ihr Lachen verlässt durch die halb offene Tür das Abteil, füllt nach beiden Richtungen den Gang – und prallt gegen eine Gestalt, die sich zögernd und voller Unglauben nähert …

Urplötzlich setzte sich an die Stelle ihrer Ausgelassenheit betretenes Schweigen. Scham bemächtigte sich der Geschwister.

Bald gab es in ihrer Welt nur noch das monotone Rattern der Räder. Und Lichtpunkte, die gelegentlich im Fensterglas vorbeiflitzten.

Angelockt von der plötzlichen Eintönigkeit, kroch Ermattung die Beine des Geschwisterpaars hoch.

Laurens opferte sich. Er erhob sich und knipste das Deckenlicht aus.

Doch kaum hatte sich Dunkelheit über das Abteil gesenkt, begann es in ihnen zu arbeiten. Im Stillen fing jeder der beiden an, sich erneut mit der Entführung zu beschäftigen.

Finn hatte sich zur Seite gedreht und die Knie an sich gezogen. Sie kauerte im Lederpolster und zerbrach sich den Kopf.

Laurens, die Jacke über sich ausgebreitet, lag förmlich in seinem Sitz. Die Beine von sich gestreckt, verletzte er das Revier der Schwester. Aber das war jetzt unwichtig. Wichtig war, wer zuerst eine Idee hatte.

Aber die so nötige Idee ließ auf sich warten.

Plötzlich hörte er Finn losquasseln. Mit verstellter Stimme rief sie ins Dunkel:

»Hallo? Hallo? Spreche ich da mit Uwe Roever? 250.000 Euro verlangen wir für die Freilassung ihrer Kinder.«

Laurens hob den Kopf ein Stück an. Als jedoch nichts weiter folgte, ließ er ihn wieder gegen die Rückenlehne sinken.

»Es-tu fou? 250.000 sind viel zu wenig.«

»Zu wenig? Wie viel dann?«

»Weiß nicht. Aber bestimmt mehr als 250.000. Wir sind ja zu zweit. Das Doppelte!«

»500.000?«

Eine Pause entstand. Er dachte nach.

»Nein. Eine Million.«

»Ist das ein blödes Spiel? Immer verdoppeln? Warum dann nicht gleich zwei Millionen? Oder vier? Oder acht? Oder sechzehn?«

Im Dunkeln verdrehte Laurens die Augen. Er verkniff sich eine Bemerkung.

»Hör mal: Zweieinhalb Millionen. Zweieinhalb Millionen – das klingt richtig.« Um sich Mut zu machen, nickte er sich und dem unsichtbaren Abteil ringsherum optimistisch zu.

»Und du bist sicher, dass das nicht zu viel ist?«

»Ganz sicher.«

Gleichzeitig warfen sie die Köpfe herum.

Das Geschwisterpaar erschrak fast zu Tode.

Die Stimme, die sich da überraschend zu Gehör brachte, war den Geschwistern vollkommen unbekannt.

Vor dem halb offenen Abteil, im Gegenlicht, die Umrisse einer männlichen Gestalt.

Jetzt wurde die Tür ganz aufgezogen … ein Schritt – und die Gestalt befand sich auf der Schwelle.

Nach wie vor waren keine Details zu erkennen, aber Laurens stand noch unter dem Einfluss der Gedanken, die ihn eben beschäftigt hatten, und so gelang es ihm zur eigenen Verwunderung, zwischen der Silhouette in der Abteiltür und ihren geschwisterlichen Plänen eine Brücke zu schlagen.

Der Entführer!

Mit Schwung warf er die Jacke ab und schnellte von seinem Sitz hoch. Mit einem Griff war er am Schalter für die Deckenleuchte.

Licht flammte auf und fiel der Person auf Gesicht und Schultern.

Ungezwungen stand da ein Mann mit römischen Zügen, groß und schlank, das Haar dunkel und leicht gewellt, helle Augen, die Finn in der Vorstellung sogar noch heller vorkamen.

Sie schätzte ihn auf Ende dreißig.

Die Mütze in der freien Hand hätte ihm beinahe den Anschein von Verlegenheit gegeben, wäre da nicht sein herablassender Gesichtsausdruck gewesen.

Ein feines, undurchdringliches Lächeln legte sich auf sein Gesicht.

»Zweieinhalb Millionen sind für euch beide das Mindeste. Da dürft ihr sicher sein.«

6

»Ihr habt nichts dagegen, dass wir uns duzen?«

Laurens hatte die Hand noch am Lichtschalter, da war das blanke Entsetzen bereits aus den Augen der Schwester gewichen, was ihm überhaupt erst zu Bewusstsein brachte, dass er selbst kaum weniger entsetzt gewesen war.

Unfähig, einen klaren Gedanken zu fassen, tastete er mit den Händen nach den Armlehnen, entschied sich dann aber anders und blieb stehen.

Er ließ den Unbekannten nicht aus den Augen.

Der schaute ihn nur arrogant an und lachte.

»Kannst dich ruhig wieder setzen.«

Die Stimme klang unerwartet wohlwollend.

Rat suchend blickte Laurens zur Schwester und hörte sie mit großem Formwillen sagen:

»Sie haben ja bereits entschieden, es zu tun.«

»Was zu tun?«

»Uns zu duzen.«

Der Mann überhörte den versteckten Einwand.

»Ihr seid mir ja lustig!«, begann er. »Was macht ihr denn in diesem Zug?«

Die Frage ließ keinen Zweifel daran, dass der Unbekannte mindestens so erstaunt war über ihre Anwesenheit wie sie über die seine. Er wirkte amüsiert. Der Ton in seiner Stimme war keineswegs feindlich, eher unentschieden, und ließ jede übertriebene Vorsicht unangebracht erscheinen.

Laurens entspannte sich. Er folgte der Aufforderung und fiel auf seinen Platz zurück. Eine Bewegung, mit der er wie von selbst in seine vertraute Lässigkeit fand. Für einen Moment war er geneigt, in dem Unbekannten einen

Bediensteten der Bahn zu sehen – allerdings außerhalb der Dienstzeiten.

Finn schwang ihre Beine auf den Boden, schlüpfte in die Schuhe, ordnete sich und nahm eine etwas gekünstelte Haltung ein.

Der Unbekannte hatte einen Fuß ins Abteil vorgeschoben. Zwischen den Fingern der einen Hand hing noch immer die Mütze.

Finn identifizierte die Kopfbedeckung als Schiebermütze im Fischgratdesign, wie sie gern von halbseidenen Gestalten in alten französischen Filmen getragen wurde.

Ohne dass der Fremde es merkte, wurde er von ihr ausführlich gemustert.

Wie er so dastand und die Augen durch das Abteil führte, ging eine große Konzentration und Schlichtheit von ihm aus.

Es war der Moment, in dem Finn sich in ihn verliebte.

Laurens spürte das, es wurde ihm bloß nicht bewusst.

Der Mann trug eine halblange, gefütterte Lederjacke, wie sie einmal unter Hafenarbeitern verbreitet gewesen war, eine dunkelblaue Jeans und lederne Trekkingschuhe mit auffallenden, gelb-schwarzen Schnürsenkeln.

»Habt ihr denn überhaupt Fahrkarten?«

Laurens nickte. »Klar.«

»Darf ich mal sehen?«

Bevor Laurens Anstrengungen unternahm, sein Ticket hervorzukramen, warf er der Schwester einen fragenden Blick zu.

Als Finn nach kurzem Zögern anfing, die Napoleontaschen ihres Parkas zu durchsuchen, folgte er ihrem Beispiel.

Der Unbekannte ergriff die ihm hingehaltenen Fahrkarten und warf einen ausführlichen Blick darauf.

Schließlich sah er auf und sagte zu den beiden:

»Ihr sitzt im falschen Zug. Der hier endet in Garmisch. Der bringt niemanden nach Paris.«

Eine kleine, kalkulierte Pause entstand.

Der Mann reichte die Fahrscheine zurück.

»Weder direkt noch über Köln.«

Laurens entging nicht, dass der Unbekannte jetzt die andere Hand an den blau lackierten Türgriff legte, als beabsichtigte er, tatsächlich die Rolle eines Kontrolleurs anzunehmen und in den Gang zurückzutreten, die Tür zuzuziehen und sich zum nächsten Abteil zu begeben.

Ein dunkles Gefühl warnte ihn davor, den Mann einfach so gehen zu lassen. Die Enttäuschung wäre zu groß gewesen. Um ihn zurückzuhalten, richtete er das Wort an ihn. Spontan und ohne groß nachzudenken.

»Garmisch? Das liegt irgendwo am Rand der Alpen?«

Der Fremde sah ihn an, ohne eine Reaktion zu zeigen.

Er gehörte zu jenem Typus Mensch, dem sofort klar war, wenn er höllisch aufpassen musste mit dem, was er sagte. Ein Okkasionalist.

Er überlegte kurz. Es gab für ihn keinen Grund, die Wahrheit zu verschweigen.

»Habt ihr nicht bemerkt, dass der ICE komplett leer ist?«

Laurens tauschte mit der Schwester einen weiteren Blick aus.

»Klar. Schon in Hamburg. Aber es war zu spät. Die Türen ließen sich nicht mehr öffnen.«

Unsicher, was er mit den Händen anfangen sollte, faltete Laurens das Ticket zusammen und schob es in die Gesäßtasche der Jeans zurück.

»Wir sind durch den ganzen Zug gelaufen. Was hätten wir tun sollen?«

Den letzten Satz sagte er in einem entschuldigenden Ton, als bedürfte das Verhalten der Geschwister einer Rechtfertigung.

Nun geschah etwas, auf das er so wenig vorbereitet war wie die Schwester.

Der Fremde löste sich aus dem Rahmen und trat zu ihnen ins Abteil. Verschwörerisch, ohne allzu viel Radau, zog er die Tür hinter sich zu.

In die eingetretene Stille hinein murmelte er:

»Jetzt sind wir unter uns.«

Die Bemerkung kam so gedämpft, dass sich das Abteil schlagartig in eine Art Geheimkabinett verwandelte.

»Gibt es außer uns denn noch Fahrgäste?«

»Ich hoffe nicht!«, kam die lakonische Antwort. »Ihr zwei seid mir Überraschung genug.« Er sagte das mit halbem Ernst.

Die Geschwister wechselten Blicke. Sie glaubten nicht mehr an eine Bedrohung. Sie hatten sich ja entschieden, die Situation als im Kern ungefährlich einzustufen.

Merkwürdig war diese Begegnung trotzdem – mitten in der Nacht und in einem Zug, von dem sie bisher gedacht hatten, dass er bis auf sie selbst keine anderen Passagiere beförderte.

Inzwischen hatte sich der Mann seiner Lederjacke entledigt und auf einem der beiden Plätze am Gang niedergelassen. Mit einer halben Drehung wandte er sich den Geschwistern zu. Er trug einen schlichten, engen Pulli. Wie es schien, auf nackter Haut.

»Wen wollt ihr denn überhaupt erpressen?«

Seine Frage überrumpelte den Rest des Abteils.

Lässig schlug er die Beine übereinander. Während er gespielt gleichmütig die Antwort abwartete, erforschte er mit großem Ernst das Schwarz im Fenster. Als wollte er sich orientieren. Langsam drehte er dabei die Mütze in den Händen.

Zu Laurens' Verblüffung gab die Schwester eine ausweichende Antwort. Das war sehr klug, wie er sich eingestehen musste. Er selbst wäre – überrumpelt, wie er war – wahrscheinlich viel zu vertraulich geworden.

»Vielleicht ist Erpressung das falsche Wort …«

Der Unbekannte ging auf Finn nicht näher ein. Es war jetzt gut zu erkennen, dass sich in seinen Mundwinkeln Spott und Arroganz eingenistet hatten, nicht untypisch für einen Mann, der offensichtlich über lateinische Wurzeln verfügte.

»Ein schöner Aufwand, den die Bahn da betreibt, um gerade mal drei Passagiere durch die Republik zu bugsieren. Findet ihr nicht?«

Keines der beiden Geschwister wusste, was es darauf antworten sollte. Um die peinliche Stille zu überspielen, nahm Finn einen tiefen Schluck aus der Wasserflasche.

»Normalerweise könnte man behaupten, dass das Flottenmanagement generalüberholt werden muss.«

Der Mann richtete den Blick auf die Uhr an seinem Handgelenk. Wie zu sich selbst sagte er: »Wird noch ein paar Stündchen dauern, bis wir in Garmisch eintreffen.«

Um die Hände freizubekommen, legte er die Mütze auf den Platz gegenüber. Mit dem ganzen Oberkörper vorgehend, stützte er sich mit den Ellenbogen auf den Oberschenkeln ab. Kaum zu übersehen, dass er der Gegenwart Tribut zollte und seinen Körper trainierte.

Schließlich atmete er hörbar durch, als wollte er anzeigen, dass er mit der nächsten Bemerkung etwas ausholen würde.

»Das hier ist keine normale Fahrt. Das dürfte euch inzwischen klar geworden sein. Ich will euch aufklären.«

Der Aufmerksamkeit seines jungen Publikums gewiss, heftete er den Blick an den von geschmolzenem Schnee und Dreck verschmutzten Boden und lächelte süffisant.

»Das hier ist eine Leerfahrt.«

Er sagte das so beiläufig, dass es verwunderte, als er die Augenbrauen hob, nachdem keine Reaktion erfolgte.

»Wisst ihr, was das ist?«

Wieder kam von den Geschwistern keine Reaktion.

»Der Zug fährt leer und ohne Zwischenstopp nach Garmisch. Morgen dieselbe Strecke wieder zurück. Nach Hamburg. Aber diesmal mit neuer Umlaufnummer! Regulär. Laut Fahrplan. Mit Halts an allen größeren Bahnhöfen.«

Laurens hielt seine Fragen zurück. Er wollte sich nicht vorschnell blamieren.

Die Schwester zog die Stirn in Falten. Dann entgegnete sie: »Woher wissen Sie das?«

»Ganz einfach: Weil ich an dieser innerbetrieblichen Leerfahrt regelmäßig teilnehme. So ungefähr alle zwei Monate.«

Die Antwort kam so überraschend, dass es das Geschwisterpaar sprachlos machte. Man konnte förmlich hören, wie es hinter ihren Stirnen rumorte.

»Geschäfte, ihr versteht«, fügte der Fremde sibyllinisch hinzu.

Nach einiger Zeit begann er von Neuem.

»Aber vielleicht sollte ich mich erst einmal vorstellen. Ihr wollt wahrscheinlich wissen, mit wem ihr es zu tun habt. Kann ich euch nicht verdenken.« Verschmitzt sah er abwechselnd in die Gesichter der beiden. »Nun gut: Man nennt mich ›Prinz‹.«

»Prinz?« Finn warf dem Mann einen Blick zu, in dem sich Spott, Neugier und Belustigung mischten.

Laurens fragte sich, ob man einen albernen Namen wie »Prinz« als Nom de Guerre durchgehen lassen konnte.

»Ein Name, kein Titel«, schränkte der Fremde ein und hob die Hände, »ohne größere Bedeutung. Schon in der Schule bin ich ›Prinz‹ genannt worden. Meine Mutter wollte, dass ich das Haar kinnlang trage.«

Aufmerksam prüfte er die Gesichter seiner beiden Zuhörer. Dann beugte er sich in die Mitte des Abteils.

»Höchstens aquitanisch bin ich Prinz.«

Ein unvermutet jungenhaftes, spitzbübisches Lachen entfloh seiner Kehle.

Als er sah, dass niemand begriff, wovon er redete, wechselte er den Ton.

»Nun gut. Und ihr? Wie heißt ihr?«

Nach einem Augenblick der Unentschlossenheit, in dem keinem der Geschwister eine Idee kam, wie der in Anbetracht ihrer künftigen Pläne heiklen Frage auszuweichen war, deutete Finn auf ihr Gegenüber.

»Das ist Laurens. Mein Bruder.«

Sie erhob sich von ihrem Sitz, was seltsam manieriert wirkte.

»Und ich bin Josefine. Genannt Finn.«

Nach kurzem Zögern fügte sie hinzu:

»Ich komme gleich wieder.«

Bevor sie das Abteil verlassen konnte, ergriff der Prinz ihren Arm und murmelte ebenso leise wie bestimmt:

»Alles andere wäre ein Affront.«

Er zeigte sein makelloses Gebiss.

Finn verschwand auf den Gang.

Laurens bemerkte, dass ihr der Prinz unverhohlen hinterhersah.

In der Zeit bis zur Rückkehr der Schwester verstummte das Abteil. Der Prinz zeigte dem Raum sein unverwüstliches Lächeln. Nur das gleichmäßige Schlagen der Räder war zu hören. Laurens sah unverwandt zur Gepäckablage hoch und tat so, als dächte er nach.

Endlich erschien die Schwester wieder vor dem Abteil. Für einen Moment stand sie in der Tür und schickte der unmittelbaren Zukunft ein debiles, zweckfreies Räuspern.

Mit ausgestellter Unschuld blickte der Prinz gleich darauf in eine wieder vollständige Runde.

»Zwei Komma fünf Millionen – das ist, wie ich finde, eher zu niedrig als zu hoch angesetzt. Ihr habt doch noch alles vor euch, oder?« Er lachte kurz auf. »Ist natürlich abhängig von der Potenz desjenigen, der die Summe am Ende bezahlen muss.«

Er unterbrach sich, als wollte er die Wirkung seiner Worte überprüfen.

»Der ist reich genug«, sagte Finn in die Stille hinein.

Laurens schickte ihr einen erbosten Blick.

»Wer?«

»Der Feind.«

»Der – was?«

»Der Reeder, unser Vater.«

Jetzt hatte die Schwester alles verbockt, so klug sie eben noch reagiert hatte. Es gab nun einen Mitwisser.

Er verstand nicht, was in der Schwester vorging. Aber sie kam ihm verändert vor.

»Der Feind?«

»Ja, unser Vater.«

»Was für eine entzückende Idee«, rief der Prinz aus, ohne sich auch nur eine Sekunde zu wundern. »Den eigenen Vater erpressen. Gut, warum auch nicht? Niemand ist gezwungen, seinen leiblichen Vater zu lieben. Kompliment! Da kommt euch so schnell keiner drauf.«

Verlegen starrten die Geschwister zu Boden.

Ihr neues Abteilmitglied senkte daraufhin vernehmlich die Stimme.

»Hört mal, ihr braucht keine Sorge haben, dass ich etwas verrate. Das ist euer Ding, nicht meins. Außerdem: Sehe ich aus wie ein Verräter?«

Der Prinz gab sich empört.

»Ich bin verschwiegen wie ein Grab.«

Theatralisch legte er seine flache Hand auf die Brust.

Wieder räusperte sich Finn. Sie hatte dem Prinzen gar nicht richtig zugehört. Offenbar war sie viel zu sehr mit sich selbst beschäftigt. Es drängte sie zu einer Art Beichte. Sie war nicht mehr zu bremsen.

»Es gibt allerdings ein Problem«, fügte sie ihrem übereilten Geständnis hinzu.

Ihre Aufrichtigkeit wurde dem Bruder langsam unheimlich.

»Wir wissen nicht, wer uns entführen könnte.«

Der Prinz verzerrte bei diesen Worten seine Miene, als quälten ihn furchtbare Schmerzen. Nur für ein, zwei Augenblicke. Dann gelang es ihm, seine Züge zu einem hinterhältigen Grinsen zu arrangieren.

Doch bevor er zu einer Antwort ausholen konnte, kratzte der ICE für ein paar Sekunden vernehmlich in den Schienen.

7

»Hm.«

Mehr äußerte der Prinz zunächst nicht. Dann, nach einer scheinbar endlosen Zeitspanne, setzte er hinzu:

»Vielleicht kann ich euch helfen.«

Die Geschwister stellten die Ohren auf.

Zu früh, denn sie wurden ein weiteres Mal auf die Folter gespannt.

Endlich kam der erlösende Satz:

»Ihr fahrt mit mir nach Wien.«

Aus Finns Ecke kamen Geräusche.

Die Schwester brachte einen Einwand vor.

»Wien? Haben Sie vorhin aber nicht erwähnt! Sie haben von Garmisch gesprochen.«

Trotz der Ermahnung blieben die Geschwister hartnäckig bei der formellen Anrede.

Der Prinz machte eine Gebärde, die um Nachsicht warb.

»Ihr habt vollkommen recht. Der Widerspruch lässt sich aber auflösen, wenn ich euch sage, dass es auf dem Weg nach Garmisch einen kurzen Zwischenstopp in München gibt. Dort wird der Zugführer ausgewechselt. Ich nutze die Gelegenheit, um auszusteigen. Denn ich will nicht nach Garmisch, ich will nach Wien. Am nächsten Morgen nehme ich den entsprechenden Zug.«

»Und was sollen wir in Wien?«

»In Wien nehmen wir das Lösegeld entgegen.«

Der Prinz sah aus dem Abteil in die Nacht. Plötzlich wirkte er schläfrig. Vielleicht versank er auch nur in die Betrachtung eines Traums.

Vorübergehend gab sich Laurens der faszinierenden Tatsache

hin, dass das Abteilfenster auf das Gesicht des Mannes einen bläulichen Widerschein zauberte.

»Hat einer von euch je Wien besucht?«

Ohne eine Reaktion des Geschwisterpaars abzuwarten, fuhr der Prinz im gleichen Atemzug fort:

»Eine herrliche Stadt! Erst recht seit den Veränderungen in Zentraleuropa.«

Er schien kurz zu überlegen.

»Wien verfügte allerdings immer schon über einen eigenen Balkan, wie man dort sagt. Alles, was dreckig ist, schmierig, nihilistisch und hinterfotzig, das ist der Balkan.«

Er hielt ein weiteres Mal inne.

»Und Wien selbst gehört ja zum Balkan! Jedenfalls mehr als zu uns! Die Stadt wirft sich der anderen Seite förmlich an den Hals! Wie eine Hure.«

Er strich sich über das Haar.

»Ihr wolltet nach Paris? Recht so! Eine gute Wahl! Paris gleicht Wien. Zwei Städte mit entwickeltem Hausmeisterwesen. Das nenne ich Zivilisiertheit. Aber nicht nur im Parterre ähneln sie sich, auch im Streben nach Größe. Denkt nur an das Riesenrad. Denkt nur an den Eiffelturm. Wo der Zusammenhang ist? Das Riesenrad wurde nur gebaut, um dem Eiffelturm Konkurrenz zu machen. Zwar wurde es in Chicago erfunden, aber eine der gelungensten Kopien steht nun mal im Prater in Wien. Das Exemplar ist legendär!«

In Fahrt gekommen, schwächte der Prinz, ganz nach Art eines Causeurs alter Schule, seine Euphorie künstlich ab.

»In einem jedoch unterscheiden sich die beiden Schönheiten: Anders als in der Seinemetropole hat in Wien die moderne Hemdsärmeligkeit keine Chance. Hier ist man erwachsen. Die Kellner haben aristokratische Manieren. Man erfreut sich an Kulissen und Kostümen. Mit anderen Worten: Wien ist das ideale Pflaster für Hochstapler! Und eine Stadt ohne Hochstapler, glaubt mir, ist barbarisch.«

Um seine sublime Theorie zu unterstreichen, legte er beschwörend die Hand auf sein Herz.

»Wenn ich meine Geschäfte erledigt habe, fahre ich nie gleich nach Hamburg zurück. Ich bleibe in Wien. Für ein, zwei Tage, manchmal bleibe ich sogar eine Woche. Oder noch länger. Ich liebe Wien. In der Stadt bin ich sicher.«

Finn wurde hellhörig.

»Sicher?«

»Ach so.« Der Prinz klang mit einem Mal müde. Bevor er weitersprach, setzte er ein sanftes, flaumiges Lächeln auf. »In Hamburg werde ich so sehr gehasst, man arbeitet so sehr gegen mich, dass ich anfange, die Sache ekelhaft zu finden. Und da ich nicht der Mann bin, der den Kopf hängen lässt, bin ich dabei, mir in Wien eine zweite Existenz zu suchen.«

»Wie meinen Sie das?«

Statt einer Antwort lieferte der Prinz nur den Anblick eines Mannes, dessen Gedanken abschweifen.

Sehr weit abschweifen.

Im Abteil war für Momente wieder nur das eintönige Schlagen der Räder gegen den Wagenboden zu hören.

Nach einer Weile schien der Prinz wieder zu sich zurückgefunden zu haben.

»Lassen wir das«, sagte er barsch.

Der Prinz beugte sich vor und warf einen kritischen Blick auf seine Schuhspitzen.

»Das bringt mich zurück zu dem, was ich euch eigentlich vorschlagen wollte.«

Er hob jetzt den Kopf und musterte seine Zuhörer streng.

»Ich kann euch helfen.« Er machte eine gewichtige Pause. »Unter einer Bedingung: Im Gegenzug teilt ihr das Lösegeld mit mir. Ihr zwei Drittel, ich ein Drittel. Um es uns einfacher zu machen, fordern wir von eurem Herrn Vater statt zweieinhalb Millionen drei Millionen. Das macht für jeden eine Million.«

Er wandte sich der Lederjacke in seinem Rücken zu, strich ihre Ärmel glatt und entnahm der Innentasche eine zusammengerollte Zeitung, um es sich daraufhin im Sitz wieder bequem zu machen.

»Überlegt es euch.«

Während der Prinz die Zeitung studierte, versanken die Geschwister in sprachlose Solidarität. Im Geiste wurden sie mit den Konsequenzen ihres eigenen Plans konfrontiert – und nun, wo sie diese Konsequenzen so drastisch wie noch nie vor Augen hatten, bekamen sie kalte Füße.

Erpresserschreiben – Lösegeldübergabe – Flucht ins Ausland – die Polizei an den Hacken – der Batzen Geld, über den sie plötzlich frei verfügen sollten – all das machte ihnen Angst, anstatt sie in Euphorie zu wiegen.

Das Kidnapping begeisterte die beiden als Idee. Doch das Leben setzt sich nicht aus Zuständen der Begeisterung zusammen. An die Begleitumstände einer Entführung hatten sie nie auch nur einen halben Gedanken verschwendet. Die Realität interessierte sie nur bedingt.

Laurens ertappte sich dabei, wie er anfing, mit Wehmut an Othmarschen zu denken, an Addax und Frisbee und Dilya und sogar an die Schule und seine Kameraden, die er nie mehr wiedersehen würde; selbst Darius war ihm egal.

Er dachte daran in einer Art und Weise, als wäre der Plan bereits ausgeführt; als läge die Entführung schon hinter ihm; als befände er sich in einem heißen und namenlosen Ausland irgendwo in der Nähe des Äquators und blickte als 25-Jähriger oder so unter einem ewig sich drehenden Ventilator auf sein eigenes Leben zurück.

Besonders schmerzlich stieg ihm zu Bewusstsein, dass er auch Baladine nicht würde wiedersehen können – dieses verehrungswürdige Geschöpf, ohne das seine Träume leer blieben, sein Leben ohne Sinn und Woanders war; ohne Zugang zu jener Welt neben der offenbaren.

Gut, es gab noch Lia und ein paar andere Ausweichkandidaten ... aber wiedersehen würde er keinen mehr von ihnen.

Düster trat ihm die tragische Natur ihres Plans vor Augen.

Dass die Lage zwischen dem Reeder und ihnen, der Brut, angespannt war, wusste in Othmarschen jeder. Finn und er befanden sich in einem namenlosen Aufstand.

Dennoch ist ihr Verhältnis zum Vater komplex. Für das Leben, wie sie es unter seiner Regie führen müssen, bringen sie bekanntlich wenig Sympathie auf – aber eben nur unter der Voraussetzung, dass der Reeder ihre Gefangenschaft im Palast täglich erneuert!

Und so ist es mit allem anderem: Beiden wird übel, wenn sie nur von Ferne an Schule denken – solange sie gezwungen sind, die Schule zu besuchen!

Sie verachten die Gemeinschaft – aber nur solange sie zur Schau stellen können, dass sie sich absondern.

Diese seltsame Welt der Geschwister ...

Die Gedanken, die in Finn gären, sind denen des Bruders nicht ganz unähnlich.

Sie fragt sich gerade, ob diese neue und unerwartete Zukunft auch Situationen bereithält, die derjenigen gleichen, die sie im letzten August im Quartier des Halles erlebt hat.

Der Unbekannte im Hauseingang, der regungslos an der Mauer lehnte!

Unbewusst verwandelte er sich in ihrer Erinnerung und nahm Züge des Prinzen an ...

Wien kannte sie nicht. Wenn sie an eine andere Stadt dachte, kam ihr Rantum in den Sinn, das Einzige, was sie neben Hamburg und Paris besser kannte, weil der Feind dort ein Ferienhaus besaß.

Sie bekam Zweifel, ob Wien der richtige Ort für ihre Zukunft war.

Sie bemerkte, dass ihr der Prinz über den Rand seiner Zeitung hinweg regelmäßig prüfende Blicke sandte.

Mochte Wien nicht der richtige Ort sein, der Prinz war der richtige Mann!

Plötzlich erklang seine Stimme hinter der Zeitung.

»Wenn wir es geschickt anstellen, wird euer Vater vielleicht sogar darauf verzichten, die Polizei einzuschalten. Drei Millionen sind zwar auch für einen erfolgreichen Reeder kein Pappenstiel, wenn er aber den Eindruck hat, dass sich seine Investition lohnt, wird er unseren Forderungen nachkommen.«

Laurens entdeckte mit Verwunderung, dass der Prinz den Feind anders sah als er und die Schwester. Sie dachten nicht in allgemeinen Kategorien, sie dachten in Anekdoten.

Zum Beispiel fiel Laurens in letzter Zeit oft die Sache mit dem Portemonnaie ein. Vor ein oder zwei Monaten hatte der Reeder es versehentlich zurückgelassen, und zwischen Rezepten, Quittungen und Ausweis hatte Laurens die Visitenkarte eines erotischen Clubs entdeckt. »Salambo« war auf die weiß lackierte Pappe in Goldbuchstaben geprägt. An den Namen konnte er sich noch gut erinnern.

Erst verstand er gar nicht, worum es sich drehte. Der Schwester verschwieg er den Fund. Später stöberte Dilya die Karte beim Aufräumen zwischen seinen Sachen auf und ließ sie wortlos in ihrem Kittel verschwinden.

Stets erheiterte es ihn, wenn er in Gedanken wieder ihrem tadelnden Blick von damals begegnete.

Tous ces moments
Perdus dans l’enchantement

Qui ne reviendront.

Die Schwester wiederum kehrte bei solchen Gelegenheiten, bei denen es um die Einschätzung ihres Erzeugers ging, gern zu jenem unglückseligen Morgen im vergangenen Frühjahr zurück, als sie von einem wutentbrannten Feind zur Rede gestellt wurde, weil sie es gewagt hatte, zum Frühstück mit bemalten Lippen zu erscheinen …

Was für ein Heuchler!, sagte sie sich dann im Stillen, war es doch aufgrund verschiedenster peinlicher Vorfälle in der Vergangenheit offensichtlich, dass er Geschmack an Huren fand und an stark geschminkten Frauen im Allgemeinen.

Auf Lippenstift fuhr er geradezu ab.

Weil sie vor innerer Empörung mit dem Oberkörper in die Höhe gegangen war, warf sie einen Schatten, der das Blickfeld des Bruders am Rand so stark einschränkte, dass dieser zu ihr aufsah.

Sie fiel wieder in den Sitz zurück, zog die Beine an, quetschte sich quer in ihren Sitz und schlang die Arme um die Knie. So präsentierte sie sich dem Prinzen von einer neuen Seite.

»Wien …«, sagte sie und ließ den Namen für eine Weile im Abteil schweben.

Der Prinz ließ die Zeitung sinken.

Nichts in ihrem Tonfall verriet Wohlwollen oder Sympathie für den Mann, dessen Gebärden einen Schliff zeigten, der geeignet war, sie für ihn einzunehmen. Doch in Wahrheit war es einfach nur so, dass sie eine Entscheidung getroffen hatte – eine Entscheidung gegen sich und ihre Angst.

Das Paradies war die Hingabe, Hingabe an fremde Blicke, an fremdes Begehren … das Begehren von irgendwem.

Ihre Finger spielten mit der einen Hälfte des Schals.

»Wie Sie für Wien schwärmen! Das macht mich neugierig. Nun, dann will ich mir die Stadt ansehen. Gern sogar. Sogar ausgesprochen gern!«

Ihre Augen sprangen kurz zum Gegenüber, dem anzusehen war, dass er aus dem Staunen nicht herauskam.

»Mit meinem Bruder natürlich.«

Sie schüttelte ihr Handgelenk, als würde sie sich auf einmal des Gewichts ihrer Armbanduhr bewusst.

Laurens glaubte seinen Ohren nicht trauen zu dürfen.

Was plapperte die Schwester da?

Hörte er richtig?

Was war nur los mit ihr, dass sie jede Vorsicht fahren ließ?

Klang, was sie vorbrachte, nicht wie eine verklausulierte Einverständniserklärung?

Ja, das war es.

Eine Einverständniserklärung.

Laurens fasste es nicht.

Von nun an waren sie zu dritt!

8

In das Abteil war friedliche Ruhe eingekehrt.

Die Insassen hatten es sich in den Ecken bequem gemacht und konzentrierten sich auf ihre Lektüre.

Die Geschwister am Fenster, der Prinz am Gang.

In einer freien Ecke lag auf dem gegenüberliegenden Polster die Mütze.

Ab und zu hörte man Papier rascheln.

Selten Zellophan. Dann ging die Tüte mit den Lakritzschnecken reihum.

Finn las in einem dicken Roman, wie es in ihrer Klasse gerade Mode war.

Der Bruder erfreute sich an dem hochwertigen Druck des Albums, das er in den Händen hielt. Das Weihnachtsgeschenk der Tante. Genießerisch blätterte er Seite für Seite um, wobei er mit dem Daumen sorgsam den Falz glättete. Immer wieder hob er das Papier an die Nase, um sich am Geruch der Farben zu berauschen.

Der Prinz studierte Sportergebnisse.

Hätte es sich um eine normale Fahrt gehandelt, hätte man in dem Trio wohl das intakte Fragment einer Familie gesehen, die beschlossen hat, in den Winterurlaub aufzubrechen.

Aber der Schein trog.

Im Innern der drei Personen wäre erhöhte Aktivität festzustellen gewesen.

Alle berührten einander im Geiste.

Und jeder hatte seine eigenen Gründe dafür.

Plötzlich ließ der Prinz die Zeitung sinken und wandte sich an Finn.

»Ich muss deine Stimme hören!«

Seine überraschende Äußerung klang ruhig und besonnen. Man konnte fast den Verdacht haben, dass er sich den Satz vorher genau zurechtgelegt hatte.

»Wärst du so nett, mir etwas vorzulesen? Du hast eine ganz außergewöhnliche Stimme!«

Verblüfft hob Finn das Gesicht und schielte über die Seiten ihres Buchs hinweg in Richtung des Sprechenden.

Laurens, der ebenfalls aufgesehen hatte, bekam gerade noch mit, wie der Prinz aus seiner Ecke einen inständigen Blick zur Schwester sandte.

»Wenn Sie möchten …«, hörte er die Schwester sagen.

»Ich will deine Stimme hören, um besser herauszufinden, wer du bist!«

Der Bruder hätte ob dieses Getues aufjaulen mögen.

Finn aber fühlte sich geschmeichelt.

Sie rückte sich gerade.

Sie lächelte verlegen.

Dann begann sie zögernd mit dem Vorlesen. Doch nach drei, vier Sätzen wurde sie unsicher und stockte.

»Bitte!«, drängte der Prinz.

Die Schwester holte Atem. Ohne aufzusehen, fuhr sie fort. Sie fühlte sich ein bisschen wie in der Schule.

Nein, nicht wie in der Schule. Wie beim Theater, wenn man vor Publikum sprach.

Sie sah sich im Turnsaal vor den versammelten Schülern stehen …

Dieser Gedanke schien zu helfen, denn nach einer Weile wurde ihre Stimme fest. Bald las sie zügig und temperamentvoll, von der eigenen Intonation mitgerissen.

Laurens war irritiert. Er konnte nicht glauben, was sich vor seinen Augen immer deutlicher abzeichnete – und doch sagte ihm sein Instinkt, dass er Zeuge eines skandalösen Vorgangs wurde.

Er warf einen zweiten und dritten prüfenden Blick zur Schwester.

Ihr ganzes Benehmen war kokett. Es erinnerte ihn an zwei Mädchen aus der Klasse, die sich stets besonders hervortaten, wenn die angehimmelten Stars unter den Lehrern den Raum betraten.

Sein Herz bekam einen Stich.

Wien.

Er konnte sich unter der Stadt nicht viel vorstellen.

Aber vereinbarungsgemäß war sie jetzt ihr Ziel.

Das verhieß nichts Gutes.

Denn ab jetzt war er in der Minderheit.

Unfähig, sich wieder auf das Album in seinen Händen zu konzentrieren, gab er sich den Anschein, als würde er gleichfalls der abstrusen Geschichte lauschen, die die Schwester vortrug. Der Roman erzählte von einem Neffen des äthiopischen Kaisers im Jahr 1925 …

Es war zwei Uhr morgens.

Wenn man es richtig besah, lag seit gut einer Stunde eine Serie von Entscheidungen hinter den Geschwistern, die alles übertraf, wozu sie sich in der Vergangenheit je gegenseitig angestiftet hatten. Nichts konnte da mithalten – keine verabredete Lüge und kein gemeinsames Schulschwänzen.

Zum ersten Mal im Leben gewannen sie den Eindruck, ausschließlich für sich und im eigenen Namen gehandelt zu haben, ohne Rücksicht auf den Feind, auf Schule oder Vernunft. Das ließ sie im Gefühl einer überwältigenden Freiheit schwelgen, denn sie wussten nun, dass sie den Gang der Welt in ihrem Sinn verändern konnten. Und, was beinahe noch berauschender war: dass dieses Wissen niemals mehr aus ihren Köpfen zu tilgen sein würde.

Es ist keine Übertreibung, wenn man sagt, dass sie in diesem Moment ein höherstufiges Glück erlebten, eines, das nicht bloß eine Belohnung darstellte für etwas, das eigentlich von außen herangetragen wurde. Nein. Es war vielmehr ein tief empfundenes Glück, eines, das sie in sich selbst fanden und das sie darum innerlich reifen ließ.

Es waren Jahre, um die sie reiften.

Im Zeitraffer wurden sie praktisch erwachsen.

So kam es ihnen vor.

Laurens senkte die Lider. Durch den Vorhang der Wimpern versuchte er das Stadium des angenommenen Flirts auszuspionieren.

Er sah, wie der Prinz ohne erkennbare Regung den Worten folgte, die Finn mit ihrer Stimme fein säuberlich in der Luft auffädelte. Doch bald schon schien es ihm, als hypnotisiere sie ihn.

Wahrscheinlich, weil der Prinz gerade mit einem melancholischen Ausdruck im Gesicht die Augen schloss.

Wenn man Laurens' Eifersucht einmal beiseite lässt, muss man sagen, dass die Gefühle der Geschwister bezüglich des Plans, den sie mit dem Prinz inzwischen ausgeheckt hatten, recht widersprüchlich waren.

Einerseits waren sie von dem Komplott enthusiasmiert.

Andererseits aber waren sie von der Rücksichtslosigkeit schockiert, zu der sie imstande waren, von der Tatsache, wie berechnend und kaltblütig sie sein konnten.

»Brut«, so folgerten sie, mochte der rechte Ausdruck für sie sein.

Aber da war noch etwas, das es in ihren Augen zu bedenken galt.

Das Komplott überbrückte die Distanzen im Abteil. Inzwischen hatten die beiden Parteien ja begonnen, sich geradezu füreinander verantwortlich zu fühlen!

Und das jagte den Geschwistern eben auch Angst ein.

Ohne dass sie sich darüber verständigen mussten.

Sie wussten, dass sie bereits viel zu viel von sich preisgegeben hatten, um im Fall eines Zerwürfnisses nicht erpressbar zu sein. Sogar dass sie den Reeder »Feind« nannten, ließ sich nötigenfalls gegen sie verwenden.

Wenn sie also nicht wollten, dass der Prinz wieder zu einem Fremden wurde – mit für sie unabsehbaren Folgen –, mussten sie zum Erhalt der Gesamtbalance etwas beitragen.

Was bot sich da mehr an, als bei der detaillierten Planung der Lösegeldübergabe mit Verbesserungsvorschlägen und Ideen dem Prinzen produktiv zur Seite zu stehen?

Eilfertig kamen Finn und Laurens der Aufgabe nach.

Hatte man dieses ausreichend bedacht und jenes ins Kalkül gezogen?

Ein Fest der Heuchelei.

In groben Strichen lautete der Plan am Ende folgendermaßen: Von München aus sollte der Feind am Mittag über die Entführung seiner Brut und die Lösegeldforderung informiert werden. Per SMS von einer Prepaidkarte. Dass die City Night Line sie entgegen aller Erwartung nicht am Quai cinq der Gare du Nord abgesetzt hatte, würde Baladine zu jener Stunde bestimmt schon mit panischer Stimme nach Othmarschen gemeldet haben. Daran hatten die Geschwister keinen Zweifel.

Avoir une longueur d'avance sur quelqu'un.

Ohne die Polizei einzuschalten, sollte der Feind das Geld zwei Tage später in Wien an die Kidnapper aushändigen – an einem Ort, der dafür wie gemacht erschien: dem Prater.

Im Januar hatte der Vergnügungspark Nebensaison, das heißt, es gab viel weniger Besucher als zu Weihnachten oder im Mai.

Der Prinz hatte ein Spiegelkabinett als Übergabeort vorgeschlagen – eine Attraktion namens »Verlies 32«, die rein zufällig zu kennen er gegenüber den Geschwistern vorgab. In dem Irrgarten sollte der Reeder die Tasche mit dem Lösegeld einfach an einer noch zu vereinbarenden Stelle zurücklassen.

In Wahrheit kannte der Prinz den Betrieb natürlich von seinen Treffen mit dem Drogenkurier. Parzelle 32, Plannummer 98, 99. Man begegnete sich in den verspiegelten Gängen und tauschte wortlos die Aktenkoffer – Tschandu gegen Bares. Fünf Kilo im Wert von 150.000 Euro für 75.000 Euro in bar, ohne Quittung. Ein mittlerweile gut eingeübtes Ritual.

Nachdem man im Abteil den Plan hin- und hergewendet hatte und glaubte, einigermaßen sichergehen zu können, dass alle Fehlerquellen beseitigt waren, holte der Prinz sein Gepäck aus dem Nachbarabteil. Es bestand aus einer kastanienbraunen Ledertasche, die von der Größe her bestenfalls für ein Golf-Wochenende langte. Er zog den Reißverschluss auf und entnahm ihr einen Gegenstand, der in schwarzen Molton eingeschlagen war.

Laurens erkannte sofort, worum es sich drehte. Zu verräterisch waren die Konturen. Im nächsten Moment spürte er auf seinem Gesicht den erschrockenen Blick der Schwester.

»Keine Sorge, der ist nicht scharf.«

Am Daumenballen klopfte der Prinz das Magazin aus der Waffe und zeigte es den Geschwistern.

Es war leer.

»Ich liebe diesen Revolver. Ich liebe es, eine Waffe zu besitzen. Nicht, dass ich damit jemanden bedrohen oder gar töten will. Im Grunde ist er zu nichts nutze.«

Prüfend drehte er das Schießeisen hin und her.

»Er ist da, man weiß, dass er da ist, man schaut ihn an. Das ist alles, und das ist großartig.«

Laurens bemerkte, dass der Blick des Prinzen zwischen der Schwester und ihm aufmerksam hin- und hersprang, als zöge der Mann in Zweifel, überhaupt verstanden werden zu können.

Eine Beobachtung, die paradoxerweise bei ihm selbst das Gefühl auslöste, genau zu wissen, was dieser mit der kryptischen Äußerung ausdrücken wollte.

Mit den Augen suchte er den Kontakt zur Schwester, als wäre sie diejenige, die Worte für das finden konnte, was er gerade empfand.

Finn fand Worte, wenn auch nicht viele und vielleicht nicht unbedingt die, die der Bruder suchte.

»Ich glaube, ich habe eine Schwäche für Typen wie Sie«, hauchte sie unverblümt ins Abteil.

Laurens hätte aufheulen mögen.

Dann setzte die Schwester die Wasserflasche an die Lippen und nahm einen Schluck.

Im ersten Moment wirkte der Angesprochene, als wüsste er nicht, wie er auf diese überraschend freimütige Bemerkung reagieren sollte. Doch gleich darauf zeigte sich auf seinem Gesicht der Anflug eines Lächelns – Zwitter aus Vorsicht und Zuneigung.

Natürlich fragte sich der Prinz, wie viel Kalkül in der Äußerung des Mädchens steckte.

Er stellte die Beine so, dass die Oberschenkel parallel von ihm wegstrebten.

Wenn er ihren Bruder ansah, wurde ihm klar, dass dieser sich zurückgesetzt fühlen musste. Das offenkundig kokette Verhalten der Schwester machte ihn stocksauer. Man konnte ihm förmlich vom Gesicht ablesen, dass er sie nicht wiedererkannte – oder nicht wiedererkennen wollte.

Dem Prinzen wurde deutlich, dass er mit dem Geschwisterpaar äußerst sensibel umgehen musste. Er durfte unter keinen Umständen eine Spaltung provozieren.

Andererseits war ihm bewusst, dass noch die oberflächlichste Koketterie auf Gefühlen beruhte, die entwicklungsfähig waren. Falls das Mädchen also wirklich Sympathien für ihn hegte, konnte das vielleicht von Nutzen für ihn sein.

Sorgsam breitete er die Gedanken vor seinem inneren Auge aus.

Schließlich entschied er sich dafür, die gewissen erotischen Energien, denen der Anblick des Revolvers zum Ausbruch verholfen hatte, zunächst in eine weniger kompromittierende Richtung umzulenken.

»Ich möchte, dass wir unseren Pakt besiegeln.« Er sah in die Runde. »Wir alle drei.«

Er deutete mit dem Finger in die entsprechenden Ecken des Abteils.

Daraufhin griff er ein zweites Mal in seine Reisetasche und wühlte blind darin herum, bis er schließlich eine Patronenschachtel hervorzog.

»Hier ist die Munition.«

Er hob den Revolver kurz in die Luft.

»Neun Patronen. So viel, wie das Magazin fasst. Für jeden von uns drei.«

Die Schachtel an der Seite öffnend, teilte er die Munition gerecht auf. Er selbst schob sich die letzten drei Patronen zu.

»Ich schlage vor, dass es uns ab sofort nicht mehr gestattet ist, über das Arrangement zu sprechen, wenn nicht alle neun Patronen vorgezeigt werden können.«

Er streckte die Hand vor und zeigte seine drei Patronen.

Mit einem Blick forderte er die Geschwister auf, es ihm nachzutun.

»Entweder alle neun, so wie jetzt, oder es gilt absolutes Stillschweigen.«

Um die Absurdität des Ganzen abzumildern, schob er nach:

»Es geht um die Einheit von Ort und Zeit. Sie werden davon gehört haben.«

Nacheinander sah er jedem der Geschwister mit Bestimmtheit in die Augen.

»Einverstanden?«

Als Erstes nickte Finn.

Laurens folgte der Schwester mit einem für ihn erträglichen Abstand. Er war beleidigt, denn er fühlte sich von ihr hintergangen.

Und jetzt, rund eine Stunde später, fühlte er noch immer so.

Nachdem der Pakt geschlossen war, hatte die Schwester eine Art Ausgleichshandlung vollzogen – des inneren Gleichgewichts zuliebe oder aus einem anderen, unbekannten Grund.

Aus dem Koffer hatte sie die Tüte mit den Lakritzschnecken geholt und sie ihren Mitreisenden angeboten. Für sie wie für den Bruder war Lakritz das Signal zur Lektüre. Das galt über jedwede Verstimmung hinweg.

Der Prinz ließ sich davon anstecken. Zum zigsten Mal führte er sich den Sportteil eines veralteten Extrablatts zu Gemüte.

Und jedes Mal, wenn die Tüte herumgereicht wurde, griff er nach einer Lakritzschnecke.

Nun war der Pakt nach dem Verständnis der Geschwister auch von seiner Seite geschlossen.

Nach einer gewissen Zeit senkte sich über das Abteil Müdigkeit. Man las, ohne zu verstehen, und hing den eigenen Gedanken nach. Es gab tausend Fragen, und man darf annehmen, dass sich die meisten von ihnen Finn und Laurens stellten.

Der Prinz hatte unterdessen angefangen, aus dem Schatten der Zeitung heraus Finn mit den Augen eines Mannes zu betrachten, statt nur unter dem Aspekt, welche Vorteile ihm ihre Bekanntschaft brachte – ihre Figur, ihr hübsches Gesicht, die zarten Brüste, die lebhaften Augen.

Hatte er die ganze Zeit maskulines Interesse eher geheuchelt als wirklich gefühlt, war er verblüfft, als er gewahr wurde, wie gut sie ihm gefiel. Sehr gut gefiel sie ihm. Er brauchte überhaupt nicht mehr so zu tun, als ob.

Er sah jetzt die Frau in ihr.

Er sah den Schmelz ihrer Jugend.

Er sah die Reinheit und Glätte der Haut.

Wenn er sich den Wildfang in eindeutigen Posen vorstellte, erregte es ihn. Aber er trieb es mit den Fantasien nicht zu weit.

Trotzdem gerieten seine Gefühle in einigen Aufruhr und verlangten nach Ausdruck.

Er konnte nicht anders, er musste sie bitten, ihm vorzulesen.

Und so kam es, dass er und Laurens nun aufmerksam dasaßen und ihren Rezitationskünsten lauschten.

Endlich unterbrach der Prinz Finn und sagte:

»Ich danke dir. Du hast mir einen großen Dienst erwiesen. Deine Stimme ist einfach hinreißend.«

Finn errötete.

Abrupt wandte der Prinz sich ab, als würde er sich eben wieder der Absichten entsinnen, die er eigentlich verfolgte.

Er schob den Ärmel seines Jacketts zurück und sah auf die Uhr. Danach kniff er die Augen zusammen, als benötigte er eine Brille, die er nicht parat hatte, und starrte aus dem Abteil in die Nacht.

»Es wird nicht mehr lange dauern, bis wir München erreichen.«

Finn schlug geräuschvoll die Beine übereinander.

Laurens lenkte den Blick zur Schwester und musste verwundert erkennen, dass sie mit fünfzehn fast schon eine Frau war.

Ja, sie hatte den Fremden hypnotisiert.

Davon musste man ausgehen.

9

Es war kurz nach drei Uhr morgens, als sie im Münchner Hauptbahnhof eintrafen. Der ICE rollte die letzten zweihundert Meter bis zum Gleisabschluss im Schritttempo. Dann quietschten die Bremsen, ein Ruck – und der Zug stand.

Die Ledertasche zwischen den Beinen, hatte sich der Prinz direkt vor dem Ausstieg aufgepflanzt. Schräg dahinter wartete Laurens. Immer noch eingeschnappt wegen des skandalösen Flirts, ignorierte er die Schwester und starrte an der Mütze des Konkurrenten vorbei in die diffuse Kälte.

Er hörte, wie Finn hinter ihm den Reißverschluss ihres Parkas mit einem »Ratsch« hochzog.

Der Wagen befand sich am Ende des ICE und war nur bis zur Hälfte unter das Glasdach der Bahnhofshalle gerollt. Sie zerschnitt den dunkelgrauen Himmel horizontal in zwei Teile.

Der Bahnsteig war hell erleuchtet, aber menschenleer. Jenseits davon schimmerten nur schwach ein paar Lichtpunkte in der Nacht.

Es lag frischer Schnee.

Der Prinz beugte sich vor und bewegte den Kopf dicht am Glas. Links und rechts vom Ausstieg suchte er den Bahnsteig nach Bahnpersonal ab. Reisende waren um diese Zeit ohnehin nicht zu befürchten.

Der vorgetäuschte Geschäftsmann, in Wahrheit nur ein gerissener Hochstapler, jemand, der nicht bloß Drogen konsumiert, sondern auch dem Handel mit ihnen nachgeht, wartet auf eine Gelegenheit, um den Zug in Begleitung der Geschwister unbemerkt verlassen zu können. Das ist, wie er weiß, leider gar nicht so einfach.

Ein einschlägig bewanderter Kunde hat ihm gesteckt, wie man die Zentralverriegelung austrickst.

Per Hand lässt sich die Tür nur öffnen, wenn man die Notbremse zieht. Das Problem dabei ist, dass die Betätigung der Notbremse den Zugführer alarmiert. Auf der Armaturentafel im Fahrerstand blinken die Lämpchen. Man muss die Bremse also auslösen, wenn das Führerhaus unbemannt ist.

Mit dem Rücken zu seinen Komplizen hob der Prinz den Arm. Das Zeichen, noch zu warten.

Die eine Hand an der Haltestange, umschlossen die Finger der anderen den Griff der Notbremse.

Ein oder zwei Minuten verstrichen, ohne dass etwas geschah.

In München, so hat es ihm der Kunde verraten – ein Manager des Unternehmens, drogenabhängig –, wechseln die Zugführer. Es kommt also alles darauf an, den richtigen Augenblick abzupassen. Und der richtige Augenblick ist gekommen, wenn der Zugführer mit seinem Koffer den Fahrstand verlässt, während sein Ersatz noch unten am Bahnsteig darauf wartet, das Steuer zu übernehmen.

Immer hat es geklappt, zwei Dutzend Mal mindestens.

Es würde auch diesmal klappen.

Und dann ging alles wirklich sehr schnell.

Mit dem ganzen Gewicht drückte der Prinz gegen die Tür, und als diese endlich nachgab und zur Seite schwenkte, verließ er, gefolgt von den Geschwistern, den Zug.

Menschenleer lag der Bahnsteig vor ihnen.

Vorne in der Halle versank der Triebkopf in Unschärfe.

Hier draußen blies ein unangenehm frostiger Wind.

Drüben, jenseits der Gleise, sah man die Lichter der Stadt.

Im Schutz einer Werbetafel und eines daran anschließenden Wartehäuschens huschte das Trio samt Gepäck über den Betonkörper und sprang auf das benachbarte Gleisbett. Kurzes

Innehalten. Dann hastete es geduckt über den Schotter und erklomm die Plattform daneben.

Quai cinq.

Laurens jagte den Gedanken aus seinem Kopf.

Es war klar, dass sie die Bahnhofshalle meiden mussten, weil sie sonst in das Blickfeld der Überwachungskameras geraten wären. Außerdem konnte man davon ausgehen, dass um diese Stunde die stählernen Rollgitter an den Ausgängen heruntergelassen waren.

Das Dreiergespann stolperte über das verschneite Bahngelände und erreichte nach einigen eleganten Manövern um Vorbauten, Geländer und Plexiglasarkaden herum endlich eine Rampe, die in einen Platz mündete, wo normalerweise die Taxis warteten. Jetzt war der Platz leer, die Markierungen unter dem Schnee waren nur noch fragmentarisch zu erkennen.

An einem Laternenmast die Ruine eines Fahrrads, dem man die Vorderfelge zur Acht getreten hatte.

Sie befanden sich außerhalb des Bahnhofs, am Südflügel, wie der Prinz wusste. Tatsächlich versperrte ein Rollgitter den Ausgang.

Gegenüber, jenseits der Tramschienen, zweigten mehrere Straßen ab. Typisches Bahnhofsviertel. Kaum Verkehr, aber selbst zu dieser Stunde waren ein paar Gestalten zu erblicken.

Die farbigen Lichter der Animierbars liefen mit buddhistischem Gleichmut im Kreis.

Auf die unscheinbarste der Seitenstraßen steuerte der Prinz zielstrebig zu. Nun in zivilem Tempo. Die Geschwister hinterher.

Unter den Schritten knirschte der Schnee.

Ohne zu zögern wurden sie vom Prinzen zu einem schmalen Gebäude geführt, in dem ein Hotel logierte, wie ein unauffälliges Metallschild neben dem Eingang verriet.

Die Leuchtschrift an der Fassade war ohne Strom. Vielleicht steckte Absicht dahinter. Dem Meer an Kippen auf dem Trottoir nach zu urteilen eine Absteige für Außenseiter – etwa Nordafrikaner ohne Aufenthaltserlaubnis, ukrainische Menschenhändler, desertierte Taliban und nigerianische Studenten, die von einem benachbarten Internetcafé aus einen florierenden Viagra-Versand betreiben.

Den Nachtwächter musste man aus dem Schlaf klingeln.

Durch die Tür hörte das Trio ihn herbeischlurfen.

Während der Prinz an der Rezeption die Formalitäten erledigte, blieben Finn und Laurens dezent im Hintergrund.

Vermutlich gab er sie als seine Neffen aus.

Nachdem er die Übernachtung in bar bezahlt hatte, angelte der Nachtportier die Schlüssel vom Brett hinter sich und reichte sie über die Theke.

Kurz darauf quetschte sich das Dreiergespann samt Rucksack, Kinderkoffer und Reisetasche in den Lift und hoffte, dass es ohne größeren Schaden in den vierten Stock gelangte.

Am eiligsten hatte es Finn, den Käfig zu verlassen.

Der Prinz erwies sich als Mann mit Noblesse. Er hatte auch den Geschwistern je ein Einzelzimmer spendiert.

413, 415, 417.

Er selbst nahm sich die 413 – dasjenige Zimmer, welches Aufzug und Fluchttreppe am nächsten lag.

Ließ er die Tür angelehnt, konnte er hoffen, dass es ihm nicht entgehen würde, wenn die Geschwister auf den Gedanken verfallen sollten, sich aus dem Staub zu machen.

Vielleicht bekamen sie in der Nacht kalte Füße.

Laurens erhielt den Schlüssel mit der Nummer 417.

Das passte ihm gar nicht. Er befürchtete, dass Finn, nachdem Ruhe eingekehrt war, heimlich in das Zimmer ihres Nachbarn wechselte, was für ihn bedeutete, dass er kein Auge würde zumachen können.

Vielleicht hatten sich die Schwester und der Prinz gegen ihn verschworen und längst beschlossen, still und heimlich abzuhauen.

Ein Gedanke, der ihn zutiefst beunruhigte.

Aber jetzt war kein guter Moment, um der Schwester vorzuschlagen, die Zimmer zu tauschen.

Was hätte er als Argument anführen können?

Widerwillig fügte er sich in sein Schicksal, das die Nummer 417 für ihn bereithielt, und sperrte die Tür auf.

Der Raum war klein und renoviert und roch nach Kleister und Chemie.

Ein schmales Bett, oben im Eck ein billiger Fernseher, ein dürftiger Schrank. Der Teppich war grau und strapazierfähig. In einer Schublade des Nachttischs lag einsam die Visitenkarte eines Nagelstudios.

Mit einer Bewegung der Schulter warf er den Rucksack auf das Plaid. Zweimal hörte er irgendwo lange ein Telefon klingeln, aber niemand nahm ab.

Danach blieb alles ruhig.

Mit Absicht hatte er die Tür offen stehen lassen, und nun trat er wieder hinaus auf den Flur.

Das Deckenlicht befand sich im Nachtbetrieb, und so lag die Etage einsam und schummrig vor ihm.

Aus keiner der Türen drangen Stimmen oder Geräusche auf den Gang. Am Ende wartete noch immer der Aufzug. Sowohl Finn als auch der Prinz waren in ihren Zimmern verschwunden.

Obwohl die Nacht praktisch vorüber war und er hundemüde, spürte er paradoxerweise kein Verlangen nach Schlaf.

Schon beinahe entschlossen, sich tatenlos zurückzuziehen, hielt ihn ein Geräusch davon ab.

Finns Silhouette erschien in der hellen Öffnung zu ihrem Zimmer.

»Was machst du denn hier?« Ihre Stimme klang fast empört.

»Und du?«

»Ich habe was gehört.« Sie zögerte. »Deine Tür.«

»Die kannst du nicht gehört haben. Die stand offen.«

»Ich habe aber was gehört.«

»Lass uns noch mal sprechen.«

»Über was?«

Jetzt war es Laurens, der überlegte. »Über unser Arrangement.«

»Wo? Hier?«

»Nein, auf meinem Zimmer.«

»Das geht nicht.«

»Wieso geht das nicht?«

»Dazu fehlen uns drei Patronen. Die des Prinzen. Hast du vergessen, was wir abgemacht haben? Nur wenn alle neun Patronen beisammen sind, darf über das Arrangement gesprochen werden.«

»Ach, komm!«

»Nein!«, entgegnete die Schwester gebieterisch. »Abgemacht ist abgemacht.«

Zurück auf seinem Zimmer fühlte sich Laurens elend und von Gott und der Welt im Stich gelassen.

In vollem Habit warf er sich aufs Bett, zerrte ein Stück der Decke unter seinem Hintern hervor und bedeckte damit notdürftig den Bauch.

Mit leerem Blick stierte er gegen die Tapete.

Es war eine neue, kalte und inwendige Realität, mit der er sich konfrontiert sah.

Ich bin ganz allein, dachte er.

Sein Arm angelte nach der Fernbedienung auf dem Nachttisch. Die Batterien mussten erschöpft sein, denn der TV-

Apparat weigerte sich, irgendein Programm wiederzugeben, noch nicht einmal weißes Rauschen zeigte er.

Langsam und wie apathisch die Finger öffnend, ließ Laurens die Fernbedienung einfach auf den Teppich plumpsen. Um aufzustehen und das Gerät per Hand einzuschalten, war er zu faul.

Dann meinte er, Stimmen zu hören, die aus dem Zimmer über ihm kamen. Er hob den Kopf, um besser verfolgen zu können, was gesprochen wurde, aber da war es wieder still.

Erschöpft ließ er den Kopf auf das Kissen zurücksinken.

Schmerzlich wurde ihm bewusst, dass die Schwester ihn zurückwies.

Damit hatte sie sich zu einem Teil der Welt gemacht, zu etwas Fremdem.

Sollte er das je für unmöglich gehalten haben, hatte er sich was vorgemacht.

Er empfand Trauer, aber zugleich ärgerte er sich ein bisschen, dass Finn ihm mit ihrem Anspruch auf ein selbstbestimmtes Leben zuvorgekommen war.

Ja, sie waren Geschwister.

Doch was bedeutete das?

Bedeutete es überhaupt etwas?

Wie würde es weitergehen?

Die Augen schließend, nahm er sich vor, bei nächster Gelegenheit durchblicken zu lassen, dass er ebenfalls an was Eigenem dran war.

Der Prinz und die Schwester konnten ihn mal.

In Gedanken zeigte er den beiden den Mittelfinger.

Sah Finn in ihm, dem Bruder, überhaupt noch den Komplizen?

Oder bedienten sie und ihr Angebeteter sich seiner nur als eines nützlichen Idioten?

Laurens war zu müde, um noch zu registrieren, dass er langsam hinüberglitt in die andere Welt, aus der sein Vater auf ihn zukam wie durch eine Tür.

10

Manchmal vermochte er in seinem Leben nur einen einzigen Sinn zu erkennen: den, Rechnungen zu bezahlen.

Uwe Roever legte die Post, nachdem er die Absender flüchtig kontrolliert hatte, zurück auf den Stapel und steuerte mit federndem Schritt vom Empfang durch das menschenleere Foyer auf den Lift zu.

Das Training, das er allmorgendlich absolvierte, tat ihm gut. Er genoss das Gefühl, dass seine Sehnen und Muskeln nur darauf zu warten schienen, gebraucht zu werden.

Um halb neun war noch niemand in der Firma. Selbst der Pförtner fehlte. Es war der erste Arbeitstag des neuen Jahres.

Während er auf den Fahrstuhl wartete, wanderten seine Gedanken zu den Sprösslingen.

Er warf einen Blick auf seine Uhr.

In einer Stunde würden Finn und Laurens an der Gare du Nord ankommen, wo sie die Schwägerin in Empfang nahm.

Baladine trat ihm vor Augen.

Eine attraktive Frau, mochte er denken, aber sie war nicht sein Fall.

Roever besaß eine Abneigung gegen den Typus des Lehrers. Er gehörte zur großen Schar derjenigen Menschen, die aus der frühkindlichen Kasernierung ein tief sitzendes Trauma davongetragen hatten.

Seitdem Carima weggelaufen war, spielte Baladine für die Geschwister die Ersatzmutter, und Roever hatte den Eindruck, dass sie diese Rolle gern übernahm.

Das war ihm nur recht. Es war Balsam für die Wunden der Vergangenheit, für ihn wie für die Kinder.

An die Trennung dachte er nicht gern zurück, auch nicht an all die Lügen, die es seitdem gegeben hatte.

Ein Hustenanfall erstickte den Gedanken.

Gleich darauf hatte er sich wieder im Griff.

Plötzlich trat die Stille hervor, die sich im Foyer breitgemacht hatte. Er klopfte die Taschen des Mantels ab, als suchte er nach etwas.

An dem langsam nach links zum E hin wandernden Lämpchen erkannte er, dass der Lift auf dem Weg zu ihm war.

Paris war für die Geschwister längst zu einem zweiten und unverzichtbaren Zuhause geworden.

In der gegenwärtigen Situation konnte der Reeder jedenfalls froh sein, dass ihm die zwei bis zum Ende der Schulferien abgenommen wurden.

Denn es gab Probleme.

Große Probleme, wenn er ehrlich war.

Die Geschäfte liefen miserabel. Der amerikanische Immobilienmarkt lag am Boden, und deswegen hatten die chinesischen Rentenfonds Milliardensummen abschreiben müssen. Die Pensionäre saßen auf dem Trockenen. Der Konsum im Land der Mitte war eingebrochen, der Welthandel schrumpfte, und weniger als ein halbes Jahr danach bekam die Reederei die Folgen zu spüren. Keiner wollte mehr Schiffe chartern. Die Branche litt an Überkapazität. Tag für Tag verlor Roever eine Viertelmillion Dollar.

Die Weltwirtschaft trudelte wie ein Blatt langsam ins Parterre.

Man konnte hören, wie seinem Brustkorb Luft entwich.

Das Scheitern der Ehe war der Anfang vom Ende gewesen. Auch wenn das Jahre her war. Er hatte seit Langem geahnt, dass es so kommen würde. Eigentlich war er ja nicht abergläubisch. Aber jetzt war die Katastrophe da.

Der große Knall.

Ein sonorer Gongschlag informierte den einzigen Besucher im Foyer darüber, dass der Lift bereitstand. Der Reeder betrat die Kabine.

Man sah, wie er im Spiegel routiniert den Sitz der Krawatte prüfte.

Neben seinem Gesicht entdeckte er den Zettel, den er vor ein paar Tagen selbst mit Tesafilm angebracht hatte.

»Attention!« stand groß über der zweigeteilten Liste, die dann folgte.

Für das Erd- und das Untergeschoss gelten folgende Punkte:
– Arbeitshandschuhe erst wegschmeißen, wenn sie kaputt und nicht nur dreckig sind.
– Nur volle Waschtrommeln anwerfen.
Für die Verwaltung:
– Kein Druckerpapier klauen!
– Keine Geburtstagseinladungen mit dem Laser drucken!
– Server runterfahren!
– Licht aus!
– Türen zu!

Für ganz oben gab es keine Richtlinien.

Ganz oben hockte das Management.

Und dem war mehr als bewusst, wie eng es für die Reederei geworden war.

Vor der Tür zu seinen Büroräumen warf er einen prüfenden Blick auf seine Schuhsohlen.

Das Straußenledermäppchen für die Schlüssel noch in der Hand, durchmaß er den Flur. Das Deckenlicht brauchte er nicht einzuschalten. Entgegen den Anweisungen standen sämtliche Türen offen, durch die Fenster fiel das Flutlicht des Containerhafens bis zur Mitte des Büros und sorgte für ausreichend Helligkeit. In Richtung seines Refugiums schreitend, das am entgegensetzten Ende des Gangs lag, passierte er stolze Viermaster in Öl an den Wänden und geräumige Vitrinen mit Schiffsmodellen. Eine war ganz allein für einen kleinen Mehrzweckfrachter reserviert. Auf dem Bronzeschildchen war ein Name eingraviert: Avis.

Im März 1974 hatte mit diesem Carrier alles begonnen, einem verbeulten Containerschiff der ersten Generation.

Uwe Roever erinnerte sich so plastisch, als wäre es gestern gewesen, dabei war es bald 35 Jahre her.

Bauwerft: Mitsubishi Heavy Industries.

Eine Blechbüchse mit der Kapazität von 750 TEU.

Ein breites Grinsen legte sich auf sein Gesicht.

Lächerlich! Ein Witz!

Getauft auf den Namen »Avis«.

»Roever Avis.«

Die beiden Worte sprach er mehr aus, als dass er sie dachte.

Inzwischen umfasste seine Flotte 53 Schiffe, das entsprach rund 750.000 TEU.

Das Tausendfache von damals.

250.000 Twenty Foot Equivalent Units. Die 20-Fuß-Einheit, mit der die Kapazität der Container bemessen wurde. Sie war seit Beginn der Globalisierung Anfang der Neunziger das Maß aller Dinge.

Globalisierung.

Mit ihr war der rasante Aufstieg gekommen.

Pumpen, Radaranlagen, Stahl, Kranteile, Turbinen, Erze, Papier, Zucker, Kohle, Milchpulver, Schnittholz, infektiöses Material wie Krankenhausabfälle, synthetischer Kampfer, Peroxide, Industriefettsäuren, Arzneien, Sekundenkleber, ach ja, Bananen natürlich – ganz egal, was diese verdammte Welt brauchte, um in

Schwung zu bleiben, der Markt, die über alle Erdteile verstreuten Produktionsketten, es passte zwischen die Gardemaße der stählernen Kisten. Und wem hatte Europa es zu verdanken, dass vorgestern das neue Jahr gebührend empfangen werden konnte? Einem Carrier aus seiner Flotte, der die Knallfrösche und Silvesterraketen aus China containerweise herbeigeschleppt hatte!

Doch Silvester war vorbei.

Mit dem Bug zur See war der Carrier jetzt am Pier vertäut.

Ein Auflieger.

Ein Verlustgeschäft.

Der graue Teppichboden dämpfte jeden der Schritte Roevers.

Natürlich stand auch die Tür zu seinem Vorzimmer offen – ebenso wie die zu seinem Büro. Schon von Weitem hatte man daher ungehinderte Sicht auf die Glasfront, die eleganten Heizungsgerippe, auf den Schreibtisch und die Sitzgruppe aus Chrom und schwarzem Leder. Breit und mächtig stachen im Zwielicht die Umrisse des Ensembles ins Auge.

Avis.

Er rief sich die Auktion vor dem Hamburger Amtsgericht in Erinnerung: Das Schiff hatte er aus der Konkursmasse eines ansässigen Unternehmens ersteigert, Opfer der Tankerkrise in der Folge des ersten Ölpreisschocks. Unter höhnischem Applaus war ihm der Kahn zugesprochen worden. Er konnte das Gejohle förmlich noch hören.

Das Geld für den Carrier stammte aus einem mehr als wackeligen Kredit. Damals galten nämlich der Hafen und alles, was mit ihm zusammenhing, als Relikte einer Epoche, die längst dabei war, ihr eigenes Verschwinden zu organisieren. Niemand gab ihm eine Chance für die Zukunft. Damals ahnte kein Mensch, welchen beeindruckenden Aufschwung die Globalisierung dem Containergeschäft bescheren würde.

Und jetzt riss sie es in den Abgrund!

Fünf Cent kostete der Transport einer Bluse von China nach Europa – das war nicht mehr zu unterbieten!

Das war unschlagbar!

Es war ein Coup, den er mit der Ersteigerung der Avis landete. Und mit der Entscheidung, sich als Trampreeder selbstständig zu machen – als jemand, der seine Schiffe großen Linien vermietete. Hier lag der Schlüssel für seinen enormen Erfolg.

Irgendwo ertönte ein Nebelhorn.

Der Reeder, in der Mitte des Raums aufgepflanzt, wandte sich Elbe und Hafen zu. Am Horizont die Silhouetten der Kräne, bizarre Stahlskulpturen. Tag und Nacht war in den Terminals gearbeitet worden – das ganze Jahr über. Jetzt herrschte Friedhofsruhe.

Auf der asphaltierten Fläche am Boden: ein Meer von blauen, roten, gelben, weißen Legosteinen – keiner verplombt, aus Gewohnheit in Flutlicht getaucht.

Seit Wochen wurden die Stahlkisten nicht gebraucht. Leer standen sie herum. Die Roboter, die wie von unbekannter Hand geleitet durch den Irrgarten dieser Kisten gesaust waren – außer Betrieb.

Es war todtraurig.

Wie hatte der Hafen einst gebrummt.

Er holte sich die Bilder vor Augen.

Und nun hatte man hundertfünfzig Container weltweit stillgelegt.

Aus der Manteltasche zog er ein Päckchen Reval, klopfte sich eine Zigarette aus der Packung, zündete sie an.

Tabakrauch floß aus den Nasenlöchern.

Der Reeder hob das Kinn. Das entfernte Jaulen eines Van-Carriers drang an sein Ohr.

Er drückte die nur zu einem Drittel gerauchte Zigarette in die kalte Erde einer einsamen Kaktee, die nur zu diesem Zweck auf dem Fensterbrett stand.

Dann, umständlich, mit steifen Hüften, trat er vom Fenster zurück, umrundete den Schreibtisch, beugte sich zur Tischlampe hinab und schaltete sie ein. Noch immer im Mantel, ließ er sich in das schwarze Leder des Arbeitssessels fallen.

Nachdem er eine Weile so dagesessen hatte, tatenlos, gedankenverloren, stand er wieder auf und stellte sich dicht vor einen anderen Teil des Fensters.

Als ob er ganz nah an der Inspirationsquelle dran sein wollte. An den Brücken und Docks drüben, die von hier aus wie Spielzeug wirkten. An den mit grünen und blauen Persenningen abgedeckten Kähnen.

Seine Stirn kräuselte sich.

Plötzlich vollführte sein Körper eine erstaunlich dynamische Hundertachtzig-Grad-Wendung.

Der Reeder richtete seine Aufmerksamkeit auf die Wand, die sein Büro vom Vorzimmer trennte – und ihn von Marthe, der lettischen Sekretärin, die nach dem Zusammenbruch des Ostblocks in der Hansestadt gestrandet war. Seitdem arbeitete sie für ihn.

Sein Blick fokussierte den großformatigen Leuchtkasten, der an der Wand zwischen ihm und Marthe hing. Das Bild eines kanadischen Fotokünstlers. Es zeigte eine Fabrikwand aus Ziegelstein, über und über beklebt mit Plakaten und Bekanntmachungen.

Avis.

Er war vernarrt in diese Arbeit, Abbild seines persönlichen Mythos.

Avis – ein Wort, dessen Magie für ihn darin bestand, dass es seine ganze Biografie in vier Buchstaben zusammenfasste.

Das Foto war ihm zum Fünfzigsten von seinem Bruder geschenkt worden, der als Beauftragter der EU in der Rue du Faubourg Saint-Honoré arbeitete. Im Élysée-Palast. Und darum über gute Beziehungen zur Kunstwelt verfügte.

Ohne Kunst ging heute auf politischer und wirtschaftlicher Ebene nichts mehr. Das hatte der Reeder begriffen.

Sein Bruder Edgar ... und die Schwägerin ... ein eigentümliches Paar, so unfassbar bourgeois ... Feingeister. Sie liebte die Musik und die deutsche Klassik. Die Welt der Häfen und Container war ihnen beiden fremd. Für seinen Bruder war er jemand, der Teer an den Händen hatte und nach Chemikalien und Salz roch.

Mit den Fingern fuhr er sich wie mit einem Rechen durchs Haar. Es war feucht von geschmolzenen Schneeflocken.

Der Anruf vom vergangenen Oktober fiel ihm ein.

Finn und Laurens waren gerade aus den Sommerferien nach Hamburg zurückgekehrt, als sich der Bruder am Telefon meldete – etwas, das eigentlich nie vorkam.

Es habe einen kleinen Zwischenfall gegeben, eröffnete er das Gespräch mit heuchlerischer Fürsorge, einen Vorgang, von dem der Reeder seiner Ansicht nach Kenntnis nehmen sollte.

Er erinnerte sich gut.

Von einem merkwürdigen Einbruch hörte er ihn sprechen, einem Einbruch, den sein Sohn angeblich am Schrank Baladines begangen habe, eventuell mit Unterstützung von Finn, das habe man noch nicht einwandfrei klären können.

Und dann erwähnte Edgar ein Paar seidene Strümpfe – besondere Strümpfe mit floralen Applikationen und eingearbeiteten Gold- und Silberfäden am Bein, die zu den besonderen Attraktionen in der Sammlung seiner Frau zählten.

Nachdem sie eines Abends kundgetan habe, dass sie die Strümpfe schmerzhaft vermisse, habe er unter Einbindung der Bonne eine weiträumige Suche anberaumt. Das habe sich als kluger Schachzug erwiesen, denn dank des untrüglichen Riechers des Mädchens sei man unter der Matratze seines Neffen fündig geworden – ob er als Vater des Knaben da nicht gewisse Maßnahmen zu ergreifen gedenke?

Uwe Roever schüttelte den Kopf.

Was hatte sich der Bruder eigentlich so aufgeregt?

In Wahrheit war es ihm doch nur darum gegangen, die Unwiderstehlichkeit seiner Frau herauszustellen und sich damit zu brüsten.

Gott, was für ein Philister!

Reise im Schrank …

Sein Mund verzog sich zu einem Lächeln, dem anzusehen war, dass es seine eigene Ursache nicht verstand.

Reise im Schrank?

Er zuckte die Schultern.

Der Schwägerin mochten Laurens pubertäre Exkursionen gar nicht so unrecht sein. Das band den Jungen letztlich nur noch enger an sie …

Er kannte die Gewieftheit mancher Frauen.

Seine Stirn zeigte eine Reihe schwach ausgeprägter Linien.

Störte ihn als Vater das?

Er schüttelte energisch den Kopf.

Im Gegenteil. Es war für ihn sicher eher von Vorteil, wenn die Geschwister einen Muttererersatz hatten.

Dann kniff er die Augen zusammen.

Nicht am Stromnetz, wirkt der Leuchtkasten an der Wand wie ein diffuser, plastischer Fleck, über dessen Glas vereinzelt Kutterlichter schweben. Lautlose Bewegungen, welche die Stille betonen, die auf der ganzen Etage herrscht. Nur die Heizung macht ab und an mit einem Gurgeln oder Glucksen auf sich aufmerksam.

Von draußen kein Gruß eines Containers an seine Reederei.

Kein Tuten.

Um neun war es hier oben, fünfzehn oder zwanzig Meter über dem Wasser, immer noch so still wie in einem Sarg.

Kein gutes Zeichen. In dem ganzen Gebäude waren seine Gedanken offenbar die einzigen, die durch die Räume geisterten; die sich ungehindert ausbreiten, Pläne schmieden und von allem Besitz ergreifen konnten, was Roever in den Sinn schoss.

Was er brauchte, war Vertrauen.

Vertrauen in sich und seine Fähigkeiten.

Nur so ließ die Krise sich meistern.

Irgendwie war es ihm in den letzten Wochen und Monaten abhandengekommen.

Vertrauen und ein paar gute Nachrichten.

Avis.

Der Name war zu seinem Mantra geworden. Zum zweiten Mal im Leben erhoffte er sich davon die Rettung.

Zweimal in bald fünfunddreißig Jahren – für seinen Geschmack war das Glück damit nicht überstrapaziert.

Unentschieden, wohin im Raum er sich als Nächstes wenden sollte, trat er wieder an seinen Schreibtisch, diesmal an jene Seite, an der normalerweise nur Marthe zu stehen pflegte, wenn sie irgendein Schriftstück vorlegte.

Er zog das Smartphone aus dem Mantel und legte es auf die grüne Schreibunterlage.

Schließlich gab sich Roever einen Ruck, streifte den Mantel ab, hängte ihn über die Lehne des Stuhls und verschwand im Flur. Kurz darauf tauchte er mit zwei Ordnern unter dem Arm wieder auf.

Sein Sündenregister.

Sein Todesurteil.

Verärgerung breitete sich auf seinem Gesicht aus.

Für den späteren Vormittag hatte sich McKinsey angekündigt. Schon seit ein paar Wochen hatte er die Leute im Haus. Der angelsächsische Investor, den er selbst in die Reederei geholt hatte, um an frisches Geld zu kommen, hatte sie geschickt, um die Bücher zu prüfen.

Er brauchte Geld. 300 Millionen Euro. Für drei Frachter, die er vor der Krise bestellt hatte. Nun sollten die Einzelheiten besprochen werden.

»Attention.«

Das galt nun für das Management.

Für den Reeder Uwe Roever.

Über die Papiere gebeugt, die Kosten offenlegten, Strategien beschrieben, Vergangenheit und Zukunft auseinandersortierten, sah man ihn blind nach dem ledernen Köcher und einem Stift greifen und damit beginnen, sich Notizen zu machen.

Aus dem Zentrum der Etage kam ein Geräusch.

Er horchte auf.

Was war da?

Er hatte das Gefühl, dass nichts mehr zu ihm vordrang, so zäh war die Stille um den Schreibtisch herum geworden.

Den Kopf neigend, versuchte er besser in die Stille hineinzuhören, bevor sie sich vollends zu etwas Undurchdringlichem verfestigte.

Nichts.

Endlich wandte er sich wieder der Akte zu.

Dann aber flammte unvermittelt das Deckenlicht auf. Der Reeder schrak hoch.

Um das Gesicht ein Kopftuch, die Handtasche unter der Achsel, erschien Marthe in der Tür zum Vorzimmer. Sie schob den Regenschirm zusammen und verstaute ihn in ihrer Tasche.

»Sie wollen im neuen Jahr also tatsächlich noch mehr arbeiten als im vergangenen.«

Ein warmes Lächeln füllte den Raum.

»Dabei hatte ich gedacht, Sie wollten kürzertreten.«

Sie stellte die Tasche ab und kam auf ihn zu.

»Aber daraus wird wohl nichts«, fuhr sie mit gesenkter Stimme fort, »gleich nachher haben Sie einen Termin. Sie wissen Bescheid?«

Der Reeder nickte.

Die Frau um die fünfzig war jetzt fast bis an den Schreibtisch herangekommen und streckte die Hand aus.

»Ich finde, das neue Jahr könnte wenigstens mit besserem Wetter für sich werben.«

Der Reeder erhob sich und ergriff die von der Sekretärin dargebotene Hand.

»Da haben Sie recht. Aber ich fürchte, es spiegelt nur die Geschäftslage.«

In ihren Augen suchte er nach Verständnis.

»Geben Sie statt McKinsey lieber mir das Geld«, entgegnete sie. »Da ist es besser aufgehoben. Was die können, kann ich genauso gut. Esoterisch daherreden. Personal um zehn Prozent abbauen, Kosten senken, Effizienz steigern. So lautet ihr Rezept. Und meins auch.«

Sie machte ein spitzbübisches Gesicht.

»Geben Sie mir das Geld!«

»Frohes neues Jahr, Marthe.«

Die Sekretärin nickte und wiederholte die Floskel brav.

Sie zählte zu jenem Schlag Chefsekretärin, den es eigentlich nicht mehr gab: Sie war unverheiratet, trug gestärkte Blusen und war stets von einer Wolke Kölnischwasser umgeben.

Marthe machte einen Abstecher ans Fenster und vollführte ihre übliche Pantomime.

Sie hasste es, wenn in der Luft der kalte Rauch von Zigaretten hing, zumal der von Roevers filterlosen Reval – und tat dann so, als risse sie die Fenster auf.

Denn in diesem Glaspalast gingen die Fenster nicht auf.

Nirgends.

Es gab lediglich das ewige Summen der Klimaanlage – aber das blendeten die von ihr belüfteten Gehirne längst erfolgreich aus der Wahrnehmung aus.

Nachdem Marthe die Vorzimmertür hinter sich zugezogen hatte, hörte er an dem charakteristischen Signalton, dass drüben der Rechner hochgefahren wurde.

Er fiel zurück in den Sessel und gähnte.

Da vernahm er draußen Stimmen.

Die Leute von McKinsey.

Er wollte schon an den Schrank, um den Mantel hineinzuhängen und in ein Sakko zu schlüpfen, als sich das Smartphone meldete.

Er wandte sich dem Schreibtisch zu und nahm das Gerät in die Hand.

»Ja?«

Am Apparat war die Schwägerin. Baladine. Ihre Stimme klang aufgelöst.

»Die Kinder sind nicht da.«

Der Reeder bemühte sich, keine Reaktion zu zeigen. Er suchte nach einer Antwort.

»Wie – die Kinder sind nicht da? Was meinst du? Ich habe sie doch selbst zum Zug gebracht!«

»Aber sie waren nicht im Zug. Nicht in dem um halb zehn. Und in dem später auch nicht.«

Die Stimme stockte.

»Der Bahnsteig war leer. Von deinem Sohn und deiner Tochter keine Spur. Ich bin fast verzweifelt. Ich habe versucht, sie auf ihren Handys zu erreichen. Vergeblich. Ich habe gedacht: Vielleicht habe ich sie verpasst, und sie sind mit der Métro schon zu uns gefahren. Aber nein, sie sind nicht bei uns. Ich bin zu Hause und warte auf sie, auf einen Anruf, auf irgendein Lebenszeichen. Doch es ruft niemand an. Jetzt muss ich dich informieren, habe ich mir gesagt. Ich weiß nicht, was ich sonst noch tun kann.« Man hörte ihren Atem. »Die Gendarmerie alarmieren?«

Marthe steckte den Kopf zur Tür hinein. Sie formte die Lippen zu Worten, um tonlos Besuch anzukündigen.

Den Hörer am Ohr, wimmelte sie der Reeder mit der Hand ab.

Wo konnten die Geschwister nur stecken?

Er glaubte nicht, dass den beiden etwas passiert war. Eher vermutete er irgendeinen pubertären Unsinn.

»Beruhige dich, Baladine. Und treffe bitte keine übereilten Entscheidungen! Bestimmt werden Finn und Laurens noch auftauchen. Vermutlich habt ihr euch am Bahnhof verpasst, und jetzt sind sie erst mal mit der Métro in die Stadt gefahren. Oder was weiß ich. Vielleicht sind sie im Marais unterwegs, in der Rue was-weiß-ich oder am Place de … de …«

»Des Vosges.«

»Du weißt selbst, wie begeistert sie von dem Viertel sind. Ich bin sicher, es wird sich alles aufklären. Ich rufe dich nachher zurück. Ich habe jemanden da.«

Der Reeder drückte Baladine grußlos weg.

Das hatte ihm gerade noch gefehlt.

Er holte Luft und spürte den Druck auf seiner Brust, der ein freies Durchatmen verhinderte.

Sein Blick glitt über das Plastik der Telefonanlage.

Schräg stand sie vor ihm – so exakt schräg, dass die gedachte Verlängerung ihrer Vorderkante mit den beiden Seiten des Schreibtischs ein gleichschenkliges Dreieck darstellte. Der unausrottbare Fimmel von Marthe.

Er streckte den Arm aus und stupste die Anlage mit dem Zeigefinger ein wenig aus ihrer Position.

Das Smartphone positionierte er daneben.

Vor der Tür warteten die Leute von McKinsey.

Eine ohnmächtige Wut erfasste ihn. Wie eine Stichflamme schoss sie in ihm hoch – Wut über die Abhängigkeiten, in die man verstrickt war und aus denen je entlassen zu werden so hoffnungslos war wie die Idee, aus dem Universum ein einzelnes Atom herauszulösen.

Nachdem er sich beruhigt hatte, betrat er das Vorzimmer und gab Marthe wortlos zu verstehen, dass sie die Mitarbeiter der Unternehmensberatung hereinbitten solle.

Ein Mann und eine Frau kamen ins Büro.

Beide Mitte dreißig, adrett, höflich, korrekt. Die unvermeidlichen Köfferchen in der Hand. Und, für dieses Milieu typisch, im Gesicht einen Optimismus, der vor nichts haltmachte.

»Bitte setzen Sie sich.«

Mit dem Kinn wies der Reeder auf die Sitzgruppe. Hastig suchte er seine Notizen zusammen.

Das Smartphone auf dem Schreibtisch meldete sich erneut. Mit dem Loop einer populären Melodie nervte es seine Umgebung schneller, als das Signal mittels Drücken irgendeiner Taste quittiert werden konnte.

Mit einer Geste der Hilflosigkeit entschuldigte sich der Besitzer bei seinen Besuchern.

Es war kein Anruf, es war eine Kurznachricht.

Irgendwo da draußen hatte jemand den Wunsch verspürt, ihm schriftlich etwas mitzuteilen.

Finn und Laurens, endlich!

Er drückte die Taste, um sich die Nachricht anzeigen zu lassen.

Zunächst begriff er gar nicht, was in der SMS gesagt wurde.

Dann, kreidebleich, sank er in den Sessel.

Jetzt war es genug.

Er sah ein zweites Mal aufs Display.

Man hatte die Geschwister entführt!

Keine Polizei, hieß es.

Wenn er die Brut lebend zurückhaben wollte, war er gezwungen, sie auszulösen.

Es gab Momente, da konnte er im Leben nur einen Sinn erkennen: den, Rechnungen zu bezahlen.

11

»Ihre SMS wurde erfolgreich verschickt.«

Mit Genugtuung und im Glanz stiller Vorfreude flogen die Augen über das Display.

Dann sah man den Prinzen lächeln.

Im klinischen Licht der Neonröhren wirkte sein Gesicht wächsern.

Er und die Geschwister standen bei einem gekachelten Betonpfosten im Tiefgeschoss des Münchner Hauptbahnhofs. So gut es ging, zeigten alle drei den Überwachungskameras den Rücken. Finn hatte sogar die Kapuze hochgeschlagen. In ihrer Mitte wartete das Gepäck. Um sie herum farblose Schemen, die zu ihren Zügen oder Terminen eilten.

Bevor der Prinz die Prepaidkarte aus dem Telefonschacht fummelte und in den Abfall warf, hielt er die frohe Botschaft auch seinen beiden Komplizen hin.

Er tat das, um ein zusätzliches Mal den Bund zu besiegeln, den sie in der Nacht geschlossen hatten.

Eingeschüchtert glotzten Finn und Laurens auf das monochrome Display. Bei dem Telefon handelte es sich um ein vorsintflutliches Modell, das dem alten Knochen, den die Schwester ihr Eigen nannte, locker Konkurrenz machte.

Für einen Augenblick wurde den beiden mulmig zumute. Jeder von ihnen versuchte sich insgeheim vorzustellen, wie der Feind die Nachricht von der Entführung seiner Kinder aufnehmen würde. Außerdem beunruhigte sie die dunkle Ahnung, von nun an ihr Dasein im Kerker eines gemeinsamen Geheimnisses fristen zu müssen.

Laurens sammelte in seinem Mund Speichel und formte daraus einen Tropfen, den er an einem Faden so lange zu Boden ließ, bis dieser riss. Eine magische Geste, mit der er einerseits seine Angst bezwingen und andererseits die Schwester daran erinnern wollte, dass er ihr ranschmeißerisches Verhalten missbilligte.

Angeekelt drehte Finn sich weg.

Die Nacht, oder besser gesagt, der spärliche Rest, den die Geisterfahrt nach München davon übrig gelassen hatte, war ruhig und ohne Zwischenfälle verlaufen. Zu heimlichen Wanderbewegungen zwischen den Zimmern schien es nach allem, was Laurens wusste, nicht gekommen zu sein.

Kurz nach zehn hatte das Dreigespann das Hotel geräumt. Draußen wechselte man sogleich die Straßenseite, um das Frühstück in einem türkischen Imbiss einzunehmen.

Um diese Zeit war das Lokal bis auf das Gemurmel von heruntergedimmten Radiostimmen und einen Gast, der sich hartnäckig hinter einer ausländischen Zeitung verschanzte, leer.

Man nahm einen quadratischen Tisch in Beschlag, in dessen Mitte Salz- und Pfefferstreuer einen Serviettenhalter aus Draht flankierten. Eine Karte gab es nicht. Also erhob man sich wieder und ging vor zur Vitrine.

Der Wirt, ein Mann um die fünfzig im karierten Flanell mit aufgekrempelten Ärmeln, kam aus der Küche und notierte sich die Bestellung auf einem kleinen Spiralblock. Er sah aus wie jemand, den man an einem Ort wie diesem erwartete: folkloristisch. Schütteres Haar, die Gesichtshaut von der Sonne verbrannt, blaue Schatten ums Kinn, kohlschwarze Augen und viel Gold im Mund.

Typen wie er laufen sonst nur durch Vorabendserien.

Zurück am Tisch, suchte der Prinz nach einer Möglichkeit, um seine Mütze abzulegen. Im Hintergrund rief der Wirt, während er nach den mit kalten Vorspeisen gefüllten Schüsseln in der Vitrine griff, etwas in die Küche, was dort einen unsichtbaren und ausdauernden Streit auslöste, den zwei weibliche Stimmen ausfochten.

Bald darauf wurde das Gewünschte serviert. Unbeeindruckt von dem anhaltenden Gekeife in seinem Rücken verteilte der Mann kleine Teller mit getrockneten Tomaten, eingelegten Peperoni, Gurken, Oliven und Schafskäse. Dazu servierte er Honig und Fladenbrot sowie Gläser mit heißem Wasser und Teebeutel.

Weil man allgemein – und zwar auch aus Gründen, die am Tisch nicht so ganz klar waren – nur wenig geschlafen hatte, wurde im Verlauf des Frühstücks kaum gesprochen, am wenigstens von Laurens, der das Schlimmste befürchtete und misstrauisch darauf lauerte, ob sich der Prinz und die Schwester verrieten. Er selbst gab sich unansprechbar. Doch keins der Worte, die fielen, gab ihm Anlass zur Sorge, und so taute er allmählich auf und wurde für seine Tischnachbarn zugänglicher.

Bevor alle drei das Lokal verließen, widerfuhr dem Prinzen noch ein Malheur. Er bekleckerte den Pullover mit öliger Knoblauchsauce. Das war seiner Laune durchaus abträglich. Mit verdrossener Miene orderte er Zitronenwasser, in das er die Serviette tunkte, um hektisch an dem Flecken herumzufuhrwerken. Leider mit wenig Erfolg. Das weckte seine Aggressivität, einen Impuls, den er schnell dämpfte, als er merkte, dass er die Geschwister damit verschreckte.

Er war ein reizbarer Mensch. Er bestand darauf, dass man das Kleidungsstück noch vor der Abreise nach Wien in eine Expressreinigung gab. Genug Zeit blieb ihnen ja. In puncto Kleidung war er wirklich heikel.

Also nahm man das Gepäck in die Hand und zog los. Im Tiefgeschoss des Hauptbahnhofs herrschte wegen der zurückliegenden Feiertage Hochbetrieb. Hier wurde das Trio schließlich fündig. Weil der Prinz unter dem Pulli tatsächlich nichts weiter trug, blieb die Lederjacke vorerst bis unters Kinn geschlossen.

»Passen Sie doch auf!«

Ein Ehepaar mit dicken Tüten, die als Airbags dienten, hatte den Prinzen angeschubst.

Nachdem er eine nagelneue Prepaidkarte unter die Abdeckung des Telefons geschoben hatte, funktionierte das Display wieder. Es zeigte zwölf Uhr fünfzehn an. In einer Viertelstunde ging ihr Railjet nach Wien. Der Prinz riet zum Aufbruch. Es war an der Zeit, den Pulli abzuholen.

Jeder der drei ergriff sein Gepäck.

Bis zur Reinigung waren es keine zweihundert Meter.

Die gekachelte Betonsäule blieb verlassen hinter ihnen zurück. Ebenso ein Laden, der Gold an- und verkaufte, sowie ein vereinsamter Fotofix-Automat.

Schon von Weitem sah die Angestellte im blauen Kittel den Trupp nahen. Der Anblick, den ihr der Prinz mit seinem nackten Oberkörper geboten hatte, war ihr im Gedächtnis haften geblieben. Sie verschwand nach hinten und holte den Pullover. Zellophan war überflüssig. Sie wusste, dass der Prinz gleich hineinschlüpfen würde.

Wieder tadellos gekleidet, war er doppelt zufrieden. Die Aussicht auf eine schöne Summe Geld belebte ihn zusätzlich.

Alles lief wie am Schnürchen.

In mobiler Formation durchquerten er und seine Begleiter die Ladenpassage nun in Richtung Terminal. Mal gingen sie hintereinander, mal nebeneinander, mal zwang sie der Gegenverkehr, den Abstand zwischen sich zu vergrößern.

Je näher die drei dem Reisezentrum kamen, umso dichter wurde das Gewühl und umso häufiger kam es zu Stromschnellen und Strudeln, gebildet aus den widerstreitenden Kräften von Fernreisenden, Pendlern, Einkaufslustigen und Normalsterblichen, die das Tiefgeschoss nur nutzten, um das oberirdische Bahnhofsareal mit den lästigen Ampeln und Zeugen Jehovas zu unterqueren. Um in diesem Gewoge besser voranzukommen, gab sich das Trio die Form einer Pfeilspitze. Das half. Schließlich erreichten sie die Rolltreppe, auf der sie nach oben in die Ankunftshalle stiegen.

Dort wurden sie von bitterer Kälte empfangen.

Vor Gleis 11 wartete schon eine riesige Menschenmenge. Sie umflutete bunte Haufen aufgetürmten Gepäcks, sodass es nicht verwundert hätte, wäre einem der Gedanke an eine plötzliche Auswanderungswelle gekommen.

In Wahrheit dreht es sich bekanntlich um eine Epidemie, für die sich der harmlose Ausdruck »Wintersport« eingebürgert hat. Kanzleien, Fachbereiche, Büroetagen, Schulklassen, Familien, Notgemeinschaften, der versammelte Skikurs vom vergangenen Jahr – alle sind infiziert. Der übliche Herdentrieb. Sind besessen von steilen Abfahrten, brandneuen Techniken, riskanten Schwüngen und streitbaren Schwierigkeitsgraden. Ab November fängt man im Süden Deutschlands an, von den Zerstreuungen beim Après-Ski zu träumen.

Es ist eine Seuche. Um dem wachsenden Ansturm gerecht zu werden, erhöht man die Geschwindigkeit der Sessellifte von Jahr zu Jahr. Die Rentabilität steigt daraufhin natürlich ebenfalls. Noch mehr Lifte müssen gebaut werden. So schaukelt sich die Sache hoch, bis die Alpen der Länge und Breite nach in ein einziges Skigebiet verwandelt sein werden. Viel Zeit bis dahin bleibt nicht mehr.

Das Sportgeschäft floriert, die Ausrüstungshersteller boomen. Immer speziellere Ski kommen auf den Markt; immer öfter Anzüge in noch leuchtenderen Farben.

Aber für diese Zusammenhänge haben unsere drei keine Augen.

Sie sehen nur die Details, die Schneebretter, Rodeln, Langlaufski, Carvingski, Skistöcke, Skihelme, Skischuhe. Sie sehen

Skijacken en masse und in allen Ausführungen, aber kaum die dazu passenden Skihosen. Pudel- und Schlumpfmützen verwandeln Menschen in viel zu große Gartenzwerge.

Ein paar Reisende trugen solarisierte Schneebrillen mit sphärischen Linsen auf der Stirn. Andere irrten ziellos herum und suchten mit zusammengekniffenen Augen verzweifelt nach einer Anzeigetafel, die sie schlauer machte.

Bald wurde klar, worin die Ursache für das Chaos zu suchen war.

Wegen des für den Winter überraschend wintertreuen Wetters war es zu zahllosen Zugausfällen und Verspätungen gekommen. Permanent erfüllten Durchsagen die Halle, die um Entschuldigung baten und für die Zukunft Besserung gelobten.

Das Trio hatte Glück. Lediglich achtzig Minuten musste es am Bahnsteig ausharren. Es überbrückte die Zeitspanne größtenteils schweigend.

Hätte es seinen Platz aufgegeben, wäre es aussichtslos gewesen, nach dem Eintreffen des Zuges auch nur in die Nähe eines Einstiegs zu gelangen.

Nach zweiundneunzig Minuten stand man wie die Heringe im Gang eines Wagens der Economy Class.

Eingekeilt zwischen Skiern und Kufen.

Weitere neunundachtzig Minuten danach wurde im gesamten Railjet aufgeatmet. Man bekam endlich wieder Luft. Fast alle Wintersportler waren mitsamt ihrer raumgreifenden Ausrüstung in Salzburg ausgestiegen.

Vor den Toren der Stadt Berge von Kunstschnee, den heuer überraschenderweise kein Skigebiet anzufordern brauchte.

Die drei besetzten im Großraumwagen einen Tisch.

Auf dem Platz vis-à-vis des Prinzen saß eine Frau um die dreißig, die angab, nach Budapest unterwegs zu sein.

Sie war attraktiv, dunkelhaarig und sehr dezent gekleidet. Schwarzer Hosenanzug, schwarzer Pulli, wenig Schmuck. Ihre Augen verbarg eine Sonnenbrille, deren Gläser sich auffallend wölbten und an Facettenaugen erinnerten. Unentwegt streichelte sie ein Hündchen auf ihrem Schoß.

Gut gelaunt eröffnete der Prinz das Gespräch.

»Sie reisen allein?«

»Wie Sie sehen, bin ich in Begleitung«, lautete die unterkühlte Antwort.

Die Frau kam ihrem Akzent nach zu urteilen vermutlich aus Ungarn. Vielleicht arbeitete sie in Deutschland und war auf dem Weg nach Hause, in irgendein Dorf in Békés oder Hajdú-Bihar. Während sie sprach, fuhr sie unbeirrt fort, ihr halb getarntes Gesicht dem Gang und den anderen Passagieren auszusetzen.

Ihren Gegenüber focht das nicht an. Er war gewillt, sich keinesfalls entmutigen zu lassen. Es war ein Spiel, und er wollte das Spiel unbedingt gewinnen.

Geduldig und freundlich sah der Prinz aus dem Fenster. Nachdem gefühlte zwei Minuten verstrichen waren, startete er einen weiteren Versuch.

»Eine prächtige Schneedecke. Wann hatten wir so etwas das letzte Mal? Es muss lange her sein!«

Er neigte den Kopf und gab sich versonnen.

»In Anbetracht der globalen Erwärmung ja auch nicht weiter verwunderlich.«

Die Landschaft fest im Blick, begann er zu summen, stellte das aber gleich wieder ein.

»So weiß, dass es blendet.«

Nach einer weiteren Pause gab er sich einen Ruck und setzte sich gerade.

»Sie haben gut daran getan, Ihre Sonnenbrille griffbereit zu halten. Ich ärgere mich, dass ich meine zu Hause gelassen habe.«

Endlose Sekunden vergingen, in denen nicht klar war, ob die Frau reagieren würde oder nicht.

Hatte sie ihn verstanden?

Endlich erbarmte sie sich und sagte:

»Ich trage die Brille nicht wegen des Schnees.«

Ein gut gekleideter Mann, der mit einem Pappbecher Kaffee oder Tee in der Hand gefährlich durch den Gang schlingerte, lenkte die Ungarin kurz ab.

»Meine Augen sind verweint und voller Trauer. Diesen Anblick will ich den Passagieren ersparen.«

Der Prinz machte ein erschrockenes Gesicht.

»Tut mir leid, das zu hören!« Um der Pietät Genüge zu tun, schob er einen Moment des Schweigens ein, bevor er nachhakte. »Ein Trauerfall in der Familie?«

»Mein Mann«, seufzte sie. »Das heißt – er war mein Freund. Aber wir waren fest entschlossen, zu heiraten!«

Mit einem Nicken bekräftigte der Prinz ihre Aussage.

»Gewiss.«

»Seit vier Tagen bin ich Witwe.«

»In Ihrem Alter«, rief der Prinz empört aus – und sah die Geschwister an, als müssten sie mit einem eigenen Beitrag in seine Heuchelei einstimmen.

Wie sich herausstellte, stammte die junge Frau tatsächlich aus Ungarn. Vor einigen Jahren war sie nach Berlin gegangen. Anfangs hatte sie an der Bar eines damals angesagten Clubs gejobbt, dann heiratete sie den Bruder des Besitzers und eröffnete mit dessen Geld eine Galerie. Sie traf jedoch nicht den Geschmack der Stunde und ging pleite. Nach der Scheidung kehrte sie nach Budapest zurück, wo sie vor zwei Wochen an den Boxen des Hungarorings einen Rennfahrer kennenlernte. Der junge Mann startete für BMW beim Großen Preis von Ungarn in der Formel 1 und absolvierte gerade ein Freies

Training. Leider verunglückte er vor ein paar Tagen. Tödlich. Am gestrigen Vormittag hatte in München die Beerdigung stattgefunden.

»Wir kommen aus Frankfurt«, log der Prinz. »Und wir fahren nur bis Wien.«

Sie nannte sich Zsófia.

Er erhob sich.

»Ich gehe im Bistro einen Kaffee holen. Darf ich Ihnen etwas mitbringen?«

»Einen Früchtetee. Das wäre sehr nett.« Zsófia lächelte. Allmählich schien sie aufzutauen.

Der Prinz blickte zu den Geschwistern. Aber er stockte in der Bewegung und bedachte die Ungarin mit einem Seitenblick. Ihm war eingefallen, dass es da noch etwas gab, das er besser klarstellte.

»Die Kinder meines Bruders. Für ein paar Tage nehme ich sie ihm ab. Wir besuchen Wien.«

Zsófia nickte verständnisvoll.

Finn, die der Frau schräg gegenübersaß, kochte.

Laurens tat so, als sei er in den Anblick der schneebedeckten Tannenwälder versunken, die am Fenster vorbeiflogen.

Zufrieden, ein mögliches Missverständnis vorzeitig aus dem Weg geräumt zu haben, wandte der Prinz sich jetzt endgültig den beiden Reederkindern zu. Fragend richtete er die Augen auf sie.

Finns Blick wich zur Seite.

»Ich werde selbst gehen. Später.« In ihrem Ton lag etwas Trotziges.

Laurens war natürlich nicht entgangen, dass die Schwester litt. Zsófia machte sie eifersüchtig, und das tröstete ihn. Ihr Schmerz entschädigte ihn für die Nacht. Mit geradezu beschwingter Stimme verlangte er Schwarzbrot mit Salami.

Mit einem Nicken bestätigte der Prinz die Order und setzte sich in Bewegung.

Unterwegs durch den Zug dachte er über die neue Bekanntschaft nach. Er redete sich ein, dass sie neugierig war und zum Spielen aufgelegt. Als er im Bistrowagen vor der Ausgabe auf den Kaffee wartete, verdunkelten sich aber seine Gedanken merklich.

Was trieb er da eigentlich?

War er noch ganz bei Trost?

Die Kleine war tödlich beleidigt, und ihm wurde klar, wie rücksichtslos er sich ihr gegenüber aufführte. Mit seinem Verhalten gefährdete er den Plan, die gemeinsame Verabredung – und das war es wahrlich nicht wert.

Eine Gelegenheit, wie sie ihm in Gestalt der Geschwister zuteilgeworden war, bekam er kein zweites Mal.

Nicht im Leben!

Zsófias dagegen traf man öfter. Besonders auf dem Kiez.

Das perfekte Verbrechen – es war zum Greifen nah.

Er durfte es nicht vermasseln.

Wenn alles gut über die Bühne ging, hatte er anschließend genug Zeit, um sich so vielen Ungarinnen zu widmen, wie er nur wollte!

Großzügig wies er das Wechselgeld zurück.

Wieder am Platz, ließ er sich von seinem Stimmungswandel nichts anmerken. Er übergab den Tee und das Schwarzbrot an die jeweiligen Besteller und riss eins der Tütchen, die er mitgebracht hatte, an der Seite auf, um Zucker in seinen Kaffee zu streuen.

Sein freundlichstes Lächeln aufsetzend, machte er, während er am Becher nippte, keinerlei Anstalten, an die Unterhaltung von eben anzuknüpfen.

Er schwieg einfach.

»Was werden Sie in Wien machen?«

Nun war es Zsófia, die nicht bereit schien, nachzugeben und das begonnene Gespräch wieder versanden zu lassen.

Sie trank den Tee in kleinen Schlucken.

»Gewiss doch den Prater besuchen?«

Das Lächeln des Prinzen wurde orphisch.

»Natürlich«, beantwortete sie ihre Frage gleich selbst. »Der Prater ist ein Muss.«

Sie sah zu den beiden Geschwistern.

»Kennen Sie Budapest?« Mit den Händen machte sie eine abwehrende Geste. »Wer kennt es nicht? Wer nach Wien fährt, sollte unbedingt auch Budapest besichtigen. Man wird dort so glücklich wie da, glauben Sie mir. Das sind Zwillingsstädte, braun im Winter, goldbraun am Abend. Verbunden durch die Donau, die Geschichte und die Liebe zum Kaffeehaus! In Wien besteigt man den Zug am Westbahnhof, und in Budapest steigt man am Ostbahnhof aus.«

Sie betonte jedes Wort auf der ersten Silbe.

»Eigentlich komme ich gar nicht aus Budapest, sondern aus einem kleinen Dorf siebzig Kilometer südlich. Mein Vater war dort Lehrer. Mutter arbeitete in einer staatlichen Pferdezucht. Ich habe noch eine ältere Schwester. Als Kinder haben wir viel Zeit mit den Pferden verbracht. Wir lebten zwischen Dunghaufen und Weidenfeldern und sind geritten wie die Teufel – ohne Sattel!«

Finn hatte es sich bequem gemacht und die Augen halb geschlossen. Beruhigt, dass der Prinz die Frau offenbar doch nicht so begehrenswert fand, wie sie zuerst befürchtet hatte, lauschte sie den Kindheitserinnerungen und ließ sich von bestickten Jacken und Tänzen zu Mundharmonikamusik einlullen.

»Nun, es wird Zeit, dass wir endlich europäisch werden«, beendete die Ungarin abrupt ihre Schilderungen.

Doch keine zwei Minuten später hob sie wieder an. Sie war nicht mehr zu halten.

Bald fing sie an, für die ganze Welt Erklärungen anzubieten.

Der Prinz beschränkte sich darauf, zu lächeln oder hin und wieder zuzustimmen.

Laurens, der neben ihr saß, war nach dem gierigen Verzehr des Schwarzbrots in einen tiefen Schlaf gefallen. Die sehr kurze Nacht forderte ihren Tribut.

Irgendwann später erwachte Finn, weil sie von der Hand des Prinzen geweckt wurde. Sie spürte sie auf ihrem Schenkel, dicht oberhalb des Knies. Es war eine Berührung, die ganz beiläufig und selbstverständlich aussah und die sie dennoch bis in die Haarspitzen elektrisierte.

»Gleich sind wir da«, hörte sie an ihrem Ohr den Prinzen flüstern und öffnete die Augen, weil sie sich von der prickelnden Intensität der Berührung nicht losreißen mochte.

Geblendet von dem plötzlichen Licht, verengte sie die Augen zu zwei Schlitzen.

Der Prinz hatte bereits seine Schiebermütze auf den Kopf gesetzt.

Wenig später zog am Fenster ein Schild vorbei mit der Aufschrift: »Wien Westbahnhof«.

Und dann kreischten auch schon die Bremsen.

ZWEITER TEIL

12

Sie hatten Glück. Direkt am Mariahilfer Gürtel, nur ein paar Gehminuten vom Bahnhof entfernt, fanden sie eine Unterkunft.

Das geübte Auge des Prinzen hatte im Vorbeigehen das Messingschild im Eingang des Jugendstilhauses in habsburgischem Gelb entdeckt.

»*Pension Dagmar*. 5. Stock«.

Finn an der Schulter berührend, um sie vorzuwarnen, wich der Prinz zwei Schritte zurück und legte den Kopf weit in den Nacken. Aus dem Schornstein schlängelte sich ein Fähnchen Ruß in den grauen Nachmittagshimmel.

Im Halbdunkel des Parterres hallten die Schritte nach.

Bei der Treppe wurden der Prinz und die Geschwister von einem vorsintflutlichen Selbstfahrer mit Münzeinwurf erwartet. Breite, flache Stufen aus Eichenholz liefen am Schachtgitter nach oben wie ein überdimensionierter Korkenzieher. Es roch nach Gas und feuchtem Keller.

Irgendwo im Haus weinte ein Kind.

Der Prinz zog die Drahttür auf.

Innen bestand die Kabine aus Eichenfurnier mit geschliffenen Glasscheiben und einer Jugendstilleuchte aus Messing.

Nacheinander betraten sie den Lift.

Die Fahrt kostete einen Schilling – eine Währung, die die Geschwister über nur schwer nachvollziehbare Wege mit märchenhaften Dukaten in Zusammenhang brachten.

Der Prinz klärte sie über die Geschichte auf.

Er entnahm seinem Portemonnaie ein Zweieurostück und steckte es in den Münzautomaten. Tatsächlich setzte sich die Kabine daraufhin rasselnd in Gang. Vermutlich, weil es letztlich ökonomisch vernünftig war. Der zyklische Aufenthalt in der Stadt hatte ihm beigebracht, wie man sich in Situationen behelfen konnte, in denen zwei unterschiedliche Zeitläufe aneinanderstießen.

Gemächlich kletterte der hölzerne Käfig in den fünften Stock.

Die Tür zur Pension war nur angelehnt. Ein Türkissen aus Leder verhinderte, dass sie ins Schloss fiel.

Dahinter brannte Licht.

Einer nach dem anderen traten sie durch die Tür.

Eine ältere Dame, bestimmt schon weit über siebzig und kaum größer als eins sechzig, trat ihnen aus irgendeiner Ecke entgegen.

Die Wirtin der *Pension Dagmar*.

Man befand sich im Flur einer riesigen Altbauwohnung.

Von der Straße war das Rauschen des Verkehrs zu hören.

Dem Trio wurde eine Suite gezeigt, die von einer abschließbaren Durchgangstür geteilt wurde.

Offenbar waren sie die einzigen Gäste der Pension.

Die Wirtin besserte mit dem Vermieten der Zimmer ihr Ruhegeld auf. Sie selbst hatte sich in Räumlichkeiten ganz am Ende des Flurs zurückgezogen.

Man konnte es sich in etwa so vorstellen: Vor zehn Jahren war der Mann gestorben – aus Gram über ein Geldgeschäft, zu dem er von der Bank gedrängt worden war und das, wie sich rasch zeigte, statt Gewinn herbe Verluste einfuhr. Das eingesetzte Kapital schmolz dahin, und am Ende drohte es komplett aufgezehrt zu werden.

Das Beauty-&-Spa-Hotel an der kroatischen Adria blieb eine Bauruine – gewissermaßen der sichtbare Rückstand eines Mechanismus, der ausschließlich dazu diente, dass die Banken mit dem Geld der Kunden die eigenen Berater bezahlten und obendrein eine satte Rendite einstrichen.

Um den drohenden Ruin abzuwenden, verkaufte die Witwe die Anteile weit unter Preis. Mit den geretteten Ersparnissen verwandelte sie die Wohnung in eine halbwegs funktionierende Pension.

Nur zwei der vier Zimmer, die sie vermietete, verfügten über eine eigene Dusche.

Vor einem unübersichtlichen Schreibtisch, an dem die Wirtin unter Mühen Platz nahm, wiederholte der Prinz ungefragt seine Lüge aus dem Zug. Er wies mit dem Daumen auf die Geschwister in seinem Rücken und behauptete, dass er die beiden seinem Bruder für ein paar Tage abgenommen habe.

Die Wirtin zeigte sich schwerhörig. Der Prinz musste die Sätze einzeln wiederholen, manche sogar mehrmals.

Mit einem Füller, den sie ihm reichte, trug er sich mit grüner Tinte ins Gästebuch ein. Auch diesmal bezahlte er in bar und für zwei Nächte im Voraus.

Dann suchte die alte Dame in der Schublade nach dem richtigen Schlüssel.

Frühstück war nicht im Preis inbegriffen. Es gab keins. Es gab nur eine Teeküche, in der man sich Wasser aufbrühen konnte. In den Schränken sollte sich laut ihren Angaben Geschirr finden, löslicher Kaffee, Früchte- oder Pfefferminztee und Kandiszucker.

»Vergessen Sie den Schlüssel nicht, wenn Sie noch rauswollen. Ab sieben ist die Tür zu. Und ich höre das Klingeln nicht.«

Am Ende des Flurs befand sich die Gemeinschaftsdusche. Unter den Schritten stöhnte das Parkett.

Schweigend bezog man die Räumlichkeiten; jede Partei die ihre.

Die Bleibe war einfach und sauber. Jeweils Doppelbett, Schrank, Kommode. Alles in gleicher Ausführung.

Das Mobiliar wirkte zusammengesucht. Von der Stuckdecke hingen billige Lampen. Schrankböden und Schubladen waren mit Papier ausgelegt, das nach Rosenwasser duftete.

Die Tapete strahlte freundlich von der Wand. Die hellen Flecken an manchen Stellen deuteten auf einen längst verjährten Wasserschaden hin. Beidseits der Betten einfache Läufer.

Der Parkettboden senkte sich zur Mitte hin.

Die Fenster waren zugig, und man hörte die Straße.

Die Rahmen wirkten verzogen. Der Lack sprang ab, und darunter kam fauliges Holz zum Vorschein.

Man stand da, sah sich um und suchte in Gedanken seinen Platz.

Die Suite füllte sich mit Schwere und Müdigkeit.

Finn schloss die Verbindungstür, von der die lindgrüne Farbe abblätterte.

Nach einer Weile klopfte der Prinz.

Einen Aktenkoffer in der Hand, hielt er den Arm mit dem Schlüssel in die Höhe.

»Ich gehe Geld holen«, sagte er mit subtilem Lächeln und übergab den Schlüssel Finn, die gerade den Inhalt ihres Koffers in den Schrank räumte.

In hohem Bogen warf sie den Schlüssel auf das Doppelbett.

»Geschäfte, ihr versteht.« Er hob den Aktenkoffer in die Luft. »Außerdem müssen wir dem Feind simsen, wo er übermorgen hinkommen soll. In circa zwei Stunden werde ich zurück sein. Dann geht's essen. Ich kenne ein nettes georgisches Restaurant in der Nähe. Ihr seid mir bitte in der Pension, wenn ich komme. Jemand muss mir öffnen.«

Laurens, der bei der Kommode stand, salutierte und sagte mit übertriebener Zuvorkommenheit:

»Sind wir.«

»Klar sind wir das«, wiederholte Finn, die die pubertäre Anwandlung des Bruders abfedern wollte.

»Wisst ihr eigentlich, woran man ein gutes Restaurant erkennt?« Es war offensichtlich, dass der Prinz sich den Anstrich von Weltläufigkeit geben wollte.

Die Geschwister verneinten wortlos.

»An der überschaubaren Speisekarte. Und daran, dass die Einrichtung des Lokals eher abgelebt wirkt. Andernfalls ist die Rechnung überhöht. Und sei es auch nur, weil die Preise falsch addiert werden.«

Ein Grinsen flog über sein Gesicht. Er wollte sich schon abwenden, als er mitten in der Bewegung innehielt.

»Ach so, fast hätte ich es vergessen.«

Er langte in das Fell seiner Lederjacke und zog ein in Chiyogami-Papier eingeschlagenes Tagebuch hervor.

Finn errötete.

»Hast du im Zug liegen gelassen.«

Wenig später füllte das Türblatt den Rahmen.

Es war kurz vor sechs, und draußen war es längst stockdunkel. Regen trommelte nervös gegen das Fenster. Im Glas spiegelten sich die Reklamelichter, die in Zyan und Magenta an den Fassaden gegenüber entlangliefen.

Inzwischen zweifelten die Geschwister keine Sekunde mehr an der Verlässlichkeit des Prinzen – trotz oder vielleicht sogar wegen der äußerst mysteriösen Umstände, unter denen sie seine Bekanntschaft in dem Geisterzug gemacht haben. Finn ist jetzt verständlicherweise sowieso davon überzeugt, dass in ihm ein Kavalier steckt. Aber ganz abgesehen davon sind die beiden Geschwister vernarrt in Geschichten wie diese.

Noch immer in seiner rot-schwarz karierten Jagdjacke, ließ Laurens sich aufs Bett nieder und schaltete den kleinen

Fernseher ein, der auf der Kommode stand, doch die Schwester bat ihn, den Apparat wieder abzuschalten.

»Ich gehe noch mal raus an die frische Luft«, sagte sie und schnappte sich den Zimmerschlüssel.

»Willst du mit?«

Nur aus Gewohnheit fragte sie.

Ohne vom Bildschirm wegzusehen, gab Laurens müde zu bedenken:

»Es regnet.«

»Na und«, antwortete die Schwester untergründig aggressiv. Sie stand schon an der Tür zum Flur.

Resigniert zuckte er mit den Achseln und erhob sich umständlich vom Bett.

Allein zurückbleiben – der Gedanke war ihm unheimlich.

Seit gestern war es das erste Mal, dass er und Finn ohne den Prinzen waren. Er musste zugeben, dass sich das seltsam anfühlte.

Die Schwester wich seinen Blicken aus. Annäherungen seinerseits wehrte sie schon im Vorfeld ab. Sie hatte Angst, dass er Fragen stellte. Das war ziemlich klar. Aber seltsamerweise verspürte er dazu gar kein Bedürfnis mehr. In den letzten Stunden hatte es in ihm gearbeitet. Enttäuscht von ihrem Verhalten auf dem Hotelflur in München, ging er innerlich auf Distanz.

Er gefiel sich in der Rolle des Gleichgültigen.

Widerstandslos folgte er Finn.

Außerdem hatte er herausgefunden, dass nicht der Prinz seine Eifersucht weckte, sondern die Schwärmerei, in der die Schwester sich wollüstig verzehrte. Deshalb war er sogar froh, dass es zwischen ihnen zu keiner Aussprache kam.

Geräuschlos schlug die Etagentür hinter ihm gegen das Kissen.

Erwartungsgemäß war der Schacht leer. Der Selbstfahrer stand unten. Per Knopfdruck musste er nach oben bestellt werden.

Auf der Straße herrschte reger Betrieb. Der erste Arbeitstag im neuen Jahr neigte sich dem Ende zu. Über den Gürtel rollte der Feierabendverkehr.

Eine Weile liefen sie schweigend nebeneinander her. Pfützen versperrten ihnen den Weg und Passanten, die mit verschlossenen Gesichtern zum Bahnhof eilten.

All diese Leute!

Mit einer Hand zog Laurens die Jacke vor seiner Brust zusammen.

Grundsätzlich war er gegen Leute …

An einer Ampel wechselten die Geschwister die Straßenseite und bogen alsbald in eine weniger geschäftige Gasse ein.

»Weißt du, wohin wir gehen?«

Finn schüttelte den Kopf.

»Aber den Weg zurück findest du?«

»Das werden wir sehen«, nuschelte sie lapidar in den Schal, der ihre untere Gesichtshälfte einhüllte.

Dabei war es gar nicht mehr so kalt, wie sie tat.

Der Schnee taute.

Plötzlich unterbrach Laurens seinen Schritt.

Der Hunger meldete sich bei ihm.

Mit den Augen suchte er in der Umgebung nach Anhaltspunkten.

»Lass uns eine Pizza zum Mitnehmen holen und in der Pension essen«, schlug er der Schwester vor.

»Auf dem Zimmer?«

Er nickte.

»Nein, dann stinkt die ganze Bude nach Oregano und Sardinen.«

Sie roch prophylaktisch an ihrem Schal.

»Außerdem will uns der Prinz in ein georgisches Restaurant führen.«

»Ich kann aber nicht länger warten«, gab er trotzig zurück. »Bis auf das Schwarzbrot im Railjet habe ich seit heute Morgen nichts mehr gegessen. Ich komme um vor Hunger!«

Er machte ein langes, leidendes Gesicht. Um die Schwester schneller umzustimmen, gab er sich konziliant.

»Nur etwas Kleines«, beteuerte er.

Finn sah ihn mitleidig an. Gleichzeitig begannen ihre Augen jedoch ebenfalls die Gegend zu scannen.

»Irgendwo muss es doch so etwas wie einen Schnellimbiss geben.«

»Vielleicht da vorne! Oder?«

Er kniff die Augen zusammen.

»Da könnte was sein.«

Mit beschleunigtem Schritt gingen sie auf das verheißungsvolle Rot-Gelb am Ende der Häuserzeile zu, das sich tatsächlich wenig später als die Signalfarbe eines asiatischen Take-aways entpuppte.

Als der Prinz endlich um halb neun gut gelaunt auftauchte, war von dem georgischen Restaurant keine Rede mehr. Er schien seine Ankündigung völlig vergessen zu haben. Ob die Reederkinder schon gegessen hatten, kümmerte ihn nicht.

Mit dem Aktenkoffer zog er sich zunächst in den von ihm beanspruchten Teil der Suite zurück. Seinen Hunger hatte er offenbar bereits gestillt. Das jedenfalls glaubte Finn, deren empfindliche Nase einen süßlichen Geruch gemeldet hatte. Allerdings konnte sie zu ihrer Verblüffung nicht bestimmen, von welcher Speise er herrührte. In den meisten Fällen gelang ihr das.

Die beiden nahmen die Unaufmerksamkeit des Prinzen hin, ohne Beschwerde zu erheben oder gar auf ihr Recht zu insistieren, verbuchten diese aber mit der Pingeligkeit von Heranwachsenden als Charakterfehler. Sie fanden sich in ihrem Glauben an ihn durchaus erschüttert.

Finn, die ihrem Magen im Hinblick auf den versprochenen Restaurantbesuch nur vier Frühlingsrollen gegönnt hatte, fühlte sich gekränkt. Sie verkniff sich indes jede Äußerung, die auf ihre wahren Gefühle hätte Rückschlüsse erlauben können.

Endlich erschien die Gestalt des Prinzen in der Zwischentür.

Nachdem er den Geschwistern bestätigt hatte, dass eine SMS mit den nötigen Instruktionen an den Feind abgegangen und die Prepaidkarte daraufhin wie üblich vernichtet worden war, schlug er vor, dass sie erst einmal alle drei unter die Dusche sprangen, bevor sie sich an die weitere Abendplanung machten.

Großzügig überließ man der einzigen Frau in der Runde den Vortritt.

Das wiederum versöhnte diese mit der Welt. Finn benötigte kaum länger als sonst.

Danach kam Laurens an die Reihe. Mit dem Waschbeutel in der Hand und einem Handtuch um das Genick tapste er barfuß durch den Flur.

Zum Schluss begab sich der Prinz unter die Dusche. An den charakteristischen Klatschgeräuschen erkannte man, dass er Badelatschen trug. Badelatschen und einen roten, seidenen Bademantel. Aber der kam erst später auf seinem Zimmer richtig zur Geltung.

Da lungerte man zu dritt auf dem Bett.

Die Geschwister waren darauf bedacht, den Abstand zu den jeweils anderen Mitstreitern penibel einzuhalten. Sie empfanden die Situation als heikel.

Der Prinz trug unter dem Bademantel Nachtwäsche.

Laurens ließ erkennen, dass er den Aufzug missbilligte.

Einander zugewandt saßen er und die Schwester am Fußende. Er auf der rechten, Finn auf der linken Seite. Mit ihrem angewinkelten Bein berührte sie den unteren Rand des Plaids.

Der Prinz nahm am Kopfende den rechten Teil des Betts in Beschlag, mit Tendenz zur Mitte. Neben ihm am Schrank hing, glatt gestrichen, sein Pullover. Die Mütze lag auf einem Stuhl.

Es gab Bademäntel mit 380 Gramm Velours pro Quadratmeter. Dem Vernehmen nach gute Qualität. Dieser hier brachte höchstens 150 Gramm pro Quadratmeter auf die Waage. Es war allerfeinste Qualität. Ein Stück, das im Gepäck kaum Platz beanspruchte. Und federleicht. Reine Seide. Glänzender, aristokratischer Stoff.

Aber es war nur eine geliehene Aristokratie. Auf dem Rücken erkannte man eine halbmondförmige Stickerei: »*Hotel Lindner*, Sylt«. Offenbar hatte der Mann das Stück mitgehen lassen.

Die Geschwister am unteren Bettrand trugen die gewohnte Kluft.

Finn registrierte, dass die Decke einen Geruch verströmte, der sie an irgendetwas erinnerte, das tief in ihr schlummerte.

Da erhob der Prinz die Stimme:

»Holt bitte eure Patronen. Ihr wisst, warum.«

Seine jungen Begleiter kamen der Aufforderung zögernd nach.

Wenige Augenblicke später zeigten drei Hände zur Mitte des Bettes.

Neun Patronen, Kaliber 9 mm Luger.

»Gut«, eröffnete der Prinz das Gespräch. »Ich habe euch gebeten, zu mir zu kommen, weil ich mir noch ein paar Gedanken zu unserem Vorhaben gemacht habe. Ich möchte sie euch mitteilen.«

Zur Mitte rutschend, klopfte er sich eins der Kissen zurecht und schob es sich in den Rücken. Kurz fokussierte er jedes der

Geschwister, dann wurde seine Miene ernst. Mit gedämpfter Stimme sagte er:

»Habt ihr euch schon ausgemalt, wo ihr euren Anteil verstecken wollt?«

Er blickte zu Laurens.

»In deiner Reisetasche?«

Jetzt fasste er Finn ins Auge.

»In dem Kinderkoffer?«

Einvernehmlich schwiegen die beiden.

»Wisst ihr, was das bedeutet, Geldscheine im Wert von einer Million Euro verschwinden zu lassen?«

Keine Reaktion. Nichts.

»Es bedeutet auf jeden Fall, mit einer Menge Papier fertigwerden zu müssen.«

Von der Straße drang ein zweimaliges Hupen herauf.

»Seht«, sagte der Prinz und leitete den Gedanken ein, um den es ihm eigentlich ging. »Ihr könnt das Geld nicht mit nach Paris zur Tante nehmen. Oder nach Othmarschen. Ihr könnt es nirgendwohin mitnehmen. Nicht sofort! Ihr könnt ja nicht mal ein Konto eröffnen, um es auf der Bank zwischenzuparken.«

Er schien mit irgendeiner empörten Reaktion zu rechnen, fügte jedoch, als diese nicht kam, die Worte hinzu:

»Ich weiß, dass das eine Enttäuschung für euch ist. Aber es wäre viel zu gefährlich, wenn ihr das Geld sofort an euch nähmt!«

Die Beine zu sich heranziehend, drehte er den Oberkörper und sah zum Fenster.

»Ich schlage deshalb Folgendes vor: Das gesamte Lösegeld bleibt in meinen Händen. Vorerst.«

Um dem Gesagten Nachdruck zu verleihen, hob er die Augenbrauen.

»Ihr fahrt, wie geplant, nach Paris.«

Die Hand an der Hüfte, klopfte er auf die geräumige Tasche des Bademantels.

»Die Tickets habe ich besorgt.«

Laurens merkte auf.

Paris?

Von irgendeinem Punkt tief innen machte sich Erleichterung in ihm breit.

Sollte er Baladine doch wiedersehen?

Das wäre großes Glück! Nicht nur, weil er die Tante inbrünstig verehrte. Es würde der misslichen Lage, in der er momentan steckte, ein Ende bereiten. Die Schwester empfand seine Gegenwart als störend. Sie wollte den Prinzen für sich allein haben. Auf sie war kein Verlass mehr. In Paris aber drehten sich die Verhältnisse um. Da war es Finn, die störte.

Als er über das alles nachdachte, wurde er sich der psychologischen Zusammenhänge voll bewusst.

Er schloss die Augen, um sich besser auf sein Innenleben zu konzentrieren.

Prompt tauchte die Tante vor ihm auf. Sie war nicht sehr nah, sie war aber auch nicht sehr weit weg. Eine Fata Morgana. Sie schien ihm zuzulächeln. Schüchtern wollte er das Lächeln erwidern, doch da war sie bereits wieder verschwunden.

Er rieb sich die Augen.

Die Illusion ließ sich kein zweites Mal herbeirufen. Blitzschnell war sie aufgetaucht, blitzschnell war sie wieder verschwunden.

Er lenkte die Aufmerksamkeit zurück auf den Prinzen.

»Nach dem Ende der Ferien geht ihr in Othmarschen wie gehabt zur Schule. Es wird Gerüchte geben, aber nichts wird darauf hindeuten, dass ihr selbst in den ungeheuerlichen Vorfall verwickelt seid. Auch ich nehme mein gewohntes Leben wieder auf. Niemand wird sich Gedanken machen. Nicht einmal die Polizei, falls sie doch von eurer Entführung Wind bekommen sollte. Und irgendwann wird über die Sache Gras gewachsen sein. Das ist der Zeitpunkt, um sich zu treffen. In einem Jahr, vielleicht erst in zwei. Auf alle Fälle kriegt dann jeder seinen Anteil – ihr den euren, ich den meinen.«

Mit strenger Stimme setzte er hinzu:

»Bis dahin wird das Geld nicht angerührt! Natürlich auch von mir nicht.«

Eine winzige Pause sollte Platz schaffen für die Überraschung, die nun folgte.

»Und via Facebook bleiben wir in Kontakt.«

Die Augen des Prinzen leuchteten. Er schien den Plan für konkurrenzlos gut zu halten.

Laurens betrachtete seine Hände, die nutzlos zwischen den Beinen baumelten, und gab sich den Anschein, als wüsste er nichts zu sagen.

In Wahrheit traute er sich nur nicht, das, was in ihm vorging, auszusprechen.

Es machte ihm ein schlechtes Gewissen.

Gegen den Vorschlag hatte er nämlich rein gar nichts einzuwenden.

Vorbehaltlos stimmte er zu.

Er dachte an Paris.

11, Rue Henri Beyle.

Irgendwo im Haus rauschte die Spülung.

Finn, das Kreuz an der Wand im Blick, knabberte an der Unterlippe und machte sich abstrakte Gedanken.

Sie war die Erste, die etwas hervorbrachte.

Es klang bestimmt.

»Faites!«

Der Prinz zog die Brauen zusammen.

Der Bruder, den Kopf hebend, sah die Schwester über seine Schulter hinweg verständnislos an. In ihren Augen blitzte es.

»Faites«, kam es erneut aus ihrem Mund.

Ach so, na klar!

Faites!

13

Das alberne Gekicher und Gemurmel, das gedämpft aus dem Nebenzimmer herüberdrang, ging ihm entsetzlich auf die Nerven.

Er warf sich auf die andere Seite und zog die Decke über den Kopf, damit er von all dem nichts mehr mitbekam.

Es half wenig. Die Gedanken kreisten unaufhörlich um die Schwester und den Prinzen; um die verschiedenen Versionen dessen, was er drüben zwischen den beiden vor sich gehen sah, eine empörender und schmerzlicher als die andere; sie kreisten um Finns Verrat an ihm; um dieses entsetzliche Gefühl, von ihr im Stich gelassen worden zu sein …

Er konnte gar nicht anders.

Er spürte sein Herz pochen.

Durch das Fenster fiel bleiches Mondlicht in das Dunkel des Zimmers, sammelte sich auf dem Oberbett, das wie ein Ozean in ständiger Unruhe war, weil darunter er, der arme, verstoßene Laurens, immer tiefer in eine zerwühlte und selbst gemachte Welt kroch.

Ausgeschlossen fühlte er sich, überflüssig, unnütz.

Ein brennender Schmerz, der sich an vakanter Stelle entzündete, genau dort nämlich, von wo aus ihm gewöhnlich Finn bei allem, was er tat, dachte, sagte, zusah; von wo aus sie mit ihm mitfühlte und auf ihn aufpasste.

In seiner Höhle kauerte Laurens und suchte Zuflucht bei Ann Kristin, die ihm seit vorhin wieder präsent war, seit dem Moment, in dem der Prinz ihm und der Schwester angeboten hatte, zusammen etwas zu rauchen.

Eineinhalb Tage lag die Begegnung mit dem Mädchen zurück, aber ihm kam es vor, als sei es Wochen oder sogar Monate her, so viel hatte sich inzwischen ereignet.

Voller Wehmut hefteten sich seine Gedanken nun an das Erlebnis im Dock, das noch aus der glücklichen Zeit stammte, also vor jenem verhängnisvollen Augenblick lag, in dem der Prinz aufgetaucht war, um ihm die Schwester wegzunehmen.

Wenn er geahnt hätte, was noch auf ihn zukommen würde …

Ann Kristin, dieses dünne, zarte, vermutlich schwer kranke Geschöpf.

Er rief sich ihren merkwürdigen Aufzug ins Gedächtnis, den Turban, den Persianer, die manchmal kieksende Stimme, er sah die feingliedrigen Hände und die langen Finger und fragte sich, ob er sie gern dabeigehabt hätte, jetzt und hier, in der Pension – oder ob er das nur so empfand, weil er sich so einsam und verlassen fühlte.

Ann Kristin – schon die bloße Erinnerung an sie vermochte auf rätselhafte Weise die trübe Stimmung, in der er mehr und mehr versank, aufzuhellen.

Er fragte sich, wie das möglich war.

Immerhin war das Mädchen vom Tod bedroht und würde bald sterben.

Vielleicht besaß die Erinnerung an es genau deshalb diese Wirkung. Weil ihm in seiner jetzigen Lage der Tod als etwas Erstrebenswertes erschien, als etwas, das Schutz, Dauer und Verlässlichkeit bot gegenüber dem Wankelmut der lebendigen Welt.

Und war nicht auch der Tod dort, wo sowieso alles hinflüchtete – woanders?

Der Tod …

In das Oberbett kam erneut Bewegung.

Laurens' Kopf tauchte am Bettrand auf.

Es half nichts.

Er hatte die Schwester verloren.

In Finn konnte er die Schwester jedenfalls nicht mehr erkennen.

Sie war eine andere geworden.

Die Stelle in seiner Brust war mit einem Mal unbesetzt!

Er schmiss sich auf die andere Seite.

Seit der Prinz aufgekreuzt war, hatte sie sich verändert.

Sie war ihm hörig.

Er lauschte in das Zimmer hinein. Aus dem Nachbarzimmer drangen immer noch die Stimmen der beiden herüber.

Er vernahm das unterdrückte Lachen des Prinzen.

Sein Magen krampfte sich zusammen.

Wer war dieser Mensch überhaupt?

Monsieur Prinz.

Mister Prinz.

Hey, Mister …

Er zog wieder die Decke über den Kopf.

Obwohl es in seiner dunklen Höhle keine Ablenkung gab, schloss er die Augen. Mit größter Detailschärfe wollte er im Geiste verfolgen, wie die Schwester sich drüben ungeniert darin übte, lasziv zu gucken; auf dem Boden vor dem Bett liegend, ausgestreckt auf einer dunkelgrünen Wolldecke, die der Prinz aus dem Schrank geholt hatte; die braune Reisetasche, die er ihr hinschob, sollte ihrem Kopf als Unterlage dienen.

Er sah es wieder vor sich.

Und er sah ihn, den schäkernden Prinzen, dessen Haupt jetzt am Fußende lagerte und der Tschandu rauchte – oder wie das Zeug hieß – und die Zigarette nach jedem Zug Finn reichte, die zwei Finger in die Luft streckte, um sie gierig und vorschnell entgegenzunehmen.

Erhaben sah sie aus, als schwebte sie ein paar Zentimeter über der Decke – und über dem Gesicht die aromatische Wolke narkotischen Glücks.

Innerlich jaulte er auf, so plastisch sah er es vor sich …

»Ich denke, wir haben uns eine Belohnung verdient«, erklärte der Prinz, nachdem das Gespräch über ihr weiteres Vorgehen trotz all seiner Befürchtungen glücklich verlaufen war.

Mit geschlossenen Beinen schwang er sich vom Bett und trat an den Schrank, wo jetzt über dem Pulli die Jacke hing. Aus der Innentasche fingerte er ein flaches, silbernes Zigarettenetui mit interessanten Gravuren.

Immer wieder verblüffte der Prinz die Geschwister mit seiner üppigen Eleganz.

»Tschandu«, sagte er und ließ das Etui aufschnappen, »ist etwas Besonderes. Ein magischer Stoff, der Träume erfüllt und neuerdings, wie mir gesagt wird, aus Nepal kommt.«

Er ließ die Nase dicht über den Zigaretten schweben.

»Man kann es, wie ich finde, riechen.«

Er bot das Etui den Geschwistern dar.

Vorsichtig rückte Finn mit dem Gesicht näher.

»Wirkt das so ähnlich wie Haschisch?«

Eine harmlose Frage.

»Nein, besser. Viel besser. Reiner, intensiver. Gegenüber Dope ist Tschandu geradezu spirituell.«

So harmlos die Frage von der Schwester gemeint war, so hellhörig wurde der Bruder.

Die Antwort jagte Laurens Angst ein. Betroffen schaute er zu Boden.

Hatte er richtig gehört?

Spiritueller als Hasch?

Er begann sich unwohl zu fühlen. Sehr unwohl.

Das Insekt auf seinem Rücken schien wieder aufzuerstehen. Es kniff ihn mit seinen Scheren ordentlich in den Nacken.

Unwillkürlich fuhr er sich mit der Hand ins Genick, rollte die Schultern, versuchte den eingebildeten Parasiten loszuwerden.

Doch seine Paranoia ließ sich nicht mehr so leicht abschütteln.

Immer noch hockt sie Laurens im Nacken, jetzt, Stunden danach, da er sich im Nachbarzimmer schlaflos zwischen den Laken wälzt.

Zurück!

Er starrte noch immer zu Boden.

Dass ihm nach der Haschzigarette sterbenselend gewesen war, daran konnte er sich noch gut erinnern.

Als der Feind ihn und die Schwester zum Bahnhof brachte, hatte das Licht der entgegenkommenden Autoscheinwerfer nur ein synästhetisches Dröhnen in seinem Schädel entfacht.

Er sah zur Schwester hinüber und hoffte, dass sie nicht mit einem Mal anfing, aus dem Nähkästchen zu plaudern und sein peinliches Versagen zu offenbaren. Immerhin befürchtete er, dass sie auf der Zugfahrt alle Hemmungen verloren hatte.

Es zeigte sich, dass seine Sorge unbegründet war.

Finn blieb diskret.

Von der Geruchsprobe allerdings schien sie überzeugt. Sie war dem Vorschlag, gemeinsam von dem Zeugs zu kosten, ganz offensichtlich zugetan, denn sie gab ein entsprechendes Geräusch von sich.

Ihm war klar, dass er versuchen musste, eine Blamage abzuwenden.

»Nein«, sagte er nur und gab der Schwester mit diesem einen Wort zu verstehen, dass er wenig Lust verspürte, seine schlechten Erfahrungen zu wiederholen.

»Es ist ganz leicht dosiert, du brauchst keine Angst haben«, suchte der Prinz Laurens zu besänftigen. Er spürte, dass es im Hinblick auf Drogen in der Vergangenheit des Jungen Erfahrungen gab, von denen er nichts ahnte.

Aber Laurens hob nur abwehrend die Hand, nachdem er zum Schein die Nase über das Spalier der Zigaretten geführt und einen Ausdruck des Widerwillens aufgesetzt hatte.

»Nein«, wiederholte er und bekräftigte seine ablehnende Haltung mit Kopfschütteln.

Er setzte eine entschiedene Miene auf, registrierte aber, dass der Prinz davon unbeeindruckt blieb. Der Mann war offensichtlich nicht gewillt, sein Ansinnen so leicht aufzugeben.

»Spielverderber«, raunzte ihm die Schwester von der Seite zu.

Derweil hatten sie gemeinsam begonnen, den Charakter des Zimmers mit wenigen Handgriffen zu verwandeln. Decken hatte man ausgebreitet, Kissen aus den Schränken geholt. Bald schien dieser Teil der Suite geeignet für eine intime Soiree. Mit etwas Fantasie erweckte er Bilder eines orientalischen Salons oder eines Separees mit Geheimtür zum Leben …

Während all diese Bilder Laurens zu schaffen machten, hätte man ihn den Kopf unter dem Oberbett hervorstrecken und zur Verbindungstür spähen sehen.

Immer noch hörte er die Stimmen …

Vorhin, also noch auf der Seite, die der Prinz für sich beanspruchte, hatte man die Verbindungstür geschlossen und den schweren Vorhang vor die gesamte Breite des Fensters gezogen.

Licht spendete nur die kleine Nachttischlampe am Bett, und in diesem Moment war es bestimmt immer noch so, es durften zusätzliche Lichtquellen kaum dazugekommen sein.

Wieder hatte er es vor sich.

Weil er nicht wusste, welches Verhalten einer, der klösterliche Abstinenz propagierte, an den Tag legen sollte, wenn alle um ihn herum sich dem Rausch ergaben, fand er sich bereit, zunächst bei dem Spiel mitzumachen.

Mit Finn ließ er sich auf dem Boden nieder.

Im Schneidersitz hockte er ihr gegenüber auf einem der Kopfkissen und spielte verlegen mit den Enden seiner Schnürsenkel.

Und jetzt, wo er drüben in dem Doppelbett lag, dessen unbenutzte Seite vergeblich auf Finn wartete, jetzt konnte er die quälenden Momente wieder nachfühlen, die seinem Einlenken gefolgt waren, die Verzweiflung, die ihn befiel, als er nach einem Ausweg suchte, um aus dieser erniedrigenden Situation herauszukommen.

Eine Vorahnung sagte ihm nämlich, dass es nicht mehr lange dauern würde, bis die Schwester das Bett mit dem Prinzen teilte!

Still tobte in ihm der Aufruhr: Empörung, Hass, Neugier, Enttäuschung, Gleichgültigkeit – er war gänzlich mit sich im Hader …

Durch den dichten Vorhang seiner Wimpern verfolgte er, was weiter vor sich ging: das umfängliche Ritual, das die Schwester und der Prinz veranstalteten, und alles nur, um gemeinsam eine Zigarette zu genießen; die zufälligen Berührungen der Hände; die vielsagenden Blicke, die sie sich zuwarfen; die Wirkung der Droge, die zur Schau gestellt wurde, indem immer derjenige von ihnen theatralisch die Augen schloss, der gerade inhalierte … und dabei eine Miene der Verzückung aufsetzte.

Tschandu.

Man fragt sich, ob es nicht recht leichtsinnig war, dass der Prinz die Geschwister in einer Pension zum Opiumgenuss einlud – inmitten des 15. Bezirks.

Aber Wien ist hinsichtlich umfassender Bevormundung nicht so fanatisch und effizient wie der übrige Teil Europas. Es hat sich auf seine traditionelle Nähe zum Orient besonnen, auf den Sinn von Heuchelei und Bürokratie und darauf, dass es früher Raucherzimmer gegeben hat, in denen die Herren Smoking trugen.

Smoking – man verstehe den Begriff richtig!

Welche Eleganz!

Manche Kaffeehausbetriebe, an vorderster Front die berühmten und die zwielichtigen, haben sich das zum Vorbild genommen. Sie haben eigens wieder Raucherzimmer eingerichtet.

Und darum hatte der Prinz keine Sorge, dass man sie hochkant hinauswarf, sollte wirklich außen an der Tür zu riechen sein, dass dahinter gekifft wurde. Zudem war es inzwischen so spät, dass die Wirtin fraglos längst im Bett lag.

Und bei ihnen dreien drehte es sich doch um die einzigen Gäste!

Bis zum Morgen, verteidigte der Prinz im Stillen seinen Leichtsinn, würde sich der Dampf verzogen und die Opiumhöhle in ein einfaches Zimmer rückverwandelt haben. Außerdem konnte man während des Schlafs doch die Fenster öffnen.

So flog die Zeit dahin. Der vom Opium geschwängerte Rauch stieg derweil in kleinen und süßlich duftenden Wölkchen lautlos und ruhig zur Decke.

Laurens sah noch vor sich, wie er aufstand und sagte, dass er nun schlafen und deshalb in den anderen Teil gehen wollte.

Keiner der beiden hatte Anstalten gemacht, ihn aufzuhalten.

Kein Bedauern, kein Abschied, nichts.

Er hatte das Geturtel zwischen der Schwester und dem Prinzen nicht länger mitansehen können.

Eifersucht hatte ihm das Herz zerrissen.

Er war in das Zimmer geschlichen, das ihm und Finn vorbehalten war, und hatte mit dem Fuß die Verbindungstür ins Schloss gedrückt.

Schon immer war ihm die Zeit vor dem Einschlafen heilig gewesen, wenn er das Buch, das er gerade las, weggelegt hatte und das Licht löschte …

Wenn er sich mit halb offenen Augen in der Dunkelheit verlor und andächtig der Stille lauschte.

Hier fand er einen Übertritt ins Woanders …

Nun erschien ihm dieser Moment entweiht.

Durch die Wände hindurch waren die Stimmen, das Gekicher, die Albernheiten zu vernehmen.

Wer hätte unter solchen Bedingungen einschlafen können?

Hin und her warf er sich und schloss wiederholt vergeblich die Augen. Der Schlaf wollte einfach nicht kommen.

In ihm der stumme Streit aufgepeitschter Gefühle.

Aus Wut darüber, dass er keine Ruhe fand und kein Vergessen, strampelte er sich schließlich vom Oberbett frei, von dem er gerade gedacht hatte, dass es ihn erstickte, und rang nach Luft.

Schnell hob und senkte sich der Brustkorb.

Der Atem keuchte.

Schweißtropfen rannen ihm über das Gesicht.

Dann fror er und zog die Decke unters Kinn.

Von fern hörte er das Bellen eines Hundes.

Da schlief er ein.

Weil Winter war, schien es tiefe Nacht zu sein. In Wahrheit war es nach fünf Uhr morgens.

Am folgenden Tag wachte er erst gegen Mittag auf, aber alles war sofort wieder da.

Das ganze Drama.

Sein wundes Herz.

Auf dem Bauch liegend dehnte er die Glieder und ließ einen Arm auf die leere Bettseite plumpsen.

Das wäre gar nicht nötig gewesen. Er wusste auch so, dass die Schwester nicht da war.

Es war eine stille und sanfte Trauer, die seine Brust erfüllte und die sich vollends in ihm ausgebreitet hatte, als er kurz darauf den Kopf hob und lauschte, ob jenseits der Verbindungstür irgendwas zu hören war. Doch drüben schien man fest zu schlafen.

Mit fahrigen Gedanken, die mal mehr, mal weniger um Paris kreisten und darum, Baladine in der Nähe zu wissen, tröstete er sich.

Ann Kristin war vergessen.

Das zweite Mal wurde Laurens ein oder zwei Stunden später von anhaltenden Geräuschen geweckt.

Mit offenen Augen lag er zur Wand gedreht da, aber Finn ließ sich noch immer nicht blicken.

So sprang er schließlich aus dem Bett, streifte Hose und Hemd über, verließ das Zimmer und tappte barfuß den Gang hinunter bis zu der gekachelten Schwelle, die das Duschwasser davon abhalten sollte, den Flur zu überschwemmen.

Während er Brust und Achseln einseifte, weigerte er sich, auch nur einen einzigen klaren Gedanken zu fassen.

Auf dem Rückweg eine Viertelstunde später kam ihm die Schwester entgegen.

Sie hatte sich ein ellenlanges T-Shirt übergestreift, das nicht aus ihrem Besitz stammte.

»Guten Morgen«, nuschelte sie im Vorbeigehen.

Er untersagte sich jegliche Reaktion, auch eine feindselige.

Einem möglichen Seitenblick von ihr wich er im Vorhinein aus.

Für einen Moment war er die Gleichgültigkeit in Person.

Zurück auf dem Zimmer, hörte er nebenan den Prinzen rumoren. Irgendeine lächerliche Melodie pfiff dieser leise vor sich hin.

Da fiel sein Blick auf das Bett.

Finns Tagebuch.

Auf der Stelle zog es unbezwingbar seine Neugier auf sich.

Aufgeschlagen lag es an dem Platz, an dem sich eigentlich ihr Kissen hätte befinden müssen, das stattdessen zerknautscht den Boden schmückte.

Er schlich heran, als ob Gefahr bestanden hätte, dass das Tagebuch sich in Luft auflöste, wenn er nicht vorsichtig genug war.

Die Zunge mit dem Magnetverschluss beschwerte eine Seite, damit sie aufgeschlagen blieb.

»Ab jetzt beginnt das Leben.«

So lautete der Satz, den er zu entziffern vermochte.

Laurens las noch einmal.

»Ab jetzt beginnt das Leben.«

Ein Geräusch im Rücken ließ ihn herumfahren.

»Schnüffelst du in meinen Sachen!«, hörte er die Schwester empört ausrufen.

Energisch schüttelte er den Kopf, aber weniger, um trotz des unwiderleglichen Augenscheins absurderweise seine Unschuld zu beteuern, sondern um auszudrücken, dass es der Lippenstift in ihrem Gesicht war, der ihn irritierte.

C'est une caricature, flüsterte das Gehirn, für ihn selbst unerwartet, in sein Ohr.

C'est pour rire.

14

Der Abend brach herein, als man auf dem Naschmarkt Laurens entdecken konnte. Um diese Zeit herrschte in den vom Licht der Buden erhellten Marktstraßen dichtes Gedränge, denn viele wollten noch rechtzeitig vor Geschäftsschluss ihre Einkäufe erledigen.

In den Duft von Glühwein und gebrannten Mandeln mischte sich der Geruch von verbranntem Öl.

Die Schultern hochgezogen und die Ellenbogen eng am Körper, schien Laurens sich unsichtbar machen zu wollen. Er wirkte erschöpft und abwesend, als überließe er seine nähere Zukunft widerstandslos dem Schicksal.

Sein bis dahin leicht und kokett getragenes Gefühl des Andersseins hatte sich ins genaue Gegenteil verkehrt. Er fühlte sich einsam und verletzlich, und die Beklommenheit darüber, dass man dem Leben unentrinnbar ausgesetzt war, schnürte ihm die Luft ab.

Er saß in der Falle und fragte sich, ob es möglich war, vor Trauer zu sterben – allein durch Denken.

Vor einer oder vielleicht eineinhalb Stunden war er aus der Pension geflohen – geflohen vor dem nur halbherzig kaschierten Geturtel, das die Luft in den beiden Zimmern vergiftete und auch die im Korridor auf dem Weg zum Bad.

In einem Moment, in dem die Schwester und der Prinz damit beschäftigt waren, in der Teeküche zu hantieren und Wasser aufzusetzen, schnappte er sich seine rot-schwarz karierte Jagdjacke und machte sich ohne ein Wort des Abschieds aus dem Staub.

Statt auf den Selbstfahrer zu warten, rannte er die Wendeltreppe hinunter, deren Stufen bei jedem Tritt unangenehm laut knarrten.

Es tat so weh, und er wollte nichts anderes, als dem Schmerz, der nicht genau zu lokalisieren war, zu entrinnen.

Unten auf der Straße blieb er die ersten hundert Meter dicht an den Hauswänden, um von etwaigen Beobachtern, die vielleicht im fünften Stock der Pension am Fenster standen und nach ihm Ausschau hielten, nicht entdeckt zu werden und keine dankbare Adresse für lautstarke Reklamationen abzugeben.

Aber seine Ängste waren unbegründet.

Niemanden hörte er hinter sich herrufen.

Unwillkürlich hatte er die Richtung zum Westbahnhof eingeschlagen.

Der Nachmittag senkte sich über die Stadt, und auf dem nassen Asphalt spiegelten sich die Lichter.

Von ferne wirkte der großzügig verglaste Flachbau wegen der Strahler, die in Reihe unter dem Betondach hingen und die Halle erleuchteten, wie ein vorweihnachtlich illuminiertes Kaufhaus.

Wie an allen Orten, an denen viele Menschen zusammenkommen, vollzog sich auch hier der übliche Kristallisationsprozess. In Grüppchen stand man vor dem grau-braunen Gebäude herum: die Droschkenfahrer, die Touristen, die Schlepper, Dealer und Sandler.

Unter dem Vordach passierte Laurens eine Kette kleinerer Geschäfte, Reisebüros, Schnellimbisse, Blumenläden.

Dann betrat er die Vorhalle und folgte den Schildern zu den Gleisen.

Vor einer Abfahrtstafel blieb er stehen, sah nach oben und studierte die Namen der Zielbahnhöfe.

Er las den Namen »Budapest« und dachte an Zsófia.

Aber dann verließ ihn der Mut, und er machte wieder kehrt.

Die Kälte draußen hatte empfindlich angezogen. Er überquerte den Europaplatz und verschwand kurz darauf in einer Einkaufsstraße.

Auf einem blauen Schild stand in weißer, altmodischer Schrift: »Mariahilfer Straße«.

Laurens' Gesicht war zum Ausdruck absoluter Weltverlassenheit gefroren. Es kam ihm vor, als zöge sich der gesamte Inhalt seines Lebens unter Schmerzen aus ihm heraus.

Er wollte weg, einfach nur weg.

Weg von dem Ort des Verrats und der Enttäuschung.

Weg von den Peinigern.

Von dem, was passiert war und was gemäß dem gemeinsamen Plan noch passieren sollte, wollte er nichts mehr wissen. Er ersehnte den inneren Frieden zurück.

Mit hochgeschlagenem Kragen und tief in den Jeans verstauten Händen setzte er mechanisch Fuß vor Fuß.

Die Straße war leicht abschüssig und gesäumt von Bäumen, deren kahles Geäst in das freie Stück Himmel zwischen den Dächern ragte. In gleichmäßigen Abständen spannte sich noch die Weihnachtsbeleuchtung von einer Seite zur anderen: Lichterketten in Form von Weihnachtsbäumen und Weihnachtssternen. Man hat wohl vergessen, hier abzurüsten.

Der Verkehr staute sich in beide Richtungen. Gelbe und blaue Markierungen auf dem Fahrdamm stellten Laurens vor das Rätsel ihrer Bedeutung.

Von den Menschen, die an den Geschäften vorbeiströmten, ließ er sich einfach mitnehmen.

Zwischen den Bäumen war eine Gestalt zu erkennen, die sich aus dem Strom abgesondert hatte, um zu telefonieren. Mit der einen Hand hielt sie sich das freie Ohr zu.

Während er weiterlief, wurde ihm bewusst, dass er sein Telefon vermisste, das ausgeschaltet im Schrank in der Pension lag. Der Prinz hatte auf dieser Maßnahme bestanden. Man hätte sonst leicht herausbekommen können, wo sein Besitzer sich aufhielt.

Direkt vor ihm zerrte ein Hund sein Herrchen zu einem Laternenmast. Weiter unten leerte eine Frau im Mantel einen Plastikeimer Seifenwasser in den Rinnstein aus. Von irgendwo näherte sich der Klang eines Martinshorns, entfernte sich aber wieder.

Nach dem Jahreswechsel hatte die Stadt wieder den gewohnten Trott aufgenommen.

Hinter einem Fenster ging Licht an und wurde gleich darauf wieder gelöscht.

Neben sich hörte er eine Tür über den Boden schrammen, als man versuchte, sie zu schließen.

All das berührte Laurens nicht. Er war ganz in sich gekehrt.

Einer Gruppe junger Männer, die Zigarettenkippen durch den Januarabend schnippten und aussahen, als hätte man sie aus der U-Bahn gejagt, wich er aus. Ebenso wie denen, die ihm direkt vor die Füße liefen, Menschen mit dicken Einkaufstüten, dicken Kindern – und Menschen, die einfach selbst dick waren.

Obwohl er auf den Boden starrte, huschte er sicher und elegant durch das Gewühl. Er verstand es, die Pfützen zu umgehen. Wie von einem Assistenzsystem geleitet. Kaum, dass er einmal nach links oder rechts schielte.

Die kalte Luft brannte ihm auf den Wangen.

Es war ihm egal, wohin die Straße führte und ob er den Weg zur Pension letztlich wieder zurückfand. Er lief wie in einem unbekannten Bann. Er wurde vollkommen in Anspruch genommen von dem Streit, den er im Stillen mit sich austrug, und je heftiger sich dieser Streit gestaltete, desto mehr beschleunigte er den Schritt.

Es verhielt sich nämlich so, dass sein Inneres während der Flucht ein getreues Double von Finn abgespalten hatte, und dieses Double war gerade dabei, ihn unter Druck zu setzen.

»Du hast kein Recht, auf mich böse zu sein«, behauptete es. »Ich bin niemandem Rechenschaft schuldig für das, was ich tue.«

»Darf ich dich daran erinnern, dass du einen Pakt geschlossen hast«, erwiderte Laurens. »Mit mir. Du kannst dich nicht einfach in irgendjemanden verlieben und denken, dass unser Pakt davon unberührt bleibt.«

»Und wieso? Erkläre mir das bitte mal! Was hat das eine mit dem anderen zu tun?«

»Entgegen dem Augenschein«, führte Laurens aus und stellte sich vor, mit dem Zeigefinger waagerechte Kreise in die Luft zu malen, um Allianzen und Besitzansprüche zu verdeutlichen, »entgegen dem Augenschein sind es nicht wir drei – das heißt du, der Prinz und ich –, die einen Deal vereinbart haben, sondern es sind du und ich auf der einen und der Prinz auf der anderen Seite, die beschlossene Sache gemacht haben. Das ist ein großer Unterschied! Verstehst du das? Da kannst du dich nicht plötzlich absondern und mit dem Prinzen gewissermaßen einen Extradeal aushandeln.«

Der Ernst in seinem Gesicht sollte herausstellen, dass er nicht zum kleinsten Kompromiss bereit war.

»Ach was, das ist doch Wortklauberei. Du bist ja nur eifersüchtig«, konterte das Double.

»Eifersüchtig? Ich? Da bildest du dir aber einiges ein! Es geht um Loyalität.«

»Nennst du es etwa loyal, wenn du mich nachts auf einem Hotelflur bittest, gegen Vereinbarungen zu verstoßen, auf die wir uns ein paar Stunden zuvor geeinigt haben?«

Die Augen des Doubles funkelten böse.

»Du erinnerst dich doch an vorgestern?«

Natürlich erinnerte er sich an vorgestern. Aber das war es ja, worauf er hinauswollte. In München war es um einen Deal gegangen, um ein gemeinsames Arrangement. Um eine Art Vertrag. Und ein Vertrag war nicht sakrosankt. Ein Vertrag konnte angefochten, in Teilen verändert oder für ungültig erklärt werden. Sakrosankt war ein Schwur. Ewig bindend. Und einen solchen hatten er und die Schwester geleistet, denn die Idee mit dem Kidnapping stammte ja von ihnen, von niemandem sonst. Der Prinz hatte nichts damit zu tun. Er hatte nichts geleistet, überhaupt nichts. Er hatte sich drangehängt, das war alles.

Und jetzt fühlte er sich an diesen speziellen, mit der Schwester geschlossenen Eid wegen ihres Verrats nicht mehr gebunden. Es war ganz einfach: Es war ein Verrat an ihrer gemeinsamen Welt, und er fand es nur recht und billig, wenn er sich rächte, indem er seinerseits Verrat beging.

Die Schwester war nicht länger seine Schwester. Höchstens noch biologisch, aber spirituell auf keinen Fall. Vielleicht war sie sogar nie seine Schwester gewesen, sondern nur eine Schöpfung seiner Fantasie, ein Hirngespinst, ein Wunschtraum, Lug und Trug.

Auf jeden Fall konnte die Lösegeldübergabe seinethalben ruhig scheitern. Er hatte jegliches Interesse an der Sache verloren.

Im Gehen zuckte Laurens verächtlich mit den Schultern.

Auch wenn ihm seine Argumentation ein wenig sophistisch dünkte. Am Ende sah er sich doch im Recht.

Mittlerweile war er von der geschäftigen Zone abgekommen und in eine der einsamen, abschüssigen Nebengassen ausgewichen. An ihrem Ende erwarteten ihn, soweit er das erkennen konnte, Düsternis und Enge.

Es scherte ihn nicht.

Die Unregelmäßigkeit des Pflasters ließ ihn wiederholt stolpern. Ständig musste er irgendeinem Hindernis ausweichen. Wenn sein Blick an den Fassaden hochkletterte, kriegte er das Gefühl, dass die grau-braunen Mietshäuser sich über ihn neigten, um heuchlerisch zu bezeugen, dass man an seiner seelischen Misere Anteil nahm. Unbegreiflich verlassen erschien ihm das Echo, das seine Schritte zwischen den Hauswänden erzeugte.

Er fing an, leise vor sich hin zu summen, in der stillen Hoffnung, sich so in eine Art Trance zu versetzen.

Die kalte Luft schmeckte auf der Zunge fettig und war voller Rußteilchen.

An einer Ecke stieß er auf einen kleinen Laden für Berufskleidung, wie der altmodische Schriftzug über dem Schaufenster verriet. Ein Buchstabe war erloschen. Mit schnellem Schritt überquerte er den Fahrdamm und warf einen Blick in das Schaufenster, in dem vor allem Jeans ausgelegt waren; Jeans, Cordhosen, karierte Hemden und Sweatshirts mit den Aufdrucken verschiedener amerikanischer Universitäten. Obwohl der Laden aus einem vergangenen Jahrzehnt zu stammen schien, fühlte er sich von ihm angezogen.

Das Öffnen der Tür betätigte eine Klingel.

Er betrat einen warmen, nur mäßig erhellten, höhlenartigen Raum, an dessen Wänden sich Kleidungsstücke bis unter die Decke türmten.

Im hinteren Teil eine improvisierte Umkleidekabine mit Pendeltüren wie in einem Saloon, die über eine eigene Funzel verfügte.

Hinter dem Verkaufstresen saß ein schlanker Mann Mitte vierzig mit grauen, langen und zu einem Zopf zusammengefassten Haaren. Eine kirschrote Gibson im Arm, saß er auf einem Hocker und probierte verschiedene Riffs. Er schien der Besitzer des Ladens zu sein. Bei Laurens' Eintreten hatte er hochgesehen, ohne das Spiel zu unterbrechen. Die Gitarre war nicht an einen Verstärker angeschlossen.

Jetzt hielt er inne und sagte in die plötzlich eingetretene Stille:

»Kann ich helfen?«

Laurens hatte einen Drehständer mit einer reichen Auswahl an Gürteln entdeckt. Ein Stück hatte es ihm besonders angetan.

Es besaß eine interessante Schließe. Er ließ das Leder durch seine Finger gleiten, drehte den Kopf zu dem Mann mit der Gitarre und fragte, ob man den Gürtel an seine Körpermaße anpassen könne.

»Klar«, sagte der Mann und legte die Gitarre beiseite. Mit einem Griff unter den Tisch zog er eine Lochzange hervor.

Laurens betastete mit der Hand seine Jacke nach dem Portemonnaie.

Keine Viertelstunde später hatte er den Laden wieder verlassen.

Während er seinen Gang fortsetzte, prüfte er mit dem Daumen stolz den Sitz des Gürtels. Er spürte das Leder, die Spannung, mit der es seine Hüften umfasste, ihn zusammenhielt.

Beim Weitergehen machte er sich Gedanken, ob der Gürtel auf seine nähere Zukunft Einfluss nehmen würde, die ihm ja noch eben in den düstersten Farben erschienen war. Nun fasste er neuen Mut.

Ab jetzt würde er nur noch diesen Gürtel tragen. Er machte aus ihm einen anderen Menschen. Er gab seiner Einsamkeit und seinem Kummer eine neuartige, heroische Qualität.

Er beschloss, die Tüte mit dem alten Gürtel bei der nächstbesten Gelegenheit in den Müll zu werfen.

Immer näher rückten Häuserwände und Autos.

Sein Tempo drosselnd, durchmaß er die Engpässe, die immer häufiger auftraten, teilweise sogar, indem er sich seitlich zwischen Blech und Gemäuer hindurchschob.

Unter dem bleichen Licht der Laternen passierte er triste Hofeinfahrten, links und rechts bewehrt von steinernen Pollern. Er kam an rostigen Fahrrädern vorbei, die vor Kellerfenstern am bröckelnden Verputz lehnten. Er ging an dunklen, leer geräumten Parterrewohnungen vorüber, die offenbar seit Jahren nicht vermietet waren und an deren Fensterglas fingerdick der

Staub klebte; an weiteren Wohnungen, deren Wände lediglich vom flackernden Widerschein eines laufenden TV-Geräts erhellt wurden oder deren durchgängig geschlossene Fensterläden irgendein trauriges oder zweifelhaftes Geheimnis verteidigten; und an wieder anderen, die vollgestopft waren mit schlechten Möbeln und ohne Scham welke Blumen, Decken mit langen Fransen, bunte Perlschnurvorhänge und Niederlagen vorzeigten.

Immer tiefer drang er in dieses absurde, unrettbare und schutzlose Universum ein, das nur langsame, vorsichtige Schritte erlaubte.

Mit laufendem Motor versperrte ein Lieferwagen den Weg und bereitete seinen Gespenstern ein Ende.

Ernüchtert wartete Laurens darauf, dass das Fahrzeug in der Einfahrt verschwand. In Gedanken tauchte überraschend seine Mutter auf.

Wie weit weg sie schon war, dachte er.

Als ob in der vergangenen Stunde noch einmal Jahre dazugekommen wären.

Im Kopf rechnete er nach.

Es ging ins vierte Jahr, dass sie den Palast in Othmarschen geräumt hatte.

»Vergesst nicht, was ich euch gesagt habe«, hatte sie zum Abschied gemeint. Sie war in die Hocke gegangen und hatte ihn und die Schwester in den Arm genommen.

»Ihr dürft es niemals vergessen.«

In seinem Ohr hörte er die Stimme, als liefe die Mutter neben ihm.

»Wir sehen uns bald wieder«, hatte sie noch gesagt, mit einer Zuversicht in der Stimme, die schon damals falsch geklungen hatte. Mit dem Finger hatte sie erst sein Kinn und dann das der Schwester angehoben.

Daraufhin hatte sie sich abrupt abgewandt und war in das Taxi gestiegen, das vor der Garagenzufahrt mit laufendem Motor wartete.

Das letzte Bild.

Danach war sie aus seinem Leben und aus dem der Schwester verschwunden. Sie hatten die Mutter nie wiedergesehen.

Er sah noch die flatternden Schöße des cognacfarbenen Ledermantels.

Und er entsann sich, wie öd und unbewohnbar ihm und Finn das Leben in Othmarschen seitdem vorkam.

Bis ungefähr ein Jahr nach ihrem Weggang trudelten noch hin und wieder Ansichtskarten von ihr ins Haus, die aus exotischen Gegenden stammten; Lebenszeichen im Format DIN A6, die auf der Rückseite in kleinster Schrift immer mit spannenden oder kuriosen Geschichten aufwarteten; dann hörte auch das auf. Vielleicht hatte der Feind ein paar Mal mit ihr Kontakt gehabt, aber falls das zutraf, hatte er es ihm und der Schwester verschwiegen.

Danach brach der Kontakt zur Mutter vollständig ab.

Jeder ihrer Versuche, eine günstige Gelegenheit abzupassen, um die Frage aufzuwerfen, ob es nicht möglich war, sie in Marrakesch zu besuchen, wurde vom Feind im Keim erstickt. Und als sie eine Zeit lang erwogen, auf eigene Faust nach Marokko zu reisen, stellte sich ihr Alter als unüberwindliches Hindernis heraus.

Seine Hand in der Jackentasche hatte begonnen, ungeduldig mit einem Krümel zu spielen.

Ich liebe euch.

Die Stimme, die er da wiedererkannte, war eine Erinnerung, war ein weit zurückliegender Traum.

Ein Traum, der ein vertrautes Gefühl in ihm wachrief, dem er aber nun misstraute.

Die Fußgängerampel sprang auf Rot.

Um sich besser vor der Kälte zu schützen, zog Laurens die Schultern zusammen.

Sein Kinn bebte.

Tränen liefen ihm über die Wangen.

Es dauerte lange, bis die Ampel auf Grün umschaltete.

Ein paar Schritte, dann öffnete sich vor ihm der Blick.

Er sah ein Lichtermeer. Dächer und Baumkronen unter einem Himmel, der von Violett in Schwarz überging.

Dichte Scheinwerferkolonnen, die zweispurig an ihm vorbeirollten.

Die Bordsteine flankiert von einer endlosen Kette parkender Autos.

Hupen, Stimmengewirr.

Gewusel.

Der Naschmarkt.

Wie man weiß, bildet der Naschmarkt die Nabe des Wientals, das eine natürliche Magistrale in der urbanen Topografie darstellt. Durch sie werden die beiden Hänge zusammengeführt. Bunt und quirlig sitzt er auf dem überwölbten Teil des Wienflusses. Einen Eindruck von dem komplexen Kanalsystem unter dem Asphalt verschafft der Film *The Third Man* aus dem Jahr 1949.

Bis Anfang der Siebzigerjahre des vergangenen Jahrhunderts war der Naschmarkt der größte Markt der Stadt – und bis heute ist er eine Institution. In seiner alten Ausdehnung bis zur Kettenbrückengasse und darüber hinaus bedeutete er für Wien das, was Paris die Großmarkthallen bedeutet haben, als diese noch Teil des ersten Arrondissements waren. Auch in Wien verlagerte man den Obst- und Gemüsemarkt vom Zentrum an die Peripherie: 1972 nach Inzersdorf. Übrig blieb der Naschmarkt, wie wir ihn heute kennen, um ein Drittel seiner ursprünglichen Größe geschrumpft.

Schenkt man Hugo von Hofmannsthal Glauben, begann der Orient damals direkt hinter den gemauerten Pavillons im dekorativen Stil türkischer Basare. Heute liegt er eher in Ottakring.

Kommt man wie Laurens vom Getreidemarkt und hat alsbald das kubische Domizil mit der goldenen Laubkuppel im Rücken, Heimstatt der Secessionisten, jener frühen Hippies aus dem Fin de Siècle, zeigt sich der Naschmarkt mit seinen beiden Marktstraßen, den grünen Verkaufsständen mit den hohen, weit herabgezogenen Dächern, den Wasserstellen und Toilettenanlagen fast so wie auf den nostalgischen Postkarten vergangener Tage. Jedenfalls oberflächlich betrachtet. Denn natürlich hat sich in den Jahren eine Menge getan. Viele der Pavillons beherbergen Restaurants, weil gewiefte Investoren erkannt haben, dass das illustre Ambiente förderlich ist, um ein mäßiges Abendessen als kulinarisches Abenteuer zu verkaufen.

Und das Publikum?

Ihm hat der Naschmarkt es jedenfalls zu verdanken, dass er zu den Orten zählt, die zu allen Tageszeiten ein anderes Gesicht aufsetzen.

Frühmorgens suchen sich die Bettler, die sich in immer größeren Scharen aus dem Osten und Süden Europas hier ansiedeln, zwischen den erwachenden Ständen und raubeinigen Standlern einen vermeintlich lukrativen Platz. Vormittags teilen sich den Markt die Anwohner der umliegenden Straßen, in denen auch die Büros und Magazine der Händler liegen, mit den unvermeidlichen, an ihren Rucksäcken zu erkennenden Rentnern, die eine Städtetour gebucht haben.

Abends mischt sich der Rest der Stadt hinein.

Samstags dominieren die Flohmarktbesucher, überwiegend junge Leute, aber auch linksliberales Kulturpublikum, das auf dem Gelände, das sonst als Parkplatz dient, zwischen altem Klumpert und Trödel nach unerkannten Schätzen fahndet. Dazu kommen die Proseccotrinker mit seidenem Halstuch, die den üblicherweise hier ausgeschenkten Weißen Spritzer verachten, und die von Bali oder dem Sonnenstudio gebräunten Frauen in Reitstiefeln mit eleganten Hunden an ihrer Seite.

Nächtens bildet sich in den Cafés rund um den Naschmarkt für alle die, denen die zweite Hälfte des Tages nicht lang genug sein kann, eine geschlossene Welt, ein Milieu des Dazwischen – wie fast überall, wo es Markthallen gibt.

Laurens, der inzwischen die Straße überquert und den Naschmarkt betreten hatte, trieb immer weiter die teils matschige Marktstraße hinunter, stadtauswärts, vorbei an den Ständen und gläsernen Vorbauten der Restaurants, in denen man die Tische für den Abend richtete.

Die Tränen auf seinen Wangen waren getrocknet. Der Schmerz in seinen Eingeweiden war abgeklungen und hatte einem fast euphorischen Gefühl von Freiheit Platz gemacht. Zwar fühlte er sich immer noch hässlich und von dem Wunsch erfüllt, unsichtbar zu sein, aber das Getümmel um ihn herum lenkte ihn zunehmend ab und ließ seine Qualen in den Hintergrund treten. Eine unbekannte Instanz in seinem Innern versicherte ihm, dass er sich noch nicht einmal groß verlaufen hatte.

Endlich fand er sich vor einem Gebäude wieder, das den Zugang zu einer U-Bahn-Station markierte. »KETTEN BRÜCKEN GASSE« stand in drei Zeilen am Gemäuer links und rechts des imposanten und reich verzierten Eingangs.

Für einen Moment unschlüssig, wie er weitermachen sollte, meldete sich plötzlich der Hunger. Es war ein entsetzlich großer Hunger, der augenblicklich seine ganze Aufmerksamkeit an sich riss. Innerhalb von Sekunden war es ihm nicht mehr möglich, an etwas anderes zu denken als daran, wie er den Hunger befriedigen konnte.

Jetzt, sofort, und egal mit was.

Als sein unsteter Blick an einer Ecke die erleuchtete Fensterreihe eines Cafés entdeckte, fühlte er sich beinahe getröstet.

Er machte sich auf den Weg und ließ unterwegs die Tüte mit dem alten Gürtel in einem Papierkorb verschwinden.

15

Zusammen mit dem Großteil der Passagiere, die wie er die letzte Maschine aus Hamburg genommen hatten, wartete Uwe Roever vor dem Gepäckband.

Zwei junge Männer in rot-weißen Trainingsjacken, über deren Rücken quer die Aufschrift »Austria« verlief, schoben einen leeren Gepäckwagen vor sich her.

Sein Blick folgte den beiden den langen, gekrümmten Flur hinunter.

Leuchtwände und Neonröhren tauchten den Bereich in weißes, klinisches Licht, das sich auf den gebohnerten Kacheln spiegelte. Aus der Halle draußen waren Durchsagen zu hören.

Von der Decke hingen Hinweistafeln. Er entdeckte irgendwo die Aufschrift »Wien-Schwechat«. Er konnte sich nicht erinnern, dass er sich schon jemals auf diesem Flughafen aufgehalten hatte.

Mit einem heftigen, mechanischen Schlag, der ihn aus den Gedanken holte, setzte sich das Laufband in Gang.

Im nächsten Augenblick kam auch in die Menge Bewegung. Alles strömte gegen die Laufrichtung des Gepäckbandes. Die Köpfe reckend, sammelte man sich um das schwarze, mit Gummilaschen verhängte Quadrat, aus dem in ein paar Minuten die ersten Koffer und Taschen purzeln würden.

Die übliche neurotische Traube, die sich nach jeder Landung bildet, egal, wo auf der Welt man sich gerade befindet.

Der Reeder widerstand dem Reflex, sich in das Gewühl zu mischen und sich bis an den Rand der U-förmigen Ausbuchtung vorzuboxen. Stoisch verharrte er an seinem Platz. Er wartete auf den Kleidersack, den Dilya für ihn gepackt hatte.

Schwerlich würde man ihn übersehen können. Er hoffte, dass das Hausmädchen nichts vergessen hatte.

Er ließ den Kopf sinken und warf einen Blick auf den Pilotenkoffer zwischen seinen Beinen.

Das unabdingbare Utensil für die Rolle, die zu spielen er gezwungen wurde.

Sich zu dem Koffer hinabbeugend, ließ er die Hand in das äußere Seitenfach gleiten, um ihm eine Kette zu entnehmen. Er machte sich nicht die Mühe, vor den Umstehenden die Tatsache zu verbergen, dass er mit zwei routinierten Klicks jeden Versuch vereitelte, ihm in einem geeigneten Moment den Koffer zu entreißen – im Gegenteil. Falls er unter Beobachtung stand, sollte die Botschaft unmissverständlich sein.

Mit beiden Händen griff er unter den Mantel und zog die Hose am Gürtel hoch. Angriffslustig blickte er sich um.

Wie die Lamellen einer Jalousie drehten die neugierig gewordenen Gesichter sich gleichzeitig von ihm weg.

Feiglinge!

Versonnen starrte er auf einen Leuchtkasten, der den Blick auf ein vom Flutlicht erhelltes Rollfeld von einer höheren Ebene aus simulierte.

Marthe gegenüber hatte er vom Kidnapping der Geschwister nichts erwähnt. Und Baladine hatte er eine abstruse Lüge aufgetischt. Sie wartete auf einen Anruf.

Marthe hatte den Flug gebucht. Und obwohl es ungewöhnlich war, dass er in der jetzigen Lage die Reederei für zwei oder drei Tage sich selbst überließ, hatte es die Sekretärin vermieden, nach dem Grund seines Kurztrips zu fragen.

Flugnummern wurden aufgerufen, Passagiere zu ihren Gates gebeten, und eine Viertelstunde später sah man Uwe Roever im Fond eines beigefarbenen Mercedes Platz nehmen, den er mit einem Kopfnicken zu sich beordert hatte, als er, den Pilotenkoffer in der Hand, den Kleidersack über dem Arm, in den Lichtkreis der Scheinwerferbatterien vor der Ankunftshalle getreten war.

Der kalte Wind überraschte ihn.

Es war kurz vor 22 Uhr.

Der Fahrer hatte bereits den Gang eingelegt, als er aus seiner Manteltasche den Zettel mit der Hoteladresse fischte.

»Opernring, 1. Bezirk.«

Der junge Mann nickte. Er sah aus wie ein Student.

Während das Taxi beschleunigte, zog Roever die Handschuhe aus und platzierte den abgewinkelten Arm auf dem Koffer, den er neben sich auf die Rückbank gestellt hatte. Eine Vorsichtsmaßnahme, die der Stabilisation diente und ausschließen sollte, dass das Gepäckstück bei einem abrupten Bremsmanöver von den Fliehkräften in den Fußraum befördert wurde und seinen delikaten Inhalt unter die Sitze verteilte.

Alte, vergilbte Zeitungen. Und ein bisschen echtes Geld.

Aber längst keine drei Millionen Euro.

Nicht einmal der zehnte Teil.

»Die Leute ahnen gar nicht, was alles bei mir liegen bleibt.«

Aus dem Innenspiegel starrte ihm der vorgebliche Student entgegen.

»Alles. Wirklich. Man glaubt es nicht.«

Der junge Mann musste gerade erst mit dem Dienst begonnen haben. Die hinteren Seitenfenster waren völlig beschlagen.

»Ich wünschte mir, es gäbe mehr Leute wie Sie.«

Zuerst begriff Roever nicht, was der Chauffeur meinte.

»Für manche wäre es besser, wenn sie auch ihr Gebiss an die Kette legten. Glauben Sie mir.«

Das anbiedernde Grinsen im Spiegel blieb unbeantwortet.

Mit dem Zeigefinger malte der Reeder Kringel auf das eiskalte Glas. Bei Licht wäre ihm die Erschöpfung anzusehen gewesen. So aber war er kaum mehr als ein Schatten, der im Fond saß und teilnahmslos verfolgte, wie die Heizungsluft den Dunstfilm von der Scheibe schmelzen ließ und mit ihm sein Gemälde.

Der Student gab auf.

Das monotone Geräusch des Motors füllte den Fahrgastraum.

In Uwe Roever machte sich stille Verzweiflung breit.

Er lenkte den Blick in die Ferne, wo dieser sich rasch in einer schwammigen Dunkelheit verlor.

Unmerklich rückten in seinem Kopf die Ereignisse der vergangenen Tage zu einem düsteren Bilderbogen zusammen.

Wieder sah er die Kinder, die mit ihrem Gepäck ins Bahnhofsgebäude eilten, hörte die unglückliche Stimme Baladines an seinem Ohr.

Da trat ihm vor Augen, wie er kurz darauf am Schreibtisch um Fassung rang, nachdem ihn die SMS der Entführer erreicht hatte.

Im Rücken die Leute von McKinsey.

Im schnellen Wechsel glitten die Bilder an ihm vorbei.

Wie hatte es nur zu all dem kommen können?

Kühl und hart spürte Uwe Roever das Kunstleder unter der Hand, die eng und nutzlos an seinem Oberschenkel lag. Nervös bewegte er jeden einzelnen Finger. Dann richtete er die Knie, die er schräg an der Rückenlehne des Beifahrersitzes vorbeiführte, parallel zur Wagenmitte hin aus.

Irgendwo musste er die falsche Abzweigung erwischt haben.

Er konnte es nicht begreifen.

Für einen Augenblick war er geneigt, an die Existenz des Bösen zu glauben.

In seinem einsamen und schweigenden Widerstand gegen die Trostlosigkeit der nächtlichen Autobahn und die Kälte, die von außen gegen die Scheiben drückte, richtete er den Blick auf seine angenommene Zukunft.

Es war nicht schwer vorauszusehen, dass sich der Finanzbedarf der Reederei bei seiner Rückkehr nach Hamburg als weit größer herausstellen würde, als es von ihm angegeben worden war.

Wenn er etwas anderes erhoffte, belog er sich selbst. In den letzten Jahren hatte er einfach zu viel investiert: in die Entwicklung alternativer Schiffsantriebe; in den Bau von Windkraftwerken in der Nordsee; in Wellnesshotels, Lifestylegästehäuser, Künstlerkolonien, Golfplätze usw.

Und dann gab es noch die drei Containerschiffe, die er zu einer Zeit geordert hatte, als von der Krise keiner auch nur etwas ahnte. Unglücklicherweise mussten sie ausgerechnet jetzt bezahlt werden, an einem Punkt, da klar geworden war, dass die erhoffte Zukunft auf absehbare Zeit nichts anderes blieb als die Verlängerung dieser deprimierenden und kleinmütigen Gegenwart. Aufgrund der Überkapazität auf dem Weltmarkt hatte jedes der Schiffe gegenüber seinem Kaufpreis bereits zwanzig Millionen Verlust gemacht. Ohne dass überhaupt nur die Schiffsschraube mit Wasser in Berührung gekommen war.

Es lag also auf der Hand, dass man ihn zwingen würde, noch weit mehr Anteile an den Investor zu verkaufen als geplant. Er hing am Tropf. Der Anfang vom Ende. Denn der Fonds kalkulierte mit zwanzig Prozent Rendite. Das war nicht irrational, das war Erpressung, allein dazu da, um sich die Reederei schlussendlich für einen Spottpreis unter den Nagel zu reißen.

Und um das zu bewerkstelligen, musste man nichts weiter tun, als ihm einen Aufpasser vor die Nase zu setzen. Von wegen Umstrukturierung.

Er sah genau vor sich, wie es weiterging.

Der Aufpasser würde ihm vorschlagen, nachzuverhandeln. An allen Stellschrauben zu drehen, Liefertermine nach hinten zu verschieben, Zahlungskonditionen zu verbessern, Lieferantenkredite zu vergünstigen. Was der reine Selbstmord war. Denn die Frachtraten fielen immer tiefer – trotz der steigenden Kraftstoffpreise.

An dieser Stelle mag man dem Reeder nicht widersprechen. Längst tobt auf den Ozeanen ein Preiskrieg, dem selbst eine Firma wie die seine auf Dauer nichts entgegenzusetzen hat. Und schon gar nicht, wenn den Geschäftspartnern absurde Konditionen eingeräumt werden sollen.

»Darf ich Sie etwas Persönliches fragen?«

Uwe Roever hob den Kopf.

Das war wieder der Chauffeur.

»Sie sind mit der Maschine aus Hamburg gekommen, nicht wahr? Hamburg ist ein Begriff. In der ganzen Welt.«

Das Taxi überholte einen Lastzug.

»Aber ein bisschen was hat Wien auch zu bieten. Das können Sie glauben. Wenn Sie Unterhaltung suchen, hätte ich einen Tipp für Sie.«

Im Fond materialisierte sich unsichtbare Herablassung in hermetischer Stille.

Keine Stimme erhob sich.

Offenbar, so sagte sich Roever, bekam der junge Mann in gewissen Etablissements für die Anlieferung von Kunden Provision.

»Das *Beverly Hills*. Ein echt guter Laden. Vom Feinsten. Wenn Sie wollen, bringe ich Sie hin.«

Das Gesicht des Studenten erschien jetzt im Innenspiegel.

»Die haben Schließfächer. Falls Sie wegen dem da besorgt sein sollten.« Er hob die Hand und deutete mit dem Daumen über die Schulter auf den Koffer hinter sich.

Der Reeder brummte etwas in den Fahrgastraum und schüttelte unmerklich den Kopf.

Um ihn herum das gleichmäßige Motorengeräusch und die Nacht.

Seine düsteren Gedanken holten ihn rasch wieder ein.

Was blieb von seinem Leben?

Eine zerbrochene Ehe und Kinder, die ihn verachteten.

Falls er sie überhaupt lebend wiedersah.

In seinem Koffer befand sich ja nur ein Haufen Altpapier.

Doch eine Katastrophe dieser Größenordnung wollte er sich gar nicht erst ausmalen.

Roever schloss die Augen.

Zum ersten Mal spürte er die Jahre seines Lebens und die Last, die das bedeutete.

Die Tragödie der Erschöpfung …

Zwischen der Brut und ihm gab es ein unausgesprochenes Stillhalteabkommen. Aber eines nicht mehr allzu fernen Tages würde es seine Gültigkeit verlieren.

Unweigerlich würde es so kommen.

Dann war er nicht nur ein Fall für die Staatskasse.

Sondern obendrein zu alt, um noch eine andere Zukunft zu haben.

Alt und allein.

Im Gepäck ein paar Habseligkeiten und eine grausame Lüge, die jederzeit aufgedeckt werden konnte.

Es sah beschissen für ihn aus.

Roever kühlte den Handrücken am Glas.

Seltsam, dass ihm die Kinder gerade jetzt unersetzlich erschienen. Das hatte er mit dieser Dringlichkeit noch nie so empfunden. Er hatte sogar den Eindruck, dass das Leben in den letzten Jahren, in denen er alles in die Firma investiert und der Arbeit untergeordnet hatte, von ihm auf sie übergegangen war. Ohne dass es von ihm bemerkt worden wäre.

Inzwischen ging es nicht mehr um ihn, es ging um sie.

Wieder schloss er die Augen und erblickte sich, vor vielen Jahren, am Strand von Rantum: ein braun gebrannter, gut aussehender Mann, deutlich agiler als jetzt; ein Aufsteiger in weißen

Shorts und dunkelblauem Sweater, der in seiner knapp bemessenen Freizeit den glücklichen Familienvater markierte, der mit seinem Nachwuchs Volleyball spielte.

Eine groteske Lüge, erinnerte er sich, und er lachte kurz auf, was ihm im Innenspiegel einen irritierten Blick des Chauffeurs eintrug.

Eine groteske Lüge, inszeniert für das Kameraobjektiv, das die Mutter, die sich ein paar Meter weiter in adretten Shorts breitbeinig im Sand aufgepflanzt hatte, auf das vorgetäuschte Familienidyll richtete.

Eine Frau, hübsch, vielleicht sogar schön, die das ganze Leben noch vor sich hatte.

Carima wusste da schon von seinen Affären.

Doch statt Konsequenzen zu ziehen, litt sie lieber.

Sie hatte Depressionen, was sie aber verheimlichte.

Ihm und sich selbst.

Und er war blind genug, um nichts davon mitzukriegen.

Er erinnerte sich, dass sie beim Frühstück auf der Veranda seine Ankündigung, am Abend zu den Geschäften nach Hamburg zurückzukehren, mit einer Traurigkeit quittiert hatte, deren Klaglosigkeit ihn hätte alarmieren müssen. Aber er merkte nichts, begriff nichts, war zu eitel und selbstbezogen, um an seine Frau auch nur einen tiefer gehenden Gedanken oder gar Mitgefühl zu verschwenden.

Er dachte nur an seine Geschäfte.

Erst als zwischen ihnen Monate später ein unversöhnlicher Streit ausbrach, als Tränen flossen und Türen knallten, da begann er zu ahnen, dass in Rantum ein Prozess eingesetzt hatte, an dessen Ende ihr endgültiges Zerwürfnis stand.

Und nicht nur das … weit mehr noch … viel mehr …

Erst im Verlauf der Wochen und Monate, die sich daran anschlossen, war ihm das halbwegs klar geworden.

Die Flut der inneren Bilder fing an, Roever im Taxi zu bedrängen. Je mehr aus seiner Vergangenheit hochstieg, desto einschneidender erschien ihm das Unglück, in das er geraten war. Er riss die Augen auf in der Hoffnung, dass die Realität mit seinen Gespenstern kurzen Prozess machte.

Über die Windschutzscheibe liefen die Lichter der Straßenbeleuchtung, lautlos und in einem unbekannten, mal schnelleren, mal langsameren Takt.

Ließ sich alles unter Gewinn oder Verlust subsumieren.

Carima hatte er bei ihrem Weggang als Verlust verbucht.

Eigentlich nur ein Fehler in der Taxonomie.

Er lenkte die Augen aus dem Seitenfenster.

Es überraschte ihn, aber er fühlte sich besser.

Das Selbstgespräch hatte seine Selbstheilungskräfte mobilisiert.

»Brauchen wir noch lange?«

Der Student drehte den Kopf in seine Richtung.

»Wir haben es gleich.«

Roever zeigte den Anflug eines Lächelns.

Nein, er war nicht der Typ, der aufgab.

Er war hier, um das Blatt zu wenden. Erst musste er die Kinder retten, dann die Firma.

Korridore aus Platanen, die links wie rechts die Straße säumten. Dahinter waren die typischen neoklassizistischen Fassaden zu erkennen, unterbrochen von den üblichen, schmucklosen Glaskästen, den Kathedralen der Transparenz.

Von nichts wurden die wahren Absichten besser verhüllt als von Transparenz.

Das wirre Geäst ließ den gelben Lichtschein der erleuchteten Fenster unruhig flackern.

Für ihn, hinten im Fond eingehüllt von Blech und trüben Gedanken, blieb das Draußen seltsam entrückt.

Laternenmasten flogen vorbei, während das Taxi ungeduldig und nervös Fahrzeug um Fahrzeug überholte.

In Gedanken wandte er sich jetzt einer Frage zu, die er in den vergangenen Stunden schon Hunderte Male gestellt hatte: Wer steckte hinter den Entführern?

Wer mochten die Täter sein?

Dass es sich um einen einzelnen Täter handelte, schloss er aus. Vieles sprach dafür, dass sie aus seinem näheren Umfeld kamen, denn ihr Vorgehen verriet, dass sie über intime Kenntnisse der Familiensituation verfügten.

Über die geplante Fahrt der Geschwister nach Paris mussten sie informiert gewesen sein.

Woher stammten ihre Informationen?

Er drehte den Kopf auf die andere Seite und sah drüben zum Fenster hinaus.

Also wussten die Täter von der Schwägerin.

Vielleicht entstammten sie ja nicht seinem Umfeld, sondern dem ihren.

Vielleicht kamen sie aus Paris?

Gehörten zum schulischen Umfeld der Schwägerin?

Lehrer verdienten schlecht, bestimmt auch in Frankreich. Baladine konnte sich ihr Leben in der Rue Henri Beyle nur leisten, weil sie mit einem EU-Kommissar verheiratet war.

Der Reeder stellte weitere Überlegungen an.

Die Geldübergabe in Wien über die Bühne gehen zu lassen, sprach jedenfalls für reifliche Überlegung. Wien verwischte die Spuren, weil es den Verdacht schürte, dass die Täter aus Mitteleuropa kamen, aus Rumänien oder Bulgarien oder aus dem Banat.

Er hob das Kinn.

Bremslichter fraßen sich rot glühend ins Glas der Windschutzscheibe. Das Taxi verringerte das Tempo. Geräuschvoll holperte der Wagen über Straßenbahnschienen.

Jedenfalls zwang er sich zu der Überzeugung, die Geschwister morgen wohlbehalten in die Arme schließen zu können.

Etwas anderes kam nicht infrage.

Plötzlich kochte eine Welle der Wut in ihm hoch. Er hätte die Gesetze des Weltalls aufheben mögen.

Das Hotel am Opernring empfing ihn mit dem strengen Halbrund internationaler Flaggen, angestrahlt von Scheinwerfern, die aus Rabatten hervorsahen. Unter dem weit geschwungenen Vordach standen zwei Livrierte herum und rauchten.

Einer der beiden warf die Zigarette in den Rinnstein, kam mit beschleunigtem Schritt herbei und öffnete servil den Wagenschlag.

»Guten Abend, der Herr. Wie darf ich Ihnen behilflich sein?«

Uwe Roever deutete mit dem Daumen auf den Kofferraum, der im selben Moment aufsprang. Er bezahlte den Fahrer, ergriff den Pilotenkoffer neben sich und stieg aus.

Er folgte einem Pagen, der wiederum von dem Livrierten herangewinkt worden war, um den Kleidersack zu transportieren.

Durch die breite Glasfront drang warmes, gelbes Licht zu ihm. Sein Blick fiel auf flache, sanft ansteigende Stufen und einen roten Läufer, der über den Steinfußboden ins Foyer und zur Rezeption führte, wo ihn zwei Damen mit blondem, kinnlangem Haar und dem internationalen Servicelächeln im Gesicht erwartungsvoll ins Auge fassten.

Die Formalitäten waren rasch erledigt. Er bekam ein Raucherzimmer, das im vierten Stock lag und nach hinten ging.

Oben auf dem Zimmer legte der Page den Kleidersack über einen der beiden Sessel und zog die Vorhänge vor die Fenster.

Der Reeder drückte ihm ein paar Münzen in die Hand – und war allein.

Nachdem er sich im Zimmer orientiert hatte, löste er den Koffer vom Handgelenk, legte Mantel und Handschuhe ab und ließ sich aufs Bett fallen. Seine Hände umschlossen die Knie, um mit Daumen und Zeigefinger die Knorpel und Sehnen ausdauernd zu kneten. Flüchtig bemerkte er, dass sich im Bildschirm an der Wand seine Umrisse spiegelten.

Mangels einer besseren Ablenkung sah er genauer hin.

Die dunkle, grünstichige Gestalt im Glas wirkt schlaff und erschöpft; man sah ihr an, dass der Zenit überschritten war und dass es nur noch eine Richtung für sie gab: nach unten.

Intensiv starrte er auf den Teppich, als könnte sein Blick das Velours und die darunterliegenden Etagen mühelos durchdringen.

Ein kurzes, heiseres Bellen löste sich von Roevers Lippen, vagabundierte durch den Raum und verlosch eine Armlänge von ihm entfernt.

War die Gestalt da im Glas wirklich die seine?

Und das, was mit ihr passierte – war das auch wirklich?

Oder war das alles nur ein böser Traum?

Ratlos sah sich Roever im Zimmer um. Er war nicht religiös. Oder vielmehr hatte er sich mit dieser Frage nie ernsthaft auseinandergesetzt. Religion war für ihn Zeitverschwendung, Humbug, Folklore. In diesem Augenblick aber spürte er, dass er gern etwas gehabt hätte, an das man sich klammern konnte – eine Theorie, die Vorsehung, an einen Schutzengel oder den lieben Gott.

Dic Minibar auf der anderen Seite des Betts lenkte sein Interesse auf sich. Er stand auf und umrundete das Doppelbett. Vor dem Schränkchen in die Knie gehend, öffnete er die Tür. Nach kurzem Zögern nahm er eine Dose Bier heraus. Dann ging er zurück und setzte sich an die Stelle, wo er mit seinem Gewicht eine sichtbare Kuhle in der Decke hinterlassen hatte.

Immer wieder und in kurzen Abständen setzte er das Bier an die Lippen. Als die Dose geleert war, stellte er sie mit feierlichem Ernst auf dem Nachttisch ab.

Von nebenan drangen die Geräusche eines laufenden Fernsehers herüber.

Er machte eine Miene, als konzentrierte er sich auf die Geräusche, als wollte er ihnen ihr vermutlich dürftiges Geheimnis entreißen. Bevor er das Geheimnis lüften konnte, hatte sich aber übergangslos ein anderer Gedanke in seinen Fokus geschmuggelt. Die Augen zur Decke erhoben, entdeckte er das kreisrunde, blassgrüne Glas einer Lampe.

Er legte die Hand in den Nacken und fragte sich, ob es möglich war, dass die Entführer im selben Hotel wie er abgestiegen waren.

War das möglich?

Natürlich. Es war möglich.

Es wäre sogar nicht einmal dumm.

Er streckte den Hals, um die Muskulatur zu dehnen.

Vielleicht hockten sie, schlaflos und angespannt wie er selbst, in dem Zimmer, aus dem die Fernsehgeräusche kamen, und langweilten sich zu Tode.

Verblüfft über diese Eingebung oder Vision suchten seine Augen auf der Tapete nach einem Beweis, nach einem noch so vagen Anhaltspunkt, und fingen, als nichts dergleichen zu entdecken war, an, in den Falten der schweren, hellbraunen Vorhänge zu wühlen.

Nach einiger Zeit merkte er, dass der Fernseher drüben verstummt war. Nun wurde er der unheimlichen Stille gewärtig, die sich um ihn herum ausbreitete; der Abgeschiedenheit des Zimmers, die ihn alleinließ mit seinen Wahnvorstellungen.

Wie in einer Art spiegelbildlichem Reflex, einer Art Abwehrzauber, griff er nach der Fernbedienung, die unterhalb des TV-Apparats auf einem Sideboard lag, um durch das Einschalten des Geräts das Verstummen des jenseitigen auszugleichen.

Er zappte wahllos durch die Programme, ohne ihnen auch nur die geringste Aufmerksamkeit zu schenken. Nur der Lichtwechsel war wichtig, der Anschein, dass sich etwas tat. Wichtig war nur die Illusion, dass seine Anwesenheit nicht vergebens war; dass es vielmehr weiterging; dass das Leben eine Richtung besaß, sich auf ein Ziel zubewegte, auf einen erlösenden und begreiflichen Sinn.

Plötzlich tauchte er zurück an die Oberfläche, begriff, dass das Geflacker vor seinen Augen einen einfachen und klar umrissenen Sinn hatte; plötzlich sah er den ganzen bunten Müll, den man ihm vor die Füße schmiss.

Mit dem Daumen drückte er auf dem Plastikteil in seiner Hand den richtigen Knopf, der das Bild verlöschen ließ.

Augenblicklich sank die Stille zurück auf das Bett und hüllte ihn ein.

Roever warf einen Blick auf seine Rolex. Es war Viertel nach elf. Seine Hände suchten nervös nach einer Beschäftigung. Er nahm den Hörer vom Zimmertelefon.

An der Rezeption teilte man ihm mit, dass das hauseigene Restaurant bereits geschlossen hatte.

Nein, eine Empfehlung oder einen Tipp habe man nicht für ihn.

Entmutigt legte er auf und runzelte die Stirn.

Die Schwägerin. Er hatte versprochen, sie anzurufen.

Aus dem Kopf wählte er die Pariser Nummer.

»Baladine?«

Der Anrufbeantworter sprang an.

»Es ist alles in Ordnung. Mach Dir keine Sorgen. Den Kindern fehlt nichts. Sie schlafen schon, deshalb muss ich leise sein. Lass uns morgen telefonieren. Ich melde mich, o. k.?«

Eine Weile blieb der Reeder noch neben dem Telefon sitzen. Er starrte auf seine Hände, als klebte Blut daran, als hätte er jemanden umgebracht.

Bevor er aufbrach, kam ihm der Gedanke, dass er für den Pilotenkoffer mit dem Lösegeld ein Versteck benötigte. Noch im Echo seiner Mutmaßungen von eben, wollte er die Täuschung perfekt machen.

Wer wusste schon, ob die Entführer nicht tatsächlich im Zimmer nebenan vor einem Rechner saßen und ihn über eine versteckte Kamera beobachteten?

Seine Augen wanderten unruhig im Zimmer umher.

Roever halluzinierte. Er will sich selbst in dem Glauben bestärken, dass der Bluff mit dem Altpapier funktioniert. Bei allem, was er tut, soll nichts darauf hindeuten, dass die geforderte Summe in dem Koffer gar nicht vorhanden ist.

Er will vergessen, dass er blufft. Aus einem abergläubischen, magischen Grund will er das Pfand für seine Kinder ernst nehmen.

Es gibt keine Entführer, die ihn beobachten.

Es gibt nur ihn selbst, unter dessen unentwegter Beobachtung er steht.

Sich selbst muss er täuschen.

Roevers Bewegungen verrieten, dass er angefangen hatte, für ein eingebildetes Publikum zu agieren.

Er stand auf und lief durch den Raum. Ganz offensichtlich suchte er nach einem geeigneten Versteck.

Und während er so herumlief und Schranktüren öffnete und schloss, im Bad nachsah, wieder ins Zimmer zurückkehrte, kam er plötzlich auf die Idee, den Bettkasten versuchsweise anzuheben.

Auf seine Nase war Verlass.

Mühelos ließ sich das Bett hochklappen.

Den Inhalt des Hohlraums räumte er in den Schrank. Notdecken und Plumeaus.

Dann raffte er am Knie die Hosenbeine und ging in die Hocke. Er ließ die Schnappschlösser aufspringen, öffnete den Koffer und entnahm der obersten Geldschicht drei Fünfhunderter. Das Geld steckte er zu den Flugtickets, die er schon für den Rückflug besorgt hatte.

Mit jedem einzelnen Detail will er das Schicksal günstig für sich stimmen.

Obwohl es sein eigenes Geld ist, an dem er sich bedient, kommt ihm sein Tun vor wie Frevel. Er empfindet Scham und hat das Gefühl, sich rechtfertigen zu müssen.

Eine absurde Regung.

Er drückte die beiden Messingschließen ins Schloss und platzierte den Koffer in der hintersten Ecke des Hohlraums. Dann ließ er das Bett langsam wieder herab.

Das Licht im Zimmer blieb brennen.

Auf dem Weg zum Aufzug schluckte der Flurteppich jedes Geräusch. Seine Schritte blieben lautlos. Das verstärkte sein absurdes Gefühl, gerade eine kriminelle Tat begangen zu haben.

Er schüttelte den Kopf.

Per Knopfdruck rief er den Lift.

Finn und Laurens.

In seinen Gedanken formten sich die Namen. Ein Schauder lief ihm über den Rücken. Wieder versuchte er sich in die Lage der Kinder zu versetzen, aber ohne jeden Anhaltspunkt war das schwierig.

Er sah ihre Gesichter und fragte sich, ob sie überhaupt noch lebten. Gab es eine Statistik, die verriet, wie viele der Entführungsopfer längst tot waren, während mit den Entführern noch verhandelt wurde?

Mit dem Arm machte er eine harsche Bewegung, um all die Geister zu verjagen, denen es offenbar gefiel, ihn immer von Neuem in die Mangel zu nehmen.

Für ein, zwei Augenblicke glaubte er, dass ihm das Wasser in die Augen trat, aber dann überkam ihn eine fast unwirkliche Nüchternheit.

Wenn er noch irgendetwas in seinem Leben retten wollte, dann musste er jetzt einen klaren Kopf bewahren.

Der Lift war angekommen.

In dem fensterlosen Aluminiumkäfig starrte er auf sein Gesicht im Spiegel.

Das Gesicht eines Mannes Ende fünfzig.

Hinter ihm schlossen sich die Türen, und nun kam es ihm vor, als blickten ihn aus dem Glas seine früheren Gesichter alle gleichzeitig entgegen – der aufsässige junge Mann, der er einst gewesen war, voller Flausen im Kopf; der Studienabbrecher; der waghalsige Entrepreneur auf dem Hamburger Amtsgericht, der mit seiner erhobenen Hand den Zuschlag des Auktionators erwirkte und zugleich die Erfahrungen der Anwesenden missachtete, die sich hüteten, mitzubieten; das Gesicht des energischen, erfolgsverwöhnten, vor Arroganz strotzenden Reeders; und das des Gedemütigten, der am Ende seines aktiven Lebens, statt die Ernte einzufahren, vor dem Nichts stand.

Wie im Zeitraffer konnte er mit ansehen, wie die Haut an seinem Hals erschlaffte. Und mit ihr sein Leben.

Pfffffft.

Die Luft war raus.

Uwe Roever wollte sich schon abwenden, als man ihn undeutlich fluchen hörte.

Im Flieger hatte er sich an der Brust mit Joghurt bekleckert.

Er beleckte die Fingerkuppe und rieb ungeduldig an seinem Hemd herum. Schließlich drückte er verärgert den Knopf, um sich zur Empfangshalle bringen zu lassen.

Auf dem Weg nach unten gewann er allmählich wieder die Haltung zurück.

Als er zusammen mit dem friedlichen Dreiklang die Kabine verließ, trat er in ein hell erleuchtetes Foyer, in dem lediglich ein paar Araber von ihrer Sitzgruppe aus das Geschehen auf einem stumm geschalteten Bildschirm verfolgten. Leise Musik wiegte den Raum in unsichtbarer Watte.

In der Tür hinter der Rezeption erschien kurz ein Gesicht, um gleich darauf wieder zu verschwinden.

Schnell und unauffällig durchschritt er die Halle.

Die Drehtür katapultierte ihn hinaus in eine eisige Nacht.

Unter dem Vordach verweilte er einen Moment, um sich an die neue Umgebung zu gewöhnen.

Auf der Straße war kein Mensch zu sehen. In dem einzigen Taxi schlief der Fahrer hinter dem Steuer. Er hatte das Seitenfenster einen Fingerbreit heruntergelassen, und man hörte ihn schnarchen.

Es war Roever recht, ein paar Schritte zu laufen.

Er schob die Hände in den Mantel und schlug auf gut Glück eine Richtung ein, von der er hoffte, dass sie ihn zu einem Restaurant führte, das auch späte Gäste noch bewirtete.

Doch kaum, dass er in das gelbe Laternenlicht getaucht war, unter dem er dahineilte, warf er seine Entscheidung über Bord.

Er stellte sich vor, in einem fast leeren Lokal einsam vor einem Teller mit gefüllten Teigtaschen oder gerösteter Kalbsleber zu sitzen und über seine missliche Lage zu grübeln, und wusste, dass er dazu wenig Lust verspürte.

Was er brauchte, war Ablenkung.

Es zog ihn in eine Bar oder ein Nachtcafé – irgendwohin, wo es Menschen gab und etwas Anständiges zum Trinken.

Und wo man trockene Füße behielt.

Denn gerade fing es heftig an zu schneien.

16

Die beiden waren so anders. Anders als alles, was ihm bislang untergekommen war. Er konnte das sagen, denn er besaß Vergleichsmöglichkeiten. Wenn er überlegte, gab es eine Reihe weiblicher Geschöpfe, mit denen er Kontakt hatte: Finn; Lia, die Schwester seines Klassenkameraden Mika; Dilya; Baladine.

Ann Kristin nicht zu vergessen.

Und die Mädchen aus den Parallelklassen.

Gut, die aus der 9a und 9c kannte er nicht durchweg. Nicht mit jeder hatte er Worte gewechselt.

Trotzdem: Die beiden hier unterschieden sich von allen, die er kannte. Das sah man sofort. Sie waren erheblich älter, und sie sahen aus wie Nutten.

Er hatte Nutten natürlich schon live beobachtet. Bei seinen inoffiziellen Streifzügen durch die Rue Saint-Denis oder durch St. Pauli. Sie genossen bei ihm ein gewisses Ansehen. Die geheimnisvolle Welt, in der sie sich bewegten, zog ihn magisch an, jagte ihm aber auch Angst ein.

Doch diese Frauen hier waren auch diesbezüglich irgendwie anders. Angst hatte er nicht vor ihnen.

Die zwei standen vor ihm an der Bar, unterhielten sich angeregt und präsentierten ihm ihre jeweilige Flanke. Ihr Gerede warf einen sexuellen Schatten voraus.

Gleich war Mitternacht vorbei, und das Nachtcafé, das bei Laurens' Eintritt schon nicht leer gewesen war, stand im Begriff, aus allen Nähten zu platzen.

Es war ein bunt gemischtes Völkchen, das sich in dem Lokal tummelte, Männer und Frauen aus allen Schichten und jedes Alters. Von draußen kamen ständig Leute dazu, die sich erst mal den Schnee von der Kleidung klopften. Man saß an blank gescheuerten Tischen oder scharte sich um die Bar. Selbst im Gang zu den Toiletten hielten sich dauerhaft Leute auf. Das Stimmengewirr war so laut, dass man nicht sagen konnte, ob Musik gespielt wurde oder nicht. Getrunken wurde meistens Bier, und manche tauchten den Löffel in eine Gulaschsuppe.

Laurens hatte an einem kleinen, eher unbeliebten Tisch direkt neben dem Windfang gesessen, ein Schnitzel verdrückt und sich dazu ein Krügel Bier genehmigt.

Une demi blonde d'un petit air faussement contrit.

Bald war er in eine aufgekratzte, eigenartig gelöste Stimmung geraten. Es verlangte ihn nach einem weiteren Krügel. Da aber die Bedienung keine Gelegenheit fand, zu ihm an den Tisch zu kommen, entschied er sich für den umgekehrten Weg. Er kämpfte sich mit dem leeren Halbliterglas vor zur Bar.

Und nun stand er hier und wartete darauf, dass sich der Büfettkellner blicken ließ und ihn bediente.

Es fiel ihm schwer, das Alter der Frauen einzuschätzen.

Mitte dreißig? Anfang vierzig? Irgendwo dazwischen?

Sie waren geschminkt und balancierten auf sehr hohen Absätzen. An den Handgelenken und um den Hals trugen sie auffallenden Schmuck. Eine Wolke Parfum umhüllte sie, und sie lachten, wenn sie lachten, zu laut. Alles an ihnen war irgendwie gekünstelt, übertrieben, schrill. Sie legten es darauf an, dass man sich für sie interessierte.

Hinter dem Tresen tauchte der Schankkellner auf.

Vergeblich wedelte Laurens mit der Hand. Enttäuscht ließ er den Arm nach einer Weile wieder sinken. Er gab sich sogar den Anschein, als hätte er ihn nie gehoben.

»Schau mal, der da hinten.«

»Das ist aber kein Gestopfter.«

»Halt die Goschn.«

Die beiden Frauen irritierten Laurens. Jede von ihnen sprach ihn vom Äußeren her an, obwohl sie sich in den Details stark voneinander unterschieden.

Er war kaum in der Lage, den Blick abzuwenden.

Obwohl sie ganz augenscheinlich um Aufmerksamkeit buhlten, schienen sie ihre Umwelt im selben Zug weniger wichtig zu nehmen, als diese es gewohnt war, ganz so, als könnten sie nichts von dem ernst nehmen, was landläufig ernst genommen wurde, den ganzen Aufwand, den man betrieb, um gut dazustehen, um wichtig zu erscheinen, um Neid zu wecken, um den Nachbarn auszustechen, was wusste er. Das war ihm sympathisch, denn es deckte sich mit seiner momentanen Stimmung.

Auch er selbst war gewillt, der zeitgemäßen Wirklichkeit den Respekt zu verweigern.

Sie war unzuverlässig, mehrdeutig, doppelsinnig.

Ambig.

Er legte den Kopf in den Nacken.

Er ließ das Kinn sinken.

Die beiden vor ihm nippten an irgendetwas Härterem.

Er fragte sich, ob sie Schwestern waren, doch das glaubte er nicht. Eher redeten sie wie Freundinnen. Wenn er genauer hinhörte, stellte er fest, dass sie mit einem deutlichen Akzent sprachen. In seinen Ohren klang es, als stammten sie aus Mitteleuropa. Sie benutzten eine Art Anti-Wienerisch, das ebenso plebejisch, aber im Anlaut deutlich schroffer ausgesprochen wurde.

Woher sie kamen?

Aus Horská Kvilda, behaupteten die Frauen später.

»Innergefild«, übersetzten sie.

Laurens kann nicht wissen, dass die beiden Tschechinnen sich das Deutsche als talentierte Autodidaktinnen angeeignet haben. Vielleicht liegt der Grund dafür, dass es ihnen vergleichsweise leicht gefallen ist, seine Sprache zu lernen, in ihrer weitverzweigten Verwandtschaft, die eine Reihe deutschsprachiger Böhmen aufweist, Omis und Opis. Im engeren Kreis zitiert man dort, um die Tschechen herunterzumachen, gern Chamberlain:

»A far away country of which we know little.«

In Wien (wie übrigens auch in Budapest) stößt man dicht unter der Gegenwart leicht auf Spuren des alten Europas.

In der Adoleszenz sind die unzertrennlichen Freundinnen der dörflichen Eintönigkeit und des Stumpfsinns bald überdrüssig geworden. Ihnen ist klar, dass es für sie keinen anderen Weg gibt als den, aus diesem Nest schnellstmöglich abzuhauen. Eine der wenigen Weisheiten, die ihnen der Geburtsort mit auf den Weg gegeben hat. Gleichwohl sind sie blauäugig genug, um in die Donaumetropole zu gehen, in der absurden Hoffnung auf einen besseren Job und ein besseres Leben.

Wo Innergefild genau läge, wollte Laurens wissen.

Geografie gehört, wie inzwischen hinlänglich bekannt ist, nicht zu seinen Stärken. Er kennt Hamburg und Paris, aber noch immer fällt es ihm schwer, diese beiden Städte mit den roten Markierungen gleichen Namens auf der Karte in Verbindung zu bringen. Erst recht vermag er sich nicht das Verhältnis der Städte untereinander anschaulich zu machen, kann die grünen oder braunen Schraffuren dazwischen nicht richtig deuten. Es ist sehr irritierend. Im Inneren trägt er eine Landkarte mit sich herum, die sich von der in den Schulatlanten stark unterscheidet.

Innergefild. Ein böhmisches Dorf.

Wo lag es nun?

Die Antwort wurde von einem kurzen, gemeinen Lachen verhüllt.

»Piefke.«

In Gedanken legte Laurens das mysteriöse Land an den Rand seiner inneren Weltkarte. Jenseits davon gab es nichts mehr.

Die beiden nannten sich »Safiye« und »Sitare« – zwei, worauf sie mit eigentümlichem Stolz hinwiesen, kaukasische Namen. Angeblich stammte ihr Vater von dort. Als Ingenieur hatte es ihn in den Siebzigern nach Prag verschlagen, wo er bei einem Tanzabend ihre Mutter kennenlernte.

Kaukasus?

Wo lag das nun wieder?

»Piefke.«

Er klemmte den Daumen zwischen Gürtel und Bund.

Den einen Arm abgewinkelt, stand er ausreichend lässig da.

Warum redeten die beiden untereinander nicht in ihrer Muttersprache?

Es gab nur einen Grund. Sie wollten von ihrer Umgebung verstanden werden. Nein, sie wollten ihr demonstrieren, dass sie sich im hiesigen Dialekt verständigen konnten.

Ja, das musste es sein.

Sie wollten den Männern die Angst nehmen, sie anzusprechen.

Ein unwiderleglicher Beweis für Laurens, dass es sich bei den beiden, wie vermutet, um Professionelle handelte.

Das Gespann hatte im Moment keine Augen für ihn. Es war mit sich beschäftigt.

Ein weiteres Mal betrachtete er es eingehend und fragte sich, wie es wohl jenseits des Aufzugs und der falschen Sprache daherkommen mochte. In dem Lokal bewegte es sich so selbstverständlich, als ob es aus zwei Einheimischen bestünde, und er schätzte, dass es schon lange genug in Wien fischte, um gründlich assimiliert zu sein.

Er fühlte sich von den beiden Geschöpfen seltsam angezogen und abgestoßen zugleich. Dass sie die Blicke auf sich lenkten, war ihm unangenehm. Erst waren es die Männer ringsum, die zu ihm hersahen, und bald danach sahen auch deren Begleiterinnen her, nachdem ihnen aufgefallen war, dass in ihrem Rücken irgendetwas dafür sorgte, dass man die Aufmerksamkeit von ihnen abzog.

Immer wieder dachte Laurens irrtümlich, dass er es sei, den man so anstierte.

Es war ihm peinlich.

Jemand drängte sich rüde an ihm vorbei.

Sich einen Ruck gebend, gelang ihm nur ein weiterer halber Versuch, sich bei dem Barmann bemerkbar zu machen. Er blieb damit erfolglos. Er war zu unentschlossen.

Allein die beiden Schönheiten vor seiner Nase fingen langsam an, seine vergeblichen Bemühungen zu registrieren.

Safiye rechts von ihm hatte den Kopf zu ihm gedreht und klimperte mit ihren Armreifen.

»Hast du kein Zuhause, Haberer, oder warum treibst du dich so spät noch herum?«

Unter der engen weißen Strickmütze, bis dicht über die beiden Brauen gezogen, die zur Schläfe hin als schmale Linien ausliefen, sah ihn ein rehbraunes Augenpaar freundlich an.

Die Beine der jungen Frau steckten in knallengen Jeans, die bis zu den Fesseln reichten und die Knöchel frei ließen, dazu trug sie eine Pelzjacke mit zu kurzen Ärmeln und darunter ein langärmeliges, blutrotes T-Shirt, auf dem in weißer, sonischer Schrift »Tscherkessin« stand.

Laurens wollte plötzlich das leere Glas, das er vom Tisch mitgenommen hatte, loswerden und streckte den Arm vor, um es auf dem Bartresen abzustellen.

Safiye zwinkerte ihrer Nachbarin spöttisch zu.

Das verunsicherte ihn.

Niemand in dem Nachtcafé hatte daran Anstoß genommen, dass ein Junge seines Alters in der Öffentlichkeit dem Alkohol zusprach. Dass man ihm diese Freiheit so umstandslos zubilligte, begeisterte ihn mehr als das Getränk selbst.

Anders als gewohnt, ging man mit ihm hier sehr unaufgeregt und ohne Übertreibung um.

Das gefiel ihm. Es gefiel ihm sogar sehr.

Man machte sich keine pädagogischen Gedanken. Man behandelte ihn wie die anderen mit Respekt, und er schloss daraus, dass er in den letzten Stunden auf dem Weg zum Erwachsensein erhebliche Fortschritte erzielt hatte.

Um nichts auf der Welt würde er es zulassen, dass man diesen Schritt wieder rückgängig machte.

Die bekannte Welt war ihm zu klein geworden.

Eine Zelle.

Voyage autour de ma cellule.

Er wischte seine feuchte, unnütze Hand an der Hose ab.

Sogar seine Wut auf die Schwester war verflogen.

Dass sie mit dem Prinzen eine Affäre angezettelt hatte – was kümmerte ihn das?

War sie nicht frei, zu tun, was sie wollte?

Sie war erwachsen.

Erwachsen war er auch.

Auch er war frei.

Er würde eigene Affären haben.

Trotzig, mit herausforderndem Stolz, blickte er Safiye in die Augen, die gar nicht anders konnte, als das misszuverstehen.

»Meinst du nicht, du gehörst ins Bett!?«, sagte die junge Frau lachend und vertrieb ihn dabei mit der Hand symbolisch aus dem Lokal.

Die Bemerkung holte ihn unsanft auf den Boden der Tatsachen zurück. Sie wirkte so demütigend, wie wenn Darius im Französischunterricht wieder einmal sein vornehm nasalisierendes Mitleid zu Gehör brachte, das er angeblich für ihn empfand.

Er vergrub beide Hände in den Seitentaschen seiner Jacke und wusste nicht, was er sagen sollte.

Mit den Augen bettelte er um Verstärkung von irgendwo jenseits des Tresens, doch die Reflexe der verspiegelten Wand mit den Flaschen und Gläsern in den Regalen boten ihm nichts außer dem Zerrbild seines eigenen, ratlosen Gesichts.

Eine äußerst unglückliche Situation, die mit jeder Sekunde, die sie andauerte, für ihn demütigender wurde.

So wollte es ihm partout vorkommen.

Um dem Spuk ein Ende zu bereiten, drehte er sich abrupt der jungen Frau auf seiner linken Seite zu.

Als ob von da Rettung zu erwarten gewesen wäre!

Das Mädchen hieß Sitare, trug ebenfalls eine Pelzjacke mit zu kurzen Ärmeln und hatte den Ablauf der Szene neugierig verfolgt. Jetzt, wo er ihr sein Gesicht darbot, ergriff sie die Gelegenheit, um es ausgiebig zu mustern. Anders als Safiye trug sie keine Mütze. Ihr dunkles Haar war kürzer geschnitten und gewellt. Es reichte ihr bis zur Schulter.

»Safi hat recht. Bist ein hübscher Junge. Du solltest auf ausreichend Schlaf achten.«

Liebevoller Spott blitzte am Grund ihrer Augen.

Laurens fühlte sich der Frau ebenso schutzlos ausgeliefert wie ihrer Freundin. Schlimmer noch, jetzt meinte er wieder, die Blicke sämtlicher Besucher des Lokals hätten sich auf ihm versammelt. Man brannte ihm Löcher in Kleidung und Haut. Er war überzeugt, bis auf die Knochen blamiert zu sein.

Panisch, ohne klare Vorstellung, warf er den Schädel nach rechts und links.

Gab es einen Ausweg aus dieser unwürdigen Lage?

Nur ein Gedanke beherrschte seinen Sinn: So schnell wie möglich aus der vermuteten Schusslinie der beiden Frauen zu kommen.

Unter größter Anspannung versuchte er sich auf sein ursprüngliches Anliegen zu konzentrieren.

Ein zweites Bier.

Das war es doch, was er wollte. Weiter nichts. Und danach zurück an seinen Tisch.

Er hob den Arm.

Er drehte die Hand wie eine Wetterfahne.

Er schnippte mit den Fingern, doch war ihm das gleich darauf peinlich. Man war hier nicht in der Schule.

Allen seinen Anstrengungen zum Trotz übersah ihn der Mann hinter dem Tresen geflissentlich.

»Sieht er dich nicht?«, setzte Safiye ihr scheinheiliges Spiel fort. Sie führte zwei gespreizte Finger zu ihren Augen und schüttelte dazu energisch den Kopf. Ihre Stimme troff vor Sarkasmus.

Laurens sah, wie sie mit einer kurzen, nachlässigen Handbewegung den Kellner zu sich bestellte.

Obwohl der Mann ihr den Rücken zukehrte, stieß er sich vom Aluminium des Schanktischs ab und kam gemütlich auf sie zu. Die Wünsche seines Publikums erriet er im Spiegel. Natürlich war er schlau genug, um seitenverkehrt zu reagieren.

»Eine Cola.«

Der Lärm der Stimmen verhinderte, dass Laurens die Gemeinheit sogleich begriff.

Hatte er richtig gehört?

Eine Cola.

Sah er etwa so aus, als dürfte er nur Cola trinken?

Vor innerem Aufruhr stieg ihm das Blut in den Schädel.

Die beiden provozierten ihn.

»Traust dich wohl nicht, ein Achterl zu bestellen!«

Das saß.

Eine Bemerkung aus dem Mund Sitares. Mit Daumen und Zeigefinger demonstrierte sie die Höhe eines Achterls.

Silbriges Gelächter schoss links und rechts von ihm wie zwei Fontänen zur Decke.

Die Schädelknochen warfen es in seinem Innenraum mehrfach hin und her.

»Komm schon, Haberer, sei kein Spielverderber. Jetzt sag was!«

Das war wieder Safiye. Sie hatte sich zu ihm gebeugt. Er spürte ihren warmen Atem an seinem Ohr. Die körperliche Nähe war ihm unheimlich.

Mit einem gepeinigten Ausdruck im Gesicht wandte er sich ab und suchte mit den Augen Zuflucht im Gastraum, wo er unter all der Unruhe, dem Lärm und dem Bierdunst erschrocken feststellte, dass sein Tisch beim Windfang längst besetzt war. Drei junge Männer drängten sich um eine Flasche Hochprozentiges, aus der sie reihum ihre Gläser wieder und wieder füllten.

Ohne seinen Tisch fühlte sich Laurens verloren.

Der Tisch war seine Festung.

Mit Macht kam ihm wieder zu Bewusstsein, dass er in einer fremden Stadt unterwegs war; nachts, allein, ohne seine Sachen; ohne die Schwester und ohne die Aussicht auf eine annehmbare Zukunft.

Wie sollte es mit ihm weitergehen?

Rat suchend sah er sich um.

Weder konnte er nach Othmarschen noch zu Baladine nach Paris. Zu viele Erklärungen würde er schuldig bleiben. Und Finn und der Prinz brauchten ihn nicht. Sie würden den Plan auch ohne ihn durchziehen. Sie wussten, dass er dichthalten musste, egal, was passierte. Sonst lieferte er sich selbst an die Polizei aus. Es gab kein Zurück. Für keinen von ihnen. Er musste von jetzt an selbst sehen, wo er blieb.

Das einzig Positive an dem ganzen Schlamassel war, dass er Darius und seine albernen Mitstreiter nicht mehr ertragen musste. Nie mehr würde er in der Klasse zwischen ihnen sitzen und Opfer ihres Spotts werden.

Laurens ließ seinen Blick durch das Publikum schweifen, sah die erhitzten Gesichter, die plappernden Münder, sah die Blödheit, die Begriffsstutzigkeit und die Gemeinheit – und wurde von dem Eindruck überwältigt, dass er hier seinem wahren Feind begegnete.

Was sich ihm in aller Rohheit zeigte, war die Fratze der Wirklichkeit.

Je gemeiner sie sich mit denen machte, die in ihr festsaßen, desto weniger gebot der Einzelne über das Recht, ihr zu trotzen.

Aufgewühlt wollte er sich von dem niederschmetternden Anblick schon abwenden, als ihm einfiel, dass in seinem Rücken zwei Wesen standen, die sich keine Chance entgehen ließen, um ihn aufzuziehen.

Er fühlte sich in die Zange genommen.

Und da spürte er auch schon deutlich ihre Blicke. Sie piksten ihn förmlich.

Man forderte seine Aufmerksamkeit ein.

Er holte tief Luft, um sich innerlich gegen die zu erwartenden Attacken zu wappnen, wenn er sich gleich umdrehte.

Doch dann entschied er sich anders und beließ es vorerst dabei, ihnen den Kamm zu präsentieren.

Um sein unhöfliches Verhalten zu kaschieren, tat er einfach so, als hielte er im Getümmel nach jemandem Ausschau.

»Bist verabredet?«

Das kam prompt. Wie befürchtet, stand er unter scharfer Beobachtung.

Seine Miene wirkte verdrossen.

Bei genauerer Betrachtung gab es in seiner Situation für ihn nur einen Ausweg: Er musste die Frotzeleien nutzen, um mit den zwei Geschöpfen ins Gespräch zu kommen.

In ein richtiges, ernsthaftes Gespräch.

In ein Gespräch, bei dem es um etwas ging.

Dann konnte man weitersehen.

Andernfalls war es besser, wenn er Leine zog. Irgendwo in dem Café allein zwischen wildfremden Menschen herumzustehen und sein Bier zu trinken, das war nicht sein Ding. Das traute er sich nicht. Und zurück in die Pension wollte er auf keinen Fall. Das kam nicht infrage.

Krampfhaft durchforstete er sein Gehirn nach einem passenden Gesprächsthema.

Über was konnte man sich mit zwei Menschen unterhalten, die man gar nicht kannte?

Es war ihm ein Rätsel.

»Magst auch?«

Jetzt blieb ihm keine Wahl mehr. Aufs Schlimmste gefasst, nahm er all seinen Mut zusammen und drehte sich mit dem ganzen Körper um.

Spiegelbildlich hatte jede der beiden Frauen einen Ellenbogen auf dem Tresen. Entspannt lehnten sie an der Bar und taxierten ihn fröhlich.

Erst jetzt kam ihm zu Bewusstsein, dass in dem Lokal Musik gespielt wurde, denn Sitare begleitete sie mit einem Zahnstocher. Und während sie das tat, kaute sie auf einer Olive herum.

Safiye griff hinter den Rücken der Freundin. Sie zog ein Schälchen mit Oliven hervor und hielt es ihm hin.

»Da.«

Laurens starrte auf die Oliven und schüttelte den Kopf.

»Aber reden kannst schon? Ich meine, so ganz grundsätzlich?«

Ihre Blicke begegneten sich, um kurz aneinander Maß zu nehmen.

»Oder bist ein Fader. Eine Fadesse?«

Wie auf Kommando füllte Mitleid ihre Augen.

Er saß in der Falle. Er kam nicht länger umhin, zu parieren. Er musste etwas äußern – etwas möglichst Kluges.

»Ich bin nicht verabredet.«

Seine Antwort kam matt, zurückgenommen, sodass man sie fast nur erraten konnte.

»Also auf Beislrallye?«

Der Begriff sagte ihm nichts. Er wich aus.

»Kann sein.«

Leider klang das ziemlich albern.

Safiyes Züge hellten sich auf. Sie berührte die Freundin am Oberarm.

»Du, der kann reden. Der ist kein Mamlas. Vielleicht wird der Abend ja doch noch.«

Sitare, im Gesicht einen Rest ihres Lächelns, war schon ganz woanders:

»Das Telefon regt sich.«

Mit der Hand griff sie an ihre Brust. Sie zog das Gerät aus der Napoleontasche und warf einen Blick auf das Display.

»Boris.«

Sie hob die Brauen.

»Wir sollten los.«

Safiye schien für einen Moment die Orientierung zu verlieren. Die Augen von der Freundin abwendend, sah sie sich nach allen Seiten um, bis sie bei einem Tisch in der Nähe hängen blieb.

»Du hast es gehört«, sagte sie zu Laurens, während sie den Tisch mit den zwei streitenden Pärchen ins Visier nahm.

»Wir werden erwartet.«

Sie deutete auf Sitare und sich und spazierte mit den Fingern durch die Luft in Richtung Ausgang.

»Boris. Miete abliefern.« Mit verfinsterter Miene zuckte sie die Achseln.

Laurens sah die junge Frau verständnislos an.

Fieberhaft arbeitete es in seinem Kopf. Dann begann er zu begreifen.

»Boris« war der Name des Zuhälters.

»Baba!«

Laurens machte ein verdattertes Gesicht. Auf Safiyes überstürzte Verabschiedung wusste er nicht besser zu reagieren.

Das ging ihm alles zu schnell.

»Du siehst aus, als würdest du schon beginnen, uns zu vermissen«, rief Safiye aus. Ihr Ton schwankte zwischen Belustigung und ungläubigem Erstaunen.

Die Freundin gab mit einem Geräusch zu verstehen, dass sie zum Abmarsch bereit war.

Safiye ignorierte die Freundin. »Du möchtest, dass wir dich mitnehmen«, führte sie ihre eigenmächtige Erkundung seines Innenlebens fort.

»Nein«, zischte Sitare von hinten. »Du weißt, dass das nicht geht.«

»Wieso denn nicht?«, entgegnete Safiye.

Aus der Schroffheit ihrer Reaktion war herauszuhören, dass sie es sich bereits in den Kopf gesetzt hatte.

Die Freundin war dagegen, folglich war sie dafür.

Das alte Spiel.

Es war Laurens vertraut.

»Er ist doch noch ein Junge! Außerdem bleibt er unten und wartet, bis wir fertig sind. Dauert ja nicht ewig.«

»Wenn Boris erfährt, dass uns jemand begleitet, rastet er aus. Das weißt du genau!«

»So?«

Safiye antwortete ihrer Freundin mit abgewandtem Gesicht. Sie sandte ihre rhetorische Floskel ins Ungefähre, durch die verbrauchte Luft über die halbe Länge des Tresens. Ihre Augen fahndeten nach dem Kellner.

Als dieser bemerkte, dass man nach ihm verlangte, löste er die Hände vom Zapfhahn und trocknete sie sich an der weißen Schürze. Dann langte er unter die Spüle und zog einen dicken Geldbeutel hervor.

Safiye ließ die kleine Pause ungenutzt verstreichen, bevor sie schließlich gedämpft und mehr für sich als für andere hinzusetzte:

»Der soll sich trauen, dem Jungen ein Haar zu krümmen.«

17

Discorhythmen hämmerten durch den Saal. Für Bruchteile von Sekunden brannten die Stroboskopblitze die aufreizenden Posen der Mädchen in den Trockeneisnebel zwischen Bühne und Publikum. Es war ein Wunder, dass Uwe Roever in dieser Atmosphäre den Vibrationsalarm unter dem Jackett überhaupt wahrnahm. Er war sofort wie elektrisiert, denn die Angst vor einer Hiobsbotschaft war in den letzten beiden Tagen zu seinem ständigen Begleiter geworden.

Die Show lief seit einigen Minuten. An den runden Tischen links und rechts von ihm teils Paare, teils Männer allein, die den Mädchen ungeniert zwischen die Schenkel stierten. Die weiblichen Gäste sezierten mit kühlem Blick die Makellosigkeit der biegsamen und nur sehr spärlich bekleideten Körper. Am kommenden Wochenende eröffneten in der Stadt zeitgleich drei Messen, weshalb der Laden leidlich voll war mit Geschäftsleuten, Vertriebsmanagern, Verkäufern. Und Paaren, die Angst davor hatten, sich miteinander zu langweilen.

Ohne Sinn dafür, dass das Geschehen eine eigene Form der Andacht verlangte, sprang Roever von seinem Platz, lief quer über die Tanzfläche und bahnte sich durch die Zuschauer einen Weg aus dem Saal.

Reflexhaft hatte er die Taste mit dem Telefonhörer gedrückt, aber in dem Wissen, dass er bei dem Lärm keine Chance hatte, auch nur das eigene Wort zu verstehen, das Smartphone trotz stehender Verbindung einfach in der Hand behalten. Nun trug er es wie einen Faustkeil durch die Flure und Räume in Richtung Ausgang, in der Hoffnung, dass der Anrufer genügend Geduld aufbrachte, um das Ende dieser ominösen Odyssee abzuwarten.

Das Etablissement war unübersichtlich. Roevers Weg führte an Kellnern und Servierdamen vorbei sowie an Gästen, die mit vollem Glas in der Hand erschrocken einen Schritt zurückwichen; vorbei an wandhohen Spiegeln in barocken Rahmen, in denen man Männer und Frauen dabei beobachten konnte, wie sie sich einig wurden; an dem Personal aus Gips, das üblicherweise aus Faunen und Nymphen bestand; an goldenen Volieren und verspiegelten Säulen und an Kanapees, auf denen sich halb nackte Frauen aus Champagnerkübeln bedienten und sich im farbigen Licht der Deckenstrahler aalten.

Immer wieder musste er nach Hinweisen Ausschau halten, die über die Lage des Ausgangs orientierten. Als ihm dabei klar wurde, dass seine Angst unausweichliche Realität geworden war, zogen sich seine Eingeweide krampfhaft zusammen. Irgendjemand wartete darauf, dass er das Telefon an sein Ohr führte, um die Hiobsbotschaft zu empfangen, die man für ihn vorbereitet hatte, die Polizei, Marthe, die Entführer, McKinsey, er wusste es nicht. Doch wer immer ihn um diese Stunde anrief, musste seine Gründe haben, so viel stand fest.

Und während ihm diese so gefürchtete Gewissheit grell vor Augen trat, erzeugten seine Organe einen systolischen Druck, der sich in stoßweiser Ventilation entlud, als schwerer, mit sinnlosem Gestammel angereicherter Atem. Als führte ihn seine Angst zu den eigenen Anfängen zurück, reihte er unverständliche Worte aneinander, sprach er kindliche Gebete, die sich an nie geglaubte Götter richteten oder an Ahnen und Urahnen. Immer von Neuem ratterte er im Stillen die Vokabeln von Schuld und Vergebung herunter, ohne Unterlass, hypnotisch, als ließe sich auf diese Weise die für ihn unbestreitbare Verhexung der Welt bannen.

Der Türsteher des Etablissements, ein Gorilla im Anzug, sah ihn durch das sechseckige Foyer auf sich zukommen und machte einen Schritt vor, um ihm den Weg zu der schweren, gepolsterten Tür mit dem Guckloch zu versperren, voller Misstrauen, ob es nicht Ärger mit einem Gast oder mit einem Mädchen gegeben hatte oder das Telefon in der Hand nur ein Trick war, um nach draußen zu gelangen und die Zeche zu prellen.

Dann, endlich, nach kurzem, heftigem Wortwechsel und nachdem er dem Mann einen Fünfhunderter als Pfand hinterlassen hatte, umfing ihn die Nacht; fand sich der Reeder vor einem Schuppen wieder mit dem vollmundigen Namen *Beverly Hills*, einem Tabledanceclub, wie es auf den Werbebannern quer über den blinden Außenfenstern hieß.

Er verharrte inmitten des Streifens Licht, der aus dem Lokal auf den Schnee fiel und der jetzt, wo der Gorilla die Tür zudrückte, schmaler und schmaler wurde, so schmal wie eine Klinge, auf der er für einen ausdehnungslosen Moment zu tanzen begehrte. Der Lärm flachte ab, bis nichts mehr von ihm übrig blieb außer einem dumpfen, untergründigen Pulsieren.

»Wer ist am Apparat?«

Völlig außer Puste und ohne Mantel und Schal der klirrenden Kälte ausgesetzt, sah er zum Himmel hinauf, so als ginge es ihm nur darum, den Anblick des Elends am Boden nicht länger ertragen zu müssen.

Schnaufend in den Apparat hineinlauschend, den er so fest an sein Ohr presste, dass es ihm normalerweise Schmerzen verursacht hätte, wurde sein angestrengtes Hineinhören von dem Plastikgehäuse völlig absorbiert. Seine Absicht und sein Mutwille prallten daran ab wie an einer unsichtbaren, mantischen Wand.

Da erst begriff er, dass es kein Anruf war, den er empfangen hatte, sondern eine Nachricht, eine Kurzmitteilung.

Verdutzt hielt er das Smartphone von sich weg und betrachtete es, als würde ihm erst jetzt aufgehen, was es mit dem Gerät auf sich hatte.

Hastig tippte er die Tastenkombination ein.

Auf dem erleuchteten Display erschienen fünf Worte.

»Heute, dreizehn Uhr. Prater. Verlies 32.«

Roever suchte das Uhrensymbol am oberen Rand des Displays. Es zeigte halb zwei Uhr morgens an.

Man hatte ihm eine Erinnerung geschickt.

Er spürte sein Herz, das hart unter dem Brustkorb schlug, spürte den Schweiß, der ihm an die Schläfen trat, während ihm der Schnee auf Haupt und Schultern fiel. Ein unangenehmes Gefühl der Beklemmung schob sich unter sein Brustbein, und er fuhr mit der freien Hand an seine Brust, um unter Hemd und Unterhemd sein Fleisch mit den Fingerspitzen zu massieren.

Langsam sank sein Arm mit dem Smartphone zu Boden.

Auf seinen halb offenen Lippen schmolzen die Schneeflocken.

Instinktiv hatte er sich in den Schatten begeben, stand etwas abseits des Lokals zwischen zwei Laternen. Den Kopf gesenkt, als würde er einem Gedanken folgen, fing er an, im Kreis zu laufen. Immer und immer wieder lief er um ein imaginäres Zentrum herum, bis er sich unterbrach und registrierte, dass unterdessen die Welt ein gutes Stück von ihm abgerückt war. Nur noch wie durch eine Wand vernahm er die Außenwelt, die Stimmen zweier Passanten, die auf dem gegenüberliegenden Trottoir vorbeigingen, den fernen Verkehr, der irgendwo tief hinter den Häusern rauschte.

Um der Kälte auszuweichen, zog er den Kopf zwischen die Schultern und überquerte ohne erkennbaren Grund die Kreuzung, blindlings, gleichgültig gegenüber allem, was sein Leben in Gefahr bringen mochte. Mit dem Fuß den schneebedeckten Boden vor sich erkundend, setzte er Schritt vor Schritt, als ob darin ein Abenteuer läge und er sich vorwagte auf unbekanntes und unsicheres Terrain.

Unterwegs begriff er, dass er sich schwach und elend fühlte. Den Kopf neigend, dass man glauben konnte, er lauschte aufmerksam einer Stimme, die die Nacht und ihre Mysterien beschwor, schleppte er sich ein Stück die verlassene Straße entlang, verharrte einen Moment und trat zwischen zwei parkende Autos, bevor er auf die jenseitige Hauswand zusteuerte, wo er den Arm hob, um sich mit dem Ellenbogen an dem rauen Verputz abzustützen. Die Stirn lag auf den vier Knöcheln der zur Faust geschlossenen Hand.

Eine schwere Welle aus Angst und Beklemmung rollte aus dem Nichts heran und begrub ihn unter sich.

Er hob den Kopf, schnappte nach Luft, verschluckte sich, brach in Husten aus, holte mit einem lang gezogenen Geräusch erneut Luft: ein spastischer Schatten, einsam und bedauernswert, ausgeliefert der Witterung und den inneren Dämonen.

An der Lende spürte er eine sachte Berührung.

»Soll ich den Sani rufen?«

Er hörte die Worte kaum, als gelangten sie aus größerer Distanz an sein Ohr.

Worte, die aus dem Mund einer Frau stammten, jung, weich und wienerisch.

Er drehte sich um und brachte es fertig, ein halbwegs gerissenes Lächeln in sein Gesicht zu zaubern. Dann sah er an sich hinunter und starrte auf das Smartphone in seiner Hand, erinnerte sich plötzlich der SMS und ihres Inhalts.

Er durfte nicht aufgeben.

Abrupt bewegte er die Schultern, als wollte er sich gewaltsam Luft verschaffen, den Druck loswerden, der ihm den Atem nahm. Er ließ das Gerät in der Innentasche des Jacketts verschwinden, sah auf und hatte den Eindruck, als seien dazwischen Jahre vergangen und er müsste sich erst wieder mühsam der Frage entsinnen, die man ihm gerade gestellt hatte.

»Ist Ihnen schwindlig?«

Wortlos schüttelte er den Kopf.

Die junge Frau schien seine Schauspielerei nicht recht zu überzeugen. Den Mantel unter dem Kinn enger zusammenziehend, verharrte sie mit skeptischem Blick an ihrem Platz, den Fuchspelz an der Wange, den sie sich über die Schulter geworfen hatte.

»Haben Sie Dank. Aber es geht schon wieder«, flüsterte er, als ließen sich so ihre Zweifel zerstreuen.

Ohne ein Wort zu sagen, gewährte sie ihm und der Nacht ein paar zusätzliche Sekunden Anteilnahme, dann zuckte sie die Achseln, drehte sich um und stöckelte davon.

Noch zu derangiert, um das, was eben geschehen war, in seiner genauen zeitlichen Abfolge begreifen zu können, setzte er sich ebenfalls in Bewegung, gewissermaßen als Reaktion auf das Davongehen der Unbekannten.

Zuerst tapste er nur schwerfällig und wankend vorwärts, doch nach und nach gewann er an Sicherheit und Tempo, einem Patienten ähnelnd, der seinem Arzt die Fortschritte demonstrieren will, die seine Genesung macht.

Noch Minuten später war er von dem Anfall wie betäubt.

Ziellos lief er durch das Schneegestöber, ohne jede Ahnung, wohin er sich bewegte. Allerdings bekam er jetzt die Kälte unangenehm zu spüren. Er zitterte und fror erbärmlich. Sein durchgeschwitztes Unterhemd zog die Kälte an. Ohne dass es ihm richtig zu Bewusstsein kam, machten sich seine Füße auf den Weg retour.

Das dumme Gesicht des Gorillas erschien im Guckloch, dann öffnete sich die Tür. Wie viel Zeit mittlerweile verstrichen war, konnte er nicht abschätzen. Verwundert nahm er den Schein entgegen, den ihm der Mann mit unbewegter Miene aushändigte.

Zunächst war er befremdet von dem Klima, das ihn in Empfang nahm, von den jungen Frauen, den Männern, der Musik, den kreisenden Lichtern. Scheu durchquerte er die Blicke, die man ihm sandte, das Foyer, die angrenzenden Räume, die Flure – und traf auf dem Weg zur Tanzfläche überraschend mit der jungen Frau zusammen, von der er auf der Straße vor dem Lokal angesprochen worden war.

Es wunderte ihn selbst, dass er sie erkannte.

Sie hatte sich verändert.

Statt Mantel und Pelz trug sie nur ein spärliches Kostüm und extrem hohe Pumps.

Auf seine Seite wechselnd, trat sie ihm mit nacktem Bauch und glitzernden Sternchen auf den Brustwarzen in den Weg.

Ein Nymphchen, das nun, da es lächelnd vor ihm stand, die Gelegenheit ergriff, um sich ganz nah zu ihm zu beugen, den Duft von Schminke und schwerem Parfum verbreitend.

Sein warmer, von Champagner geschwängerter Atem entfachte auf der Haut an seinem Jochbein winzige Wirbel, die ihn erkennbar entwaffneten.

»Geht es dir wieder gut?«

Ihre Stimme klang aufrichtig, mimte auf makellose Art Erleichterung.

»Willst du mich ›Mizzi‹ nennen?«, flüsterte sie und schenkte ihm einen Blick, der einladend war und so, als würde mit ihm die erotische Freundschaft zwischen Mann und Frau endgültig besiegelt werden.

18

Die Tür fiel ins Schloss, und der Lärm, der in der nächtlichen Stille kurz aufgebrandet war, riss abrupt ab.

Nacheinander traten sie auf die Straße. Dichtes Schneetreiben verhängte die Nacht. Die Temperaturen waren überraschend stark gefallen. Im Nu bildete sich auf den Schultern ein weißer Flaum, der sie alle zu Teilnehmern einer Expedition machte, von deren Auftrag zu diesem Zeitpunkt keiner etwas ahnte.

Unbekümmert und in Anbetracht der Straßenverhältnisse mit halsbrecherischem Mut stöckelte Sitare los. Safiye und Laurens blieb wenig anderes übrig, als ihr zu folgen. Dicht gingen sie beide nebeneinander her. Unter den Sohlen knirschte der gefrorene Asphalt. Man schlug den Kragen hoch und biss die Zähne zusammen.

Laurens war klug genug, nicht zu fragen, welche Richtung sie nahmen. Unwahrscheinlich, dass er eine befriedigende Antwort erhalten hätte, und selbst wenn, hätte er keinen Nutzen daraus ziehen können. Er kannte Wien nicht. Er besaß sogar nur äußerst ungenaue Vorstellungen davon, wo die Stadt auf der Karte Europas zu finden war.

Aufgrund des Schuhwerks seiner Gefährtinnen glaubte er allerdings vorhersagen zu können, dass das Ziel nicht allzu weit entfernt lag. Man folgte einfach der Straße tiefer in das Viertel hinein.

Keine Tram war zu hören, und Autoverkehr nur von ferne. Die Sicht betrug wenige Meter.

Trotz des Schnees, der sich auf dem Pflaster ausbreitete, klangen ihre Schritte auf dem Boden hart. Erst recht das forcierte Gestöckel der beiden Frauen.

Stoßweise ging der Atem und sekundierte geräuschlos dem Gang.

In den Parterrewohnungen ringsum hatte man die Rollläden herabgelassen, und die Fenster in den Etagen darüber waren dunkel. Um diese späte Stunde schlief man.

Separiert durch den Schnee, der sich wie ein dichter Vorhang zwischen sie drängte, war es der scharfe und zielstrebige Rhythmus der Schritte, der in allen das Gefühl verstärkte, ein und derselben Schicksalsgemeinschaft anzugehören.

Um sich dieser neuen und überraschenden Identität bewusst zu werden, brauchte man lediglich ein waches Ohr; der Kopf blieb unbeansprucht und konnte den Gedanken in den Windungen und Kanälen des Gehirns ungehindert folgen.

So hatte es bald den Anschein, als erginge sich jeder in tiefgründigen Betrachtungen.

Eigentlich hätte sich Laurens noch tiefer in sich verkrochen, als es die Witterung erforderte, wenn das nur möglich gewesen wäre. Er schmollte. Safiyes ebenso beiläufige wie unverhohlene Bemerkung rührte an seiner Wunde.

»Der soll sich trauen, dem Jungen ein Haar zu krümmen.«

Gewiss, wenn man es ganz objektiv betrachtete, konnte man nicht abstreiten, dass sie mit ihrer Einschätzung richtig lag. Er war ein Neuntklässler. Daran gab es nichts zu beschönigen. Erst in drei Jahren würde er Abitur machen.

Laurens spürte, wie ihm diese Einsicht einen Stich versetzte.

Nun rächte es sich, dass er auf Gleichaltrige hinabsah.

Trotzig stapfte er weiter. Er kämpfte mit sich. Er musste aufpassen, dass er sich in seinem bockigen Schweigen nicht zur Gänze verschloss.

Als ob dieser innere Kampf bzw. die Anstrengung, die er kostete, die Gewichte verschob, änderte sich sein Betrachtungswinkel. Plötzlich wunderte er sich mit jeder Minute, die ihr Trupp dem Ziel näher kam, mehr darüber, dass ihn eine solche Bagatelle überhaupt derart beschäftigen konnte.

Er war halt wirklich noch ein Junge.

Mit gespielter Empörung sah man ihn über die eigenen Empfindlichkeiten den Kopf schütteln.

Immerhin, so dachte er, bewegte sich Safiye an seiner Seite – und lief ihm nicht wie die Schwester ewig vorweg.

Diese Attitüde erlaubte es ihr, ihn auf ihre Stufe zu heben.

Verstohlen warf Laurens ihrem undeutlichen, schraffierten Profil einen Blick zu.

Er fragte sich, warum sie das tat.

Ganz offenbar, um sicherzugehen, dass jemand zur Stelle war, der sie auffing, wenn sie mit ihrem unpassenden Schuhwerk auf dem Eis ausrutschen oder umknicken und die Balance verlieren sollte.

Ihre Gesundheit vertraute sie ihm an.

Ihm.

Niemandem sonst.

Obwohl er in ihren Augen noch ein Junge war.

Darin lag ein gewisser Widerspruch.

Überhaupt, was heißt das schon – ein Junge? In ein paar Wochen wurde er fünfzehn. Die Öffentlichkeit diskutierte das Absenken des Wahlalters auf vierzehn.

Trotz der bitteren Kälte genoss es Laurens, dass der Jeansstoff beim Gehen hart und kalt an der Haut seiner Oberschenkel scheuerte. Das vermittelte ihm ein gutes, irgendwie männliches Gefühl. Er hielt das für eine Folge des neuen Gürtels, der die Hose offenbar unverrückbar auf den Hüften kleben ließ.

Den Kopf im Nacken, starrte er für ein paar Sekunden in das Tohuwabohu, das der Himmel über Wien wie ein klangloses und monochromatisches Feuerwerk inszenierte.

Im Grunde sah er sich in einem ähnlich seligen Schwebezustand wie die Flocken. Griff er ein wenig vor, durfte er sich

Safiye gegenüber nämlich bereits als derjenige fühlen, der in brisanten Situationen das Sagen hatte.

Selbstverständlich eine groteske Fehleinschätzung. Aber die jüngsten Erfahrungen mit seiner Schwester brachten ihn wie von selbst auf solche Gedanken.

Der Eindruck, von Safiye auserwählt zu sein, um für ihre Sicherheit zu sorgen, löschte alle Zweifel aus, die an ihm nagten. Er fühlte sich erhoben, fast schon unbesiegbar. Zudem versetzte ihn die Aussicht auf ein eventuelles Abenteuer in einen glückhaften Rausch.

Ein Abenteuer würde ihn ablenken und zumindest vorläufig der latent quälenden Frage entheben, wie er ohne Bleibe den Rest dieser ungemütlichen Nacht überstehen sollte.

Gerade noch ein Junge, der sehr eingeschüchtert wirkte, weil er kaum den Mund aufbrachte, floss er nun vor Selbstbewusstsein förmlich über. Von überallher strömte es ihm zu: aus der Luft, in der langsam der Übermut einer kompletten Reisegruppe ausschwang, die hier am späten Nachmittag von einem Ausflug zurückgekommen war – fast glaubte er, die Stimmen zu hören; aus den dunklen Fensteröffnungen im ersten Stock, durch die noch warme, teils unfertige Träume diffundierten; und aus dem Boden, der den kommenden Frühling siegesgewiss verwahrte.

Vor Euphorie schwoll seine Brust gewaltig an. Es war eine glühende, rasend schnell und allseits vollkommen gleichmäßig sich ausbreitende Euphorie. Sie veranlasste ihn, unwillkürlich die Lippen zu spitzen, als gedachte er, im nächsten Moment fröhlich loszupfeifen. Es gelang ihm gerade noch, den Impuls zu unterdrücken.

Stattdessen hob er angriffslustig den Kopf und setzte sein Gesicht forsch dem Schneetreiben aus, die Augen zusammenkneifend, um an Sitare vorbei in der unmittelbaren Zukunft mögliche Gegner zu orten, die sein junges Glück hätten gefährden können.

Aber es war nichts zu sehen. Die Sicht reichte kaum einen halben Schritt über die junge Tschechin hinaus.

Immer tiefer gerieten sie in die Nacht und das ihm gänzlich unbekannte Viertel hinein, was ihm unmissverständlich vor Augen führte, dass er mit den beiden Geschöpfen auf weiter Flur allein war. Bei diesem Wetter und zu dieser späten Stunde ließ kein Mensch sich blicken. Das machte die Sache nicht ganz ungefährlich.

So fing er schleichend an, sich nicht nur für Safiye, sondern gleich für die gesamte Exkursion verantwortlich zu fühlen, für die er im Stillen nicht mehr als eine Dreiviertelstunde veranschlagte.

Allerdings wäre Laurens nicht wenig erstaunt gewesen, hätte er vorhergesehen, dass seine Fürsorge in keiner Weise fehl am Platze oder gar übertrieben war. Der Moment stand kurz bevor, in dem ihre Berechtigung von der Realität vollumfänglich bestätigt wurde.

Vor ihnen tauchte ein Bretterzaun auf, der den Weg abschnitt. Zwischen den Häusern klaffte an dieser Stelle eine gewaltige Lücke, die sich die Dunkelheit und das Schneegestöber geschwisterlich teilten. Ein überdachter Notsteig aus Brettern, von Baustellenlampen dürftig beleuchtet, führte Passanten und Radfahrer auf gleichbleibendem Niveau vom Trottoir auf die Straße und um die Großbaustelle herum.

Sitare begriff als Erste, dass ihr der zur Fahrbahn hin durch eine Brüstung getrennte Korridor Schutz bot, und sprang auf die Bohlen. Safiye und Laurens folgten. Für eine kurze Atempause Wind und Wetter entronnen, blieb man sogleich stehen und klopfte sich den Schnee von der Kleidung.

Unter dem Gewicht der drei knarzte das Holz. Das Stakkato der Absätze erzeugte lautes Gepolter, das zwanzig oder fünfundzwanzig Meter weiter, am Ende der Umgehung, ihr Eintreffen ankündigte.

Jedoch ließen sich die beiden vermummten Gestalten, deren Umrisse sich dort im schmutzig-gelben Licht der Leuchten abzeichneten, von dem Lärm keineswegs abschrecken. Im Gegenteil: Unbeirrt setzten sie ihren Weg fort und kamen von der anderen Seite auf das Dreiergespann zu.

Es handelte sich um eine Frau und einen Mann.

Die Frau steckte in einem Mantel mit Pelzkragen und mochte, sofern man das bei den Lichtverhältnissen beurteilen konnte, im Alter von Sitare oder Safiye sein, sie war schlank, fast zierlich, während der Mann, der hinter ihr herging, hochgewachsen war und deutlich älteren Jahrgangs zu sein schien.

Zunächst schenkte Laurens dem Pärchen kaum Beachtung. Sich an die beiden Frauen haltend, denen er den Vortritt gelassen hatte und die rigoros das Tempo vorgaben, lief er mechanisch hinterher, von Lichtkegel zu Lichtkegel, obwohl er spürte, dass es irgendetwas in ihm gab, das ihn daran hindern wollte.

Und dann begriff er, warum.

Und er begriff es, obwohl er das Paar nur beiläufig und bruchstückhaft wahrnahm.

In der Art, wie der männliche Teil die Beine bewegte und seinen Körper voranschob, erkannte er ihn wieder.

Ihm stockte der Atem.

Da vorne kam ihm sein Vater entgegen.

Eisig-heiß schoss es ihm ins Mark. Für Bruchteile von Sekunden fand er sich in die Welt zurückversetzt, die er in den vergangenen Stunden erfolgreich aus seinem Bewusstsein getilgt hatte.

Finn, der Prinz, die *Pension Dagmar*, seine Eifersucht, der gemeinsame Plan – all das steht ihm wieder flammend hell vor Augen.

Halbherzig wagt er sich aus der Deckung, die die beiden Frauen ihm mit ihren Körpern bieten, und riskiert einen ausführlicheren Blick, der ihn aufklären soll.

Der Feind.

Er ist also tatsächlich gekommen.

Der Plan funktioniert.

Obwohl Laurens seine Mitwirkung am eigenen Kidnapping unwiderruflich aufgekündigt hat, ist er sofort erleichtert. Anstelle von Finn und dem Prinzen fühlt er sich erleichtert. Da ist er generös. So, wie er die beiden trotz des schwerwiegenden Zerwürfnisses nicht verpfeift.

Ist doch Ehrensache.

Vor Stolz auf seine Manieren schwillt ihm erneut die Brust.

Es sind nur noch wenige Meter, die ihn von den Entgegenkommenden trennen.

Dass der Feind in weiblicher Begleitung ist, irritiert ihn.

Unauffällig versucht er, mit einem weiteren Blick Näheres in Erfahrung zu bringen.

Wer ist diese Frau?

In Sekundenschnelle durchsucht er sein Gedächtnis, kann sich aber nicht erinnern, ihr schon mal irgendwo begegnet zu sein.

Andere Bilder tauchen vor ihm auf, Bilder von Dilya, Frisbee und Addax …

… Bilder von den Stunden, in denen herbstliches Licht durch die geschlossenen Vorhänge seines Zimmers sickert …

… Bilder seiner Alternativwelt, jenem weitläufigen Paradies, das er ganz allein für sich hat und wo er um fünf Uhr nachmittags beschließen kann, sich ins Bett zu legen …

… Bilder der Gefangenschaft und der Maßregelungen …

… Bilder von glücklichen und von weniger glücklichen Tagen …

All das passiert außerhalb der Zeit, in ein und demselben Moment.

Wie von selbst gehen seine Arme in die Höhe. Es wirkt, als wollten sie einen bösen Zauber abwehren. In die Luft vor sich tastend, streckt er die Hände noch ein Stück weiter aus und berührt Safiye am Rücken. Seine Finger tauchen in den Pelz, in die Nässe, die von den feinen Härchen abperlt; versuchen irgendetwas zu finden, an dem sie sich festklammern können.

»Hey!«

Safiye lacht.

»Denkst wohl, wir gehen auf Lepschi«, sagt sie scherzend und dreht sich halb zu ihm um, während sie beharrlich weiterläuft.

Erschrocken löst Laurens die Hände aus dem Pelz.

Lepschi?

Ein ganz anderer Gedanke verdrängt im nächsten Moment die Suche nach einer Antwort.

Der Gedanke lautet: Wie löst man sich in Luft auf?

Laurens schlägt den Kragen seiner Jacke hoch.

Inzwischen sind der Feind und seine Begleitung gerade noch zwei Schritte entfernt.

Sein Herz klopft wie wild.

Verbissen starrt er auf seine Füße.

Irgendwo über sich hört er es förmlich brummen:

Wen haben wir denn da?

Es ist Angst, die ihm vorgaukelt, den Feind zu vernehmen, der ihn mit dröhnendem Bass auffordert, das Versteckspiel zu beenden und seine Lügen endlich zu gestehen.

Um sich so klein wie möglich zu machen, krümmt Laurens den Rücken.

Zwei Schritte … ein Schritt …

»Hast sie erkannt?«

Das war Sitares Stimme.

»Die kleine Fut aus dem *Beverly*. Die mit dem Fuchs um den Hals. War ganz schön angeblasen.«

Laurens verstand nichts von dem, was Sitare ihrer Freundin zurief, aber er fühlte sich erlöst.

Der Spuk war vorüber.

Der Feind hatte ihn nicht bemerkt.

Vor Erleichterung aufatmend, setzte er den Weg wie betäubt fort.

Was hatte Sitare gesagt?

Er vermochte sich nicht zu entsinnen, dass er das Wort »Fut« je zuvor gehört hatte, aber er glaubte, die Bedeutung annähernd erschließen zu können.

Fut.

Für einen Moment empfand er so etwas wie Verständnis für seinen Vater.

Doch ehe er ganz dahintersteigen konnte, blieb Safiye stehen. Von einer Sekunde zur anderen.

Laurens Arme, die er die ganze Zeit in Anschlag gehalten hatte, sanken endgültig nach unten.

Mit Bedacht drehte Safiye sich ihm zu. Ihr Gesicht zierte ein äußerst sparsames Lächeln.

»Sag mal, was ist denn in dich gefahren?«

Der gereizte Ton ließ erahnen, dass ihr irgendwas an seinem Verhalten nicht passte.

»Das war mein Vater.«

»Dein Vater?« Ungläubig musterte die junge Frau sein Gesicht, das von den Lampen an der Bretterwand einen Gelbstich verpasst bekam.

»Der eben? An der Seite dieses neurasthenischen Hürchens?«

Kurz lachte sie auf.

Der Laut verhallte einsam in der Nacht.

Laurens warf einen ängstlichen Blick über die Schulter. Niemand war mehr zu sehen. Der Feind und seine Begleitung schienen außer Hörweite.

Unterdessen hatte Sitare bemerkt, dass man ihr nicht mehr folgte, und war stehen geblieben. In einigen Metern Entfernung wartete sie darauf, dass man gemeinsam den Weg fortsetzte.

»Und warum hast du deinem Herzbinkerl keine ›Gute Nacht‹ gewünscht, wie sich das gehört?«

Laurens schickte Safiye einen fragenden Blick. Er verstand nur Bahnhof.

»Du hast ja nicht mal ein ordentlich piefkiges ›Guten Abend‹ herausgebracht.«

Sie machte eine Pause und verengte die Augen.

»Oder ist es dir etwa peinlich, mit uns zusammen gesehen zu werden?«

In ihrem Gesicht flackerte Misstrauen.

Laurens ging auf die Verdächtigung mit keiner Silbe ein. Trocken sagte er:

»Mein Vater sucht mich. Ich bin von daheim abgehauen.«

Sein Heroismus zeigte sich haltbar. Mit keinem Wort erwähnte er die Schwester und den Prinzen.

»Was bist du?«

Safiye konnte ihr breites Grinsen kaum verbergen. Mit beiden Händen schlug sie sich flach auf die Oberschenkel.

»Das ist stark. Das ist sehr stark«, rief sie aus und drehte ihren Kopf jetzt der Freundin zu.

»Hast gehört? Der hat Schneid.«

Leise stöhnte Sitare auf. Voller Ungeduld meinte sie:

»Komm, wir müssen weiter. Dafür hab ich jetzt wirklich keinen Nerv.«

»Wart mal.«

Safiye machte einen halben Schritt auf Laurens zu und näherte ihr Gesicht dem seinen.

»Wirst von der Polizei gesucht?«

Mit durchdringendem Blick sah sie ihn an.

»Sag, Wurschtel.«

Laurens sagte nichts. Er schüttelte nur beleidigt den Kopf.

»Na gut. Wenn Sita und ich den Besuch bei Boris hinter uns haben, gehen wir zu uns. Dann erzählst alles. Aber haarklein.«

Leutselig zwinkerte sie ihm zu.

»Was zum Naschen gibt's auch.«

Derart überrumpelt, brachte Laurens nur noch eine fast tonlose Bestätigung zustande. Möglichen Protest musste er klaglos hinunterschlucken.

»Na also, geht doch«, sagte Safiye versöhnlich und schenkte ihm ein zweites, jetzt durchaus verbindliches Lächeln.

19

Finn fühlte sich vor den Kopf gestoßen. Sie zog die Decke bis unters Kinn und starrte in die Luft. Auf ihren Lippen lag ein Anflug stummer Empörung.

Der Prinz hatte seinen Platz neben ihr geräumt. Eben noch im Bett, war er ohne Vorwarnung aufgesprungen, über sie hinweggestiegen und ans Fenster getreten. Die Arme vor der Brust verschränkt, rieben beide Daumen nervös die Oberarme, vielleicht fror er auch. Dabei war zu hören, dass die Heizkörper auf Hochtouren arbeiteten. An Öl wurde in der Pension nicht gespart.

Vor dem Fenster stehend, schweigend, nackt, eine alberne Silhouette vor schneehellem, nächtlichem Himmel, bewegte er den Schädel hierhin und dorthin und schien angestrengt nachzudenken.

Mit saurem Gesicht beobachtete ihn vom Bett aus Finn. Sie hatte sich auf die Seite gedreht, stützte den Kopf auf den abgewinkelten Arm.

Entschlossen, sich hinsichtlich ihrer verletzten Gefühle keine Blöße zu geben, lockerte sie ihre Züge.

Aus der Haltung, die der Prinz am Fenster einnahm, zog sie den Schluss, dass sein Blick wie ein Radar die Straßen unten scannte.

Vorhin hatten Finn und er zusammen etwas geraucht, und jetzt hing im Zimmer ein süßlicher, narkotischer Duft, der selbst die Wände, die Tapeten und das restliche Interieur von der Realität trennte: die offenen Vorhänge, die im Dämmer wie zwei orientalische Wächter aussahen, vom Schlaf der Gerechten überwältigt; die zerknüllten, duldsamen Kissen, von denen eins auf dem Läufer vor dem Bett döste; der Stuhl mit den achtlos auf ihm verteilten oder zu Boden gesunkenen Klamotten, von ferne einer heidnischen Kathedrale im Lande Liliput ähnelnd; die Stickerei am Rücken des Bademantels, die wie ein vom Mond beschienener See wirkte. Eine seltsame Welt, auf die man blickte, wie jemand, der von oben in ein Aquarium schaute.

Die Konturen der Mütze drängten sich in Finns Gesichtsfeld.

Damit sie während ihres Liebesgerangels keinen Schaden nahm, hatte sie sie an die Lehne gehängt.

Unter dem Stuhl die Ledertasche des Prinzen.

Finn rekapitulierte die vergangenen Stunden.

Er und sie hatten zusammen Tschandu geraucht, und dann hatte sie ihm einen eindeutigen Kuss gegeben.

Sie sah es vor sich, während sie ihren Blick ernüchtert an der nackten Gestalt vorbei in die Nacht lenkte, die hinter dem Glas stumm darauf lauerte, zu ihnen ins Zimmer vorgelassen zu werden.

Vorhin.

Sie hörte wieder seine Stimme, die Worte, die er ganz leise aussprach, leise und konzentriert.

Komm her.

Erneut trat ihr sein Gesicht vor Augen, der Ernst, den es ausstrahlte, als er ihr dabei zusah, wie sie fügsam tat, was er verlangte.

Ihre Nasenflügel bebten, so sehr wühlte die Erinnerung sie innerlich auf. Sie öffnete die Lippen und schloss sie gleich wieder, und es sah aus, als schnappte sie lautlos nach einem der Moleküle, die, vollgesogen mit Opium, imstande schienen, die vergangenen Minuten und Stunden in die Gegenwart zurückzuholen.

Komm her.

Geistesabwesend strich sie sich eine Strähne hinters Ohr.

Inzwischen war es weit nach Mitternacht.

Finn fragte sich, wie viel Zeit ihnen noch blieb, bevor der Morgen dämmerte. Für den Prater war noch eine Reihe von Vorbereitungen zu treffen. Aber dann fiel ihr ein, dass es Winter war und nicht vor halb acht hell wurde.

Und Laurens? Wo blieb er?

Mit ihrem Geturtel hatten sie ihn vertrieben.

Es schneite noch immer. Vom Mariahilfer Gürtel war nicht mehr viel zu hören, nur hin und wieder Motorengeräusch von einem Reisebus oder Laster oder das Kreischen der Tramway in den Schienen. Dann wanderte über den Stuck an der Decke das Licht der Scheinwerfer.

Man konnte Finn dabei beobachten, wie sie zwei, drei Mal zur Durchgangstür äugte, die einen Spalt offen stand. So bedröhnt sie war und so sehr sie die Rolle der Geliebten genoss, sogar wenn ihr Zweifel daran kamen: Es quälte sie ein schlechtes Gewissen.

Das Tschandu verändert die Wahrnehmung. Alles erscheint überhell, extrem scharf, gesteigert. Die Eigenschaften, über die man verfügt, werden bis ins Extrem potenziert, die Sentimentalität, der Überschwang, die Sehnsucht. Selbst das, was nur gefühlt werden kann, die feinen Stimmungen, die Affinitäten und Abneigungen, die geheimen und weniger geheimen Empfindlichkeiten, werden greifbar und materiell und beginnen wie Saiten zu vibrieren.

Es war ein merkwürdiger, zwitterhafter und äußerst tyrannischer Zustand, der von ihr Besitz ergriffen hatte, ein Zustand, der einerseits der ihre war, andererseits aber das Außen um sie herum betraf, als spaltete ein tiefer Riss die Welt. Mal fühlte sie sich auf der Seite der Dinge, mal auf ihrer eigenen, persönlichen Seite.

Im nächsten Augenblick hatte sie den Eindruck, als verliefe der Riss mitten durch sie hindurch, und sie musste aufwendig schlucken, weil ihr eine unbekannte Instanz einredete, dass das die richtige Technik sei, um den Riss zu kitten.

Zwischen dem Prinzen und ihrem Bruder war sie hin- und hergerissen.

Was, wenn Laurens just in diesem Moment in ihre Suite platzte? Wenn er erst in das eine, dann in das andere Zimmer lief, wo er die Schwester im Bett des Prinzen antraf?

Sie würde vor Scham im Boden versinken.

Gestern war es beim Schmusen geblieben.

Sie hatten ein bisschen gefummelt, das war alles gewesen.

Aber vorhin hatten sie es zusammen getan.

Sie schluckte erneut.

Komm her.

Ihr Herz pochte.

Wenn Laurens sie so sah, was sollte er dann von ihr denken?

Wo steckte er bloß?

Sie musste zugeben, dass sie ihn die abgelaufenen Stunden nicht unbedingt vermisst hatte.

Doch jetzt vermisste sie ihn, und sie schätzte, dass es dem Prinzen ebenso erging.

Immer noch stand er am Fenster und suchte die Straße unten nach ihm ab.

Sie war ein Luder.

In diesem Gefühl schwelgte Finn.

Kokett schüttelte sie den Kopf. Sie schüttelte ihn lang und heftig, als wollte sie sich von einem Selbstbild befreien, das ihr nicht mehr annehmbar schien.

Der Prinz warf ihr vom Fenster einen befremdeten Blick zu.

Sie reagierte nicht. Das Theater tat ihr gut.

Katharsis.

Für einen Augenblick meinte sie sogar, aus moralischen Gründen das Medaillon mit dem Bild ihrer Mutter ablegen zu müssen, das sie noch immer um den Hals trug.

Im nächsten Moment verwarf sie ihre Absicht aber wieder.

Das Laken unter ihrer Hüfte scheuerte an der Matratze.

Sie war verliebt. Und wie alle Verliebten deutete sie das Schweigen desjenigen, mit dem sie eben noch zusammengelegen hatte, falsch.

Da die Sache vom September mit René nicht zählte, war es ihre erste Nacht mit einem erwachsenen Mann, und entsprechend sensibel reagierte sie darauf, wie dieser sich verhielt.

Und so, wie er sich aufführte, war es eine Gemeinheit.

So viel schien ihr inzwischen klar.

Ohne ein Wort hatte er sie allein im Bett zurückgelassen.

Schonungslos, zynisch.

Offenbar verlieh die Tatsache, dass man sich hingab, nur geringe Macht. So gering, dass jeder anschließend gleich aufspringen konnte, als wäre nichts geschehen.

Natürlich war ihr klar, was den Prinzen umtrieb, und trotzdem schien ihr sein Verhalten unangemessen.

Unter der Decke rieb sie mit der Ferse ein paar Mal an ihrem Schienbein.

Sie hatte diesen Mann befriedigt, und das machte sie glücklich.

Sie war nun eine richtige Frau, mit den Regeln der Liebe vertraut. Man konnte sie begehren und besitzen.

Für einen Augenblick sah sie die Gesichter ihrer Klassenkameradinnen und hörte das Getuschel, das sie veranstalten würden, sollten sie es je erfahren.

Komm her.

Sie verzog die Mundwinkel und schenkte dem Zimmer ein seltsames, vielleicht konspiratives Lächeln.

Niemand würde es je erfahren. Prahlsucht war nicht Teil ihrer Persönlichkeit.

Hinter der Wand hörte man das Wasser in den Leitungen rauschen.

Sie war glücklich, aber sie war eben auch verunsichert.

Dass ein Mann ihr noch im Bett den Rücken zukehrte, war neu für sie. Sie konnte sich ein solches Verhalten nur mit einem graduellen Versagen ihrerseits erklären.

Hatte sie alles richtig gemacht?

Oder war sie keine geborene Liebhaberin, wie sie es gern von sich geglaubt hätte?

Sie traute sich diesen Gedanken kaum zu denken.

Warum schenkte ihr der Prinz so wenig Beachtung?

Gab es vielleicht Tricks und Kniffe, von denen sie nichts ahnte?

Immer von Neuem drängte sich diese Frage in ihrem verängstigten Bewusstsein in den Vordergrund.

Ihr rechter Arm drohte einzuschlafen. Sie streckte ihn der Länge nach aus und bettete den Kopf in die Beuge des Ellbogens.

Irgendetwas Kaltes, Metallisches touchierte ihre Fingerspitzen. Ohne den Kopf zu heben und nachzusehen, worum es sich handelte, grübelte sie darüber nach.

Dann hatte sie es.

Die Pistole.

Sie lag auf dem Nachttisch neben der Lampe. Der Prinz hatte sie vorhin sachte auf die Glasplatte gelegt, nachdem er sie mit den drei Patronen befüllt hatte, die ihm nach ihrem Deal im Zug übrig geblieben waren.

»Hier drin können sie nicht verloren gehen«, hatte er mit schiefem Lächeln gesagt und dabei auf den Magazinhalter gedeutet.

Sie zog die Hand ein kleines Stück zu sich.

Ihre Gedanken liefen zurück …

Komm her.

Sie war hergekommen.

Warum …?

Sie verstand es nicht.

Ein Gefühl süßer Ratlosigkeit bemächtigte sich ihrer und strahlte angenehm in den Körper aus.

Was wusste sie von diesem Mann?

Sie schloss die Lider und überlegte.

Sie wurde aus seinem Verhalten einfach nicht schlau.

Es blieb ihr ein Rätsel, und das nicht nur im Hinblick auf ihr erotisches Abenteuer.

Aber zugleich gefiel ihr der Gedanke, alle Fragen einfach auf sich beruhen zu lassen.

Wenn sie nämlich ehrlich war, gab es eigentlich kaum etwas, das sie interessierte. Sie wollte von ihm nichts wissen, nichts von seiner Vergangenheit, nichts von seiner Zukunft. Was sie sah, genügte ihr. Die Haut; die nicht übermäßige Behaarung; die Sehnen und Muskeln, die bei jeder Bewegung am Rücken spielten; der im Rhythmus des Atmens sich blähende Brustkorb; die stolze Haltung.

Sogar nackt besaß er für sie die Ausstrahlung eines Aristokraten.

Was sie wollte, war einfach: dass ihr Verhältnis zu ihm für die Stunden, die sie noch gemeinsam hatten, so unkompliziert blieb, wie es war.

In der Schwebe.

Zwischen Kennen und Nicht-Kennen.

Subjekt und Objekt.

Komm her.

Finn schloss die Augen und spürte an der bleiernen Schwere, die sich in ihr breitmachte, dass sie auf der Stelle hätte einschlafen mögen. Damit das nicht passierte, zwang sie sich, die Lider zu öffnen. Es kostete sie erhebliche Mühe, das ihr eigentlich vertraute Universum um sie herum wiederauferstehen zu lassen.

Sie sah den Prinzen am Fenster stehen. Immer noch. Aber zwischenzeitlich musste so viel Zeit vergangen sein, dass er unbemerkt zum Schrank hatte gehen können, wo seine Jacke hing. Denn jetzt hielt er, wie sie feststellte, eine der präparierten Zigaretten in der Hand. Er führte sie zum Mund und nahm einen tiefen, überschwänglichen Zug.

Finn begriff, dass der Prinz süchtig war.

Jetzt kam Bewegung in seinen Körper.

Um den Dampf abziehen zu lassen, ging er daran, das Fenster zu öffnen. Ziemlich kräftig musste er an dem Messinggriff ziehen und rütteln, bevor einer der beiden Flügel aufsprang. Offenbar hatte sich der Rahmen verzogen.

In Wölkchen blies er den Rauch zum offenen Fenster hinaus.

Während sie zusah, wie er rauchte, schließlich den Stummel in die Nacht warf und den Fensterflügel schloss, wurde sie wieder mit ihrer inneren Unentschiedenheit konfrontiert.

Ein kaum vernehmlicher Seufzer entfuhr da ihrer Brust.

»Wo bleibt der Kerl nur?«

Das kam vom Fenster. Hallte dumpf an den dunklen, glänzenden Oberflächen der Möbel zurück.

Die Stimme des Prinzen. Sie klang heiser und gequält. Irgendein Unheil kündigte sich in ihr an, aber Finn überhörte es.

Zu einer Reaktion ließ sie sich immer noch nicht herab. Der Prinz hatte nur laut gedacht.

War es wirklich seine Absicht, sich so aufzuführen, als bedeutete ihm das, was eben zwischen ihnen beiden geschehen war, wenig oder überhaupt nichts?

Eigentlich konnte sie über sein Verhalten ja nur froh sein, denn so bestand keine Gefahr, dass er sie in einen Käfig sperrte. Wer wusste, ob er nicht auf die Zeit spekulierte, wo sie sich wiedersahen, um das Lösegeld zu teilen? Eine Gelegenheit, um zurückgestellte Forderungen nachzuholen.

Finn musste aufstoßen.

Ein fader, säuerlicher Geschmack legte sich auf ihre Zunge.

Gut, dass sich ihre Wege morgen erst einmal trennten. In einem oder vielleicht sogar zwei Jahren konnte viel passieren.

Eine Eskapade blieb eine Eskapade.

Stumm lächelte sie in sich hinein – und verlor sich über diesem sich wie endlos in den Raum nachziehenden Lächeln.

Danach wurde sie wieder sie selbst, gerade lang genug, um darunter zu leiden, dass sie sich gleich wieder verlor.

Schließlich bekam sie einen Zipfel der Gegenwart zu fassen und fand zurück zu sich und ihren Problemen.

Um den Arm zu entlasten, drehte Finn sich auf den Rücken.

Zur Decke blickend, entdeckte sie den Bruder, ein launisches Phantom von ihm.

Für einen Moment hielt sie inne, perplex von der eigenen Sprunghaftigkeit.

Dann war sie wieder bei Laurens.

Ohne ein Wort hatte er die Pension verlassen.

Seit Stunden war er verschwunden.

Wo war er hin?

Finn war sich sicher, dass die Gedanken ihres Gegenübers um genau diese Frage kreisten. Beständig.

Sie hob den Kopf und sah an sich hinunter, bis ihr Blick an der im Halbdunkel kaum wahrnehmbaren Wand im Nachbarzimmer abprallte.

Sich in die Seitenlage zurückwälzend, umfuhr sie mit den Augen die Grübchen am Po des Prinzen.

Dass Laurens sich abgesetzt hatte, musste ihn beunruhigen.

Natürlich musste es das. Man kann es nur bestätigen. Immerhin gilt das Trio in fremden Augen jetzt als Geiselnehmer. Als Bande von Gangstern.

Wahrscheinlich war der Prinz von der Vorstellung besessen, dass Laurens gerade die Polizei in die Einzelheiten ihres gemeinsamen Plans einweihte.

Finn strich sich das Haar aus der Stirn.

»Er ist kein Verräter.«

Sie sagte das mit Bestimmtheit, beinahe gebieterisch.

»Er ist nicht der Typ, der so was macht. Selbst wenn er uns vor Eifersucht hasst. Auch wenn er nicht mehr wiederkommt: Verraten wird er uns nie. Niemals.«

Sie wartete ab, ob die Bemerkung bei ihrem Gegenüber eine Reaktion hervorrief. Als nichts dergleichen geschah, fügte sie in feierlichem Ton hinzu:

»Er ist mein Bruder.«

Nach einer kleinen und, wie sie hoffte, wirkungsvollen Pause beendete sie ihren Gedanken mit den Worten:

»Und außerdem lieferte er sich selbst ans Messer, wenn er auspacken würde.«

Jetzt kam in den Prinzen Bewegung. Er drehte sich vom Fenster weg und machte zwei Schritte auf sie zu. In der Mitte des Raums hielt er inne.

Etwas Bedrohliches lag in seiner Erscheinung.

Der Prinz besann sich, kehrte zum Fenster zurück und schloss den Vorhang.

»Mach mal die Funzel an.«

Sein Ton hatte sich völlig verändert.

Das war der Moment, in dem Finn unheimlich zumute wurde.

Stumm folgte sie der Aufforderung und beugte sich zum Nachttisch vor, um die Lampe anzuknipsen. Mit Verzögerung glomm der Leuchtfaden auf und tauchte den Raum in dürftiges, gelbes, miasmatisches Licht.

Noch immer hielt der Prinz die Arme vor der Brust verschränkt. Mit dem Rücken schien er die Welt draußen abzuschirmen, jeden Kontakt zu ihr unterbinden zu wollen.

Während er langsam, sich in den Hüften wiegend, auf sie zukam, wurde ihr Verdacht, dass etwas Rohes, Beängstigendes, Unberechenbares von ihm Besitz ergriffen hatte, nahezu stofflich.

Ein böser Glanz ging von ihm aus, der darauf schließen ließ, dass mörderische und erbarmungslose Gedanken in ihm glühten.

Steif lag sie unter der Decke, wie erstarrt, über seine plötzlich eingenommene Haltung erschrocken; überwältigt von unbestimmten Ängsten, etwa der himmelschreienden Einsicht, dass er womöglich nicht der war, für den er sich ausgab.

Niemand sagte etwas.

In der grimmigen Stille knarzte unter den sich nähernden, nackten Sohlen nur das Parkett.

Der Duft des Opiums, der in der Luft hing, kam Finn mit einem Mal faulig und süß und todessüchtig vor.

Vor dem Bett stoppte der Prinz und wichste im Schein der Lampe ein paar Mal seinen Schwanz, langsam und aufdringlich.

Finn konnte aus dieser Nähe seine Aggressivität förmlich einatmen. Sie glaubte nicht nur ihren, sondern auch seinen Herzschlag zu hören – als unheilvolles Echo.

Sie vermochte die Kluft zu ermessen, die zwischen ihrer und seiner Deutung des gegenwärtigen Augenblicks lag. Eines ihrer Lider begann nervös zu flattern.

Im schwachen Schein der Lampe wirkte das Gesicht des Prinzen seltsam ausgemergelt und müde.

Plötzlich versetzte er seinem Glied mit dem Handrücken einen derben Klaps – um im nächsten Moment gänzlich von sich abzulassen.

Das gespreizte Lächeln, das er nun aufsetzte, war falsch und verhöhnte die ausgestellte Lässigkeit.

Dann dieser starre, durchdringende Blick.

Er sagte:

»Er ist doch dein Bruder, oder?«

»Klar.«

»Aber ist er es wirklich?«

»Wie meinst du das?«

»Na, ist er wirklich dein Bruder?«

»Klar, hast es doch miterlebt.«

»Miterlebt habe ich nur, dass er eifersüchtig geworden ist.«

»Eifersüchtig? Aber auf wen denn?«

»Auf mich.«

Finn tat erstaunt, merkte aber selbst, dass sie unglaubhaft wirkte.

Gemächlich, jedoch so, als folgte er einer erbarmungslosen Logik, trat er ganz dicht an den Bettkasten heran und setzte sich zu ihr.

Eine Weile sagte er nichts, dann, mit Schärfe in der Stimme:

»Wie kann ein Bruder auf seine Schwester eifersüchtig sein?«

»Weil er eben mein Bruder ist«, kam schnippisch die Antwort.

»Und warum ist er dann nicht hier?

Der letzte Satz klang hart und schneidend.

Finn wusste darauf nichts zu erwidern. Als sie Anstalten machte, etwas zu Laurens' Entschuldigung vorzubringen, wurde sie barsch unterbrochen.

»Halt den Mund.«

Das Kinn zu seiner Schulter geneigt, blickte er ihr direkt in die Augen.

»Wo ist dein Bruder?«

Verständnislos sah sie ihn an.

»Finde deinen Bruder. Wenn du ihn gefunden hast, kannst du zurückkommen. Aber jetzt geh ihn suchen.«

Finn war wie versteinert.

Da näherte er sein Gesicht dem ihren. Leise und gedehnt flüsterte er:

»Bitte.«

Als sie noch immer nicht reagierte, fügte er mit Nachdruck hinzu:

»Komm, mach schon, verschwinde!«

20

Wer war das – der Feind?

Seit der ominösen Zufallsbegegnung mit dem Vater bei der Baustelle geisterte Laurens diese Frage durch den Kopf.

Obwohl sie für einen Abkömmling naheliegt, ist es, wenn man recht sieht, das erste Mal, dass er sie sich mit einer gewissen Dringlichkeit stellt.

In das fahle Licht von Leuchtstoffröhren getaucht und vor Kälte bibbernd, war er der einzige Gast in einem Wartehäuschen, das heroisch dem Schneetreiben trotzte. Unschlüssig den Kopf nach hier und dort wendend, landete sein Blick mangels eines geeigneten Gegenstands, an den er sich hätte heften können, immer wieder bei dem Bänkchen aus Eisendraht, das in solchen und ähnlichen Modulen Zeugnis ablegt von der Barmherzigkeit der öffentlichen Hand.

Straße und Platz lagen verlassen vor ihm, und hinter den dunklen Fenstern in den Mietshäusern ringsum rührte sich nichts.

Tiefer in das Futter der Jacke sich hineinbewegend, überlegte er, ob er auf dem Bänkchen Platz nehmen sollte, aber dann schien ihm das bei diesem Wetter von größter Absurdität zu sein.

Gegen den gläsernen Kasten stob mit geisterhafter Lautlosigkeit der Schnee, sodass die Wände aussahen, als bildete sich an ihnen eine helle, poröse und immer dicker werdende Kruste. Linker Hand eine beleuchtete Glasvitrine, die für ein neues Ermittlerteam bei irgendeinem Sender warb.

Das schiefergrau glänzende, unbelebte Band der Straße lief teilnahmslos an dem Wartehäuschen vorbei, als hätte es mit der Welt nicht das Geringste zu schaffen. Auf dem nassen Asphalt spiegelte sich diffus das Licht der Laternen, die alle die gleiche weiße Haube trugen. Vorhin war ein Auto vorbeigerauscht, worauf für einen Moment der Boden vibriert hatte. Seitdem war es still. Es hatte den Anschein, als würde in dieser Nacht niemand mehr von hier wegkommen. Der nächste Bus kam frühestens in zwei oder drei Stunden.

Eine beängstigende Zeitspanne, wenn er sich ausmalte, was ihm blieb, um sie zu überbrücken.

Doch auf den Bus wartete er ja nicht.

Den Kragen hochgestellt, die Arme eng am Körper, trat Laurens von einem Bein aufs andere. Unerbittlich kroch die Kälte an ihm hoch.

»Warte hier«, hatte Safiye gesagt. »Es wird nicht lange dauern.«

Ein Blick auf die Uhr überführte sie der dreisten Lüge. Seitdem ihre Wege sich getrennt hatten, waren mindestens dreißig Minuten verstrichen.

Mindestens. Das konnte er beschwören.

Sollte er also weiter ausharren und ungerührt seinen Mann stehen – bei den eisigen Temperaturen? Was garantierte ihm, dass die beiden Frauen Wort hielten und sich tatsächlich wieder blicken ließen? Vielleicht machten sie sich nur über ihn lustig.

Allein würde er in die Pension so ohne Weiteres nicht finden. Gut, er konnte ein Taxi nehmen. Aber an der Seite der Schwester und des Prinzen gab es für ihn sowieso keinen Platz.

Nirgends gab es mehr einen Platz, wo er vor der Unzulänglichkeit des Lebens ausweichen konnte. In Wien nicht, in Paris nicht und in Hamburg erst recht nicht.

Was es gab, war das Wartehäuschen.

Und eine daran geknüpfte, ungefähre Hoffnung.

Eine Hoffnung, die so ungreifbar war wie die Flocken, die vom Himmel fielen.

Er dachte an all die Menschen in den Mietshäusern rundherum und fragte sich, ob sie das Gefühl hatten, eine Zukunft zu besitzen, wenn sie sich in wenigen Stunden aus dem Bett erhoben, um zur Arbeit zu gehen.

Tag für Tag, Jahr für Jahr.

Der Schnee fiel ohne Unterbrechung, und Laurens fühlte sich im Anblick seiner milliardenfachen Gegenwart sehr einsam und trostbedürftig.

Seine Lage erschien ihm ausweglos.

Das Schlimmste aber war, dass ihm außer Warten nichts einfiel, was er anderes hätte tun können.

Ziemlich verunsichert, beinahe ängstlich, sah man seine Gestalt unter dem Dach des Wartehäuschens stehen und düstere Blicke in die Nacht bohren.

Laurens war klar geworden, dass es keine andere Lösung für sein Problem gab, als dass sein inbrünstiger Wunsch in Erfüllung ging.

Die beiden Frauen mussten sich inzwischen auf dem Weg zu ihm befinden.

Jenseits davon gab es nichts, woran sich eine Möglichkeit hätte knüpfen lassen, dass er diese Nacht heil überstand.

Nervös sprangen seine Augen von Hausnummer zu Hausnummer, von Eingang zu Eingang, von Hofeinfahrt zu Hofeinfahrt; trieben sich an schwer überschaubaren Ecken herum, versuchten hinter Litfaßsäulen und geschlossene Buden zu spähen, die perspektivisch weite Teile von dem abdeckten, was sich in größerer Entfernung in ihrem Rücken befand.

In seiner Not nahm er Zuflucht bei magischen Praktiken und probierte die beiden Tschechinnen per Willenskraft herbeizuzwingen. Irgendwo zwischen den Häusern dort hinten waren sie verschwunden, aber wo genau, das vermochte er zu seinem eigenen Entsetzen nicht mehr zu sagen.

So erschien es ihm bald immer wahrscheinlicher, dass sie in unmittelbarer Nähe steckten und sich königlich über seine Begriffsstutzigkeit amüsierten.

Es war zum Verzweifeln.

Mit besonderer Schärfe trat Laurens jetzt ins Bewusstsein, dass die Zeit reif war, um das Leben endlich selbst in die Hand zu nehmen, statt es als ein Verhängnis zu betrachten, das man über sich ergehen lassen musste.

Und war es nicht auch dem Feind gegenüber längst an der Zeit, mit offenen Karten zu spielen? Wovon wurden er und die Schwester daran noch gehindert?

In den vergangenen beiden Tagen hatten sie sich von der Welt in Othmarschen emanzipiert – und zwar mit der Absicht, nie wieder zurückzukehren.

Die Traumwelt völliger Sorglosigkeit, die man viel zu lange bewohnt hatte, war endgültig in sich zusammengesunken.

Wie der verfluchte gâteau maison.

Ach, Finn …

Es war ein gefühlsseliger Moment, den Laurens unter dem schneebedeckten Dach des Buswartehäuschens durchlitt, ein Moment voller Schwermut, Selbstmitleid und uneingestandener Reue.

Mit einer nervösen, irgendwie entgleisten Geste, die an diesem verlassenen Ort nur kurios wirkte, versuchte Laurens die Erinnerungen an diesen ein Jahr oder länger zurückliegenden Nachmittag auszulöschen.

Da wurde er wütend auf sich und beschloss, den beiden Tschechinnen noch eine allerletzte Chance zu geben.

Bevor der große Zeiger die Sechs erreichte, mussten sie aufgetaucht sein, sonst würde er seinen Posten verloren geben und von dannen ziehen.

Der Rest würde sich finden.

Der Beginn seiner persönlichen rite de passage.

Seine Gedanken kehrten in großen Schleifen zurück zur Baustelle und dem Feind.

Dass dieser die Entführung seines Nachwuchses auf die leichte Schulter nahm und sich deswegen offenbar noch lange nicht von seinen Gewohnheiten abbringen ließ, sprach Bände.

Man vertrieb sich die Zeit mit einer jungen Frau.

War das nicht großartig?

Man amüsierte sich, während der Nachwuchs um sein Leben bangte.

Laurens war empört.

Vermutlich, so dachte er, sah der Feind in ihrer Auslösung nur eine ärgerliche Pflicht, der aufgrund gesellschaftlicher Normen schwerlich auszukommen war.

Ein kurzes, vor Enttäuschung höhnisches Lachen flatterte auf wie der Schatten eines Vogels.

Daraufhin änderte sich seine Stimmung schlagartig, und er besann sich.

Eine Rückkehr nach Othmarschen kam einer Kapitulation gleich, dem Eingeständnis des Scheiterns. Einen solchen Triumph gönnte er dem Feind nicht.

Ihm nicht, und nicht der Schwester.

Mit den Augen kletterte er die gegenüberliegende Hausfassade hoch, Gesims für Gesims, Brüstung für Brüstung, bis zur Traufe.

Insgesamt acht Stockwerke, wie ihm sein Unterbewusstsein beflissen meldete. Oben war hinter einem der Fenster Licht angegangen.

Er erinnerte sich, dass er als Kind oft probiert hatte, Dinge allein durch Willenskraft in Bewegung zu versetzen.

Laurens erging es ähnlich wie einem Kind, das von einer Tür, die geschlossen ist, magisch angezogen wird. Doch im

Gegensatz zu diesem, das versuchen wird, die Tür einfach aufzustoßen, war er gezwungen, sich das, was hinter dem Fenster passierte, zu imaginieren.

Lieber hätte er das Fenster einfach aufgestoßen …

Entschlossen trat er bis unter den Abschluss des zugeschneiten Dachs, um das helle Rechteck drüben besser in den Fokus nehmen zu können.

Den Kopf weit in den Nacken gelegt, schaute er so lange in das Schneetreiben, bis ihn das Gefühl überkam, mit einem gläsernen Außenaufzug wie in La Grande Arche in den Himmel zu fahren.

Und da sah er plötzlich Dinge, die nicht waren.

Ein Mann undatierbaren Alters, der den Namen »Boris« trug, wenn Laurens vorhin richtig gehört hat, vom Typus her unleugbar mit dem Prinzen verwandt – ratés –, ließ sich in dieser Minute auf das Fußende eines Doppelbetts sinken. Mit ausgestellter Gelassenheit hielt er ein Bündel Geldscheine zwischen den Knien, das er mit dem angefeuchteten Daumen fachmännisch durchzählte. Dann nahm er die »douceurs«, wie Laurens den Batzen geistesgegenwärtig taufte, und drückte sie mit der Hand so gegen die braune Überdecke, dass er mit der anderen Schein für Schein herausziehen konnte.

Jeder der Geldnoten widmete er die höchste Aufmerksamkeit, entfernte Knicke und Eselsohren, glättete sie liebevoll. Eine Zeremonie, die naturgemäß obszön viel Zeit beanspruchte. Am Ende suchte Boris alle Scheine zusammen und klopfte sie auf dem Bett zu einem ansehnlichen Stoß.

Neben ihm auf dem Laken erkannte man am Rand der Kuhle, die sein Oberschenkel in das Bett drückte, zehn oder zwölf Briefchen aus Zellophan, in denen getrocknetes Gras oder kristallines Kokain oder etwas in der Richtung enthalten war. Der Mund des Zuhälters, breit und von einer erstaunlichen Schwäche, schien jetzt andauernd Worte zu formen, aber statt eines Tons entwich nur unerträglicher Knoblauchgeruch in das völlig überhitzte Zimmer.

Auf alle Fälle hörte Laurens keinen Ton. Er vernahm nur die unheimliche, allumfassende Stille des herabfallenden Schnees und das monotone Tröpfeln des Schmelzwassers vom Dach des Wartehäuschens.

Deutlich sah er es vor sich: den Seelenverwandten des Prinzen, die Papierbriefchen, die Apothekerwaage.

Eben langte der Mann nach dem schmutzig-gelben Plüschteddybär, der auf dem Boden vor seinen Füßen lag, und zog den Reißverschluss am Bauch zur Gänze auf, um die knisternden Briefchen eins nach dem anderen im Inneren verschwinden zu lassen.

Während er das Stofftier auf Armeslänge von sich weg hielt, hörte Laurens Boris mit einem heiseren, trotzigen Lachen, das die Zahnreihen entblößte, sagen:

»Kretin.«

Anschließend sah er ihn den Teddy Sitare reichen.

Eine mehr oder weniger klassische Szene.

Die beiden Frauen, in zwei herangeschobenen Sesseln vor dem Bett so nah wie möglich zueinandergerückt, vom Dope berauscht, linkisch und reserviert, bemühten sich, die abgedroschenen Sprüche, mit denen Boris ihnen drohte, so gut es ging zu ignorieren. Ebenso den Knoblauchgestank.

Die Beine auf dem Bettkasten, bewegten sie die Zehen wellenförmig. Sie trugen wohl Sorge, dass ihre zierlichen Füßchen auf dem Weg vom Nachtcafé hierher erfroren waren.

Auf dem Teppich wuchsen rund um die vom Schnee völlig durchnässten Pumps dunkle Flecken.

Paralysiert von der eigenen Halluzination, ist Laurens nicht in der Lage, völlige Klarheit über seine eigene Lage zu gewinnen. Er hat sich in Safiye verliebt.

Was er jedoch in dieser Sekunde spürte, war Wut. Sie kochte in ihm hoch, wenn er nur daran dachte, dass es jemanden gab, der nach Belieben über Safiye und ihre Freundin verfügen konnte und beide ausnahm wie eine Weihnachtsgans.

Kretin!

Darius schälte sich vor seinem inneren Auge aus dem Nichts, und mit ihm eine Reihe ganz bestimmter Mädchen, die alle in seiner Klasse waren und alle besonders provozierend und vulgär lachten.

Gegen seinen Willen vernahm er es.

Gemeines, verächtliches Lachen.

Plötzlich lachten alle: Boris lachte, der Prinz lachte, Finn lachte, Safiye und Sitare lachten, Darius lachte, die Mädchen in der Klasse lachten.

Auch er selbst musste plötzlich in einem Anfall von Selbstverachtung lachen.

Laut musste er lachen.

Und er hörte noch weitere Stimmen, die lachten.

Der illustre Kreis, der sich gerade durch Personen aus seinem schulischen Umfeld vergrößert hatte, war weiter gewachsen. Zwei ungebetene Gäste waren hinzugekommen, sein Vater und die junge Frau, die kleine Fut aus dem *Beverly Hills*, wie Sitare sie bezeichnet hatte, um das Laurens'sche Hirngespinst mit ihrer Gegenwart zu bereichern.

Zunächst nur zwei lachende Schemen ohne eigene Physiognomie, die unbemerkt und farblos über die Tapeten schwebten, dehnten sie sich unmerklich aus, rückten vom Hintergrund ab, gewannen Kontur und Protoplasma und wurden körperlich, rund und wirklich. Im selben Atemzug verdrängten sie dabei die anderen Figuren, nahmen sie in einem kannibalischen Prozess vollständig in sich auf. Zuerst schwanden die

Gesichter. Dann der Rest. Am Ende blieb nichts und niemand mehr übrig, außer den beiden Neuzugängen selbst.

Es ist eine ungeheure Verwandlung, die sich da in Laurens' Kopf abspielt; eine Wiedergeburt, zu der ihm das tragische Gefühl, in dem er schwelgt, verholfen hat.

Der Feind und das Hürchen.

Jetzt sieht er beide lebhaft vor sich.

Sie lachen.

Dann sieht er sie nebeneinander sich aufs Bett setzen, genau an die Stelle, an der eben noch der Abdruck von Boris zu erkennen gewesen ist, und nachdem ein paar abgezählte Geldscheine den Besitzer gewechselt haben, fangen die beiden an, sich ohne Hast auszukleiden.

Das Zimmer dünstet jetzt eine für Laurens unbekannte Form der Freudlosigkeit aus.

Er geht nicht so weit, sich seinen Vater nackt und im Zustand sexueller Erregung vorzustellen.

Er gleitet einfach zu einem anderen Bild hinüber.

Er sieht den Reeder, der ihn hochhebt, anlächelt, liebkost; der ihn durch die Luft wirbelt oder bestraft. Er sieht die Elbe, die großen Pötte darauf, sieht den Palast, Dilya, Finn; er sieht den klobigen Schrank im ersten Stock und sich beim Betreten; sieht den, dessen pantomimisches Spiel den kleinen Jungen nachahmt, der er einmal gewesen ist.

Was ist passiert?

Es ist Zeit verstrichen, das ist alles.

Aber weil die Gegenwart immer eine andere ist, ist der, den er sieht, nicht er selbst, sondern ein Doppelgänger, jemand, mit dem ihn nicht mehr verbindet als eine grobe, zum Teil nur noch im Ansatz erkennbare Familienähnlichkeit.

Laurens erschrak und machte einen Schritt zurück unter das Dach des Wartehäuschens.

Das Vergehen der Zeit – konnte man in ihm etwas anderes sehen als eine fortwährende Abspaltung der Dinge von sich selbst?

Mit diabolischer Unbeirrbarkeit fiel alles unentwegt von sich selbst ab, in einem tragischen und unumkehrbaren Prozess, der bis zu jenem unvermeidlichen Tag währte, wo man endgültig zu Nichts zerfiel.

Bei diesem Gedanken senkte sich eine große, sanfte Weltmüdigkeit auf Laurens' Schultern.

Wohin gingen nur all die Dinge, wenn sie vergingen?

Schmerzlich fasste die Erkenntnis in ihm Fuß, dass die Zeit ihn von all den Personen, die er einmal gewesen war, unwiderruflich trennte. Und nicht nur von ihnen, auch von allem anderen, von dem, was damit zusammenhing, von Othmarschen, Finn, der Rue Henri Beyle und Baladine. Und irgendwann einmal würde es ihn auch von Safiye trennen und von dem, was doch sichtlich und anfassbar um ihn herum war, von dem nassen, schneebedeckten Asphalt, den zugeschneiten Autos, von dem Wartehäuschen und der schlafenden, endlos in die Nacht sich erstreckenden Stadt.

Und von der Hoffnung, dass ihn die beiden Frauen hier bald wieder auflesen würden.

Den Ärmel der Jacke zurückschiebend, warf er einen verzagten Blick auf die Uhr.

Plötzlich kam ihm alles, sich selbst eingerechnet, seltsam unverbindlich, irreal, falsch vor.

Unmittelbar unwirklich.

Diese Nacht – was hatte er mit ihr zu tun?

War er in ihr – oder war sie in ihm?

Er glaubte, dass sie in ihm war, aber er konnte es nicht beweisen.

Irgendwo zwischen den Häusern kreiste kurz Scheinwerferlicht.

Die Situation, in der er steckte, war empörend unangemessen.

So unangemessen wie die monströse Kälte, die ihn umgab; wie die Begegnung mit dem dubiosen Prinzen; wie das Scheitern ihrer Komplizenschaft; wie die feindselige Stille um ihn herum, die ihn von der Welt und seiner Rettung abschnitt; wie die spärlichen Lichter und die abweisende Leere in den Straßen; wie die Bekanntschaft mit den beiden Tschechinnen und die Tatsache, dass er sie jetzt leidvoll vermisste, genau wie seine fehlende Zukunft.

War das nicht alles höchst verdächtig?

Es war nicht hier. Es war in ihm.

In den Stollen, Gemächern und Kabinetten seiner unausdeutbaren Mitte oder Substanz.

Ein mächtiges, loderndes Gefühl des Triumphes, abgesondert von endokrinen Drüsen, durchflutete ihn.

Was wirklich war, war woanders.

Immer hatte er es gewusst.

Plötzlich wie umgekrempelt, breitete er die Arme aus, als stünde er im Begriff, die Nacht und alles, was sie an Versprechen bereithielt, zu umarmen.

Aber dann klatschte er nur laut in die Hände, als wollte er sich doch lieber seiner selbst und der Realität der Außenwelt versichern.

Keine zwei Sekunden später erfolgte das Echo.

Aus der uneinsehbaren Tiefe der Gassen traf es an sein Ohr.

Ungläubig, beinahe ängstlich, schnellte sein Kopf in die Richtung, aus der diese akustische Fata Morgana anscheinend herangeweht kam.

Dann entdeckte er sie: Safiye und Sitare.

Zwei dunkle Gestalten, die von Weitem auf ihn zuhielten.

Mit ernster Aufmerksamkeit blickte er dem Gespann entgegen.

Wieder klatschten die beiden Frauen in die Hände.

Eine Aufforderung, dass er jetzt seinerseits das Echo geben sollte.

Nach Sekunden der Stille, des Begreifens und Wiederbegreifens, lieferte er die verlangte Antwort knapp und adäquat.

Nachdem das Geräusch jäh komprimierter Luft in der Nacht verhallt und abgelöst worden war von einem ihm nur allzu vertrauten Gestöckel, standen sich die zwei Parteien gegenüber.

Natürlich wusste er, dass alles, was mit den beiden Frauen da vor seiner Nase geschehen war, nicht stattgefunden hatte. Nur in ihm selbst war es geschehen.

Seine Augen richteten sich auf Safiye. Es schien ihm, als errötete sie unter seinem forschenden Blick. Sie wich aus, räusperte sich.

»Hauen wir ab.«

Beiläufig raunte sie das Laurens zu, fast so, als wäre das, was sie sagte, ohne Belang. Und fuhr in lauterem Ton fort:

»Mir langt's. Ich will nach Hause.« In ihrer Stimme schwang eine leise, unergründliche Trauer mit.

Schweigend setzte sich das Dreiergespann in Bewegung.

Anfangs schlugen sie den Weg ein, auf dem sie gekommen waren, aber bald schon beschritten sie Pfade, die Laurens völlig unklar blieben.

Zum Beispiel folgten sie einer mannshohen, wackligen Mauer.

Nach einer Weile erreichten sie einen Taxistand und stiegen in den ersten Wagen, alle drei hinten, da keiner vorn beim Fahrer sitzen wollte.

Sitare nahm als Erste auf der Rückbank Platz, sodass Laurens Gelegenheit bekam, sich über den Plüschteddy zu wundern, den sie offenbar schon die ganze Zeit in der Hand trug.

»Zum Praterstern.«

Die Fahrt währte eine Viertelstunde, in der nur das Radio unverständliche Laute von sich gab, unterbrochen vom gelegentlichen Geknatter und Gekrächze des Funks.

Laurens, der hinter dem Taxifahrer an der Tür saß, konzentrierte sich völlig auf Safiyes Schenkel, der wegen der beengten Platzverhältnisse im Fond gegen den seinen drückte. Er glaubte sogar, dass sie die Gelegenheit ausnutzte, um mit ihm in ein wortloses Gespräch zu treten. Ganz sicher konnte er sich nicht sein, aber bei jeder Kurve hatte er das Gefühl, dass ihr Bein mehr als nötig an seinem rieb.

Er war wie gelähmt, traute sich fast nicht zu atmen.

Die Wärme und das weiche, nachgiebige Fleisch, das er durch das raue Gewebe seiner Jeans hindurch zu spüren meinte, benebelten ihm die Sinne.

Als das Taxi sein Ziel erreichte, tauchte er aus den Tiefen seines Selbst an die Oberfläche zurück und empfand größtes Bedauern, da ihm klar wurde, dass man nun aussteigen musste.

Bald darauf standen sie unter dem breiten Vordach eines gesichtslosen, mehrstöckigen Sozialbaus, dessen breite Glasfront Einblicke in den Hof gestattete. Der Bau schien einen großen, geteerten Innenhof mit Garagen, einem Sandkasten und Müllcontainern hinter gemauerten Blenden zu umrahmen.

Während sie darauf warteten, dass Sitare den Schlüssel aus ihrer Pelzjacke fingerte und das gläserne Eingangsportal aufsperrte, fiel Laurens' Blick auf ein gigantisches Klingelbrett aus Edelstahl, verunstaltet von den Resten zahlloser Aufkleber.

Auf dem Brett befand sich ein Meer von Klingelknöpfen, unter denen Metallrähmchen mit Namensschildern angebracht waren – bedruckt mit geläufigen Namen oder mit unaussprechlichen oder gleich handgeschrieben mit unleserlichen Namen oder kryptischen Initialen oder mit gar nichts.

Ein ödes und trotz seiner Regelmäßigkeit unüberschaubares Gitter.

Wie der Lageplan eines Friedhofs.

Ein solches Sinnbild unwürdiger Kasernierung war ihm in seinem Leben noch nicht untergekommen.

21

»Du kannst deine Jacke da aufhängen.«

Safiye deutete auf die Garderobe und reichte ihm einen Bügel.

»Ich brauch erst mal was zum Aufwärmen. Trinkst einen Tee mit?«

Abwechselnd auf einem Bein balancierend, entledigte sie sich der durchnässten Pumps, die sie achtlos auf den Linoleumboden knallen ließ, und verschwand, ohne eine Antwort abzuwarten, am Ende des Flurs.

Laurens bückte sich und schnürte die Winterstiefel auf. Er fühlte sich indirekt aufgefordert, ebenfalls die Schuhe auszuziehen. Allerdings verursachte ihm der Gedanke, in Socken herumzulaufen, Unbehagen. Er mochte das nicht. Nur Kindern konnte man einen solchen Aufzug zumuten. Socken erinnerten an Strampelhosen. Hörbar atmete er durch, gab sich aber einen Ruck.

Überall standen geöffnete Kisten, die man an die Wände geschoben hatte, damit sie nicht im Weg waren. Man hatte den Eindruck, als sei die Wohnung erst vor Kurzem bezogen worden. An drei Türen vorbei, die alle geschlossen waren, folgte Laurens Safiye. Die erste führte, woran die Lüftungsschlitze keinen Zweifel ließen, ins Bad. Die zweite war etwas schmaler und gehörte wohl zur Toilette. Im geriffelten Glas der letzten erkannte er die Umrisse Sitares, die mit dem Plüschtier zugange war. Was sie genau da tat, konnte er im Vorbeigehen nicht erkennen.

Sich mehr an den hellblau lackierten Türstock schmiegend als gegen ihn lehnend, suchte Laurens mit seinen Daumen blind die Ecken der Hosentaschen. Ihm war nicht recht klar, wie er sich verhalten sollte. Die Situation überstieg seine soziale Kompetenz. Noch niemals zuvor hatte er sich in der Wohnung von Frauen aufgehalten, die er überhaupt nicht kannte. Und die wie diese zwei um so vieles älter waren.

Über zwanzig Jahre bestimmt. Da war er sich jetzt sicher.

Er fand sich einem weiß getünchten Raum mit hellbraunem Kachelboden gegenüber, der abgesehen von der üblichen Küchenzeile und einem Tisch mit vier Stühlen recht leer wirkte. Es gab keinen Schrank, kein Regal, keine Ablage. Von der Decke baumelte eine nackte Glühbirne. An der Wand neben dem Fenster lehnte eine Magnettafel, für die aber niemand Verwendung zu haben schien. Auf Augenhöhe hing ein Kalender, der offenbar von einer landwirtschaftlichen Genossenschaft oder etwas Ähnlichem herausgegeben wurde.

»Bambusblätter. Oder magst so was nicht?«

Safiye schloss die Vorhänge. In Strümpfen war sie kleiner, als Laurens erwartet hatte. In den engen Röhrenjeans und ohne Pelzjacke kam sie ihm zart und zerbrechlich vor.

Um sich nicht zu wiederholen und erneut als jemand zu blamieren, der kein Wort hervorbrachte, raffte er sich zu einer Bemerkung auf, die allerdings danebenging.

»Wohnt ihr schon lange hier?«

Eigentlich hatte er wissen wollen, ob sie gerade erst eingezogen waren. Er wusste selbst nicht, warum er das Gegenteil fragte. Vielleicht, weil er irgendwie leicht klingen wollte, geschmeidig, amüsant. Durch die Anstrengung war in seinem Kopf etwas durcheinandergeraten.

Safiye sah ihn kurz an. Erstaunlicherweise bezog sich ihre Antwort auf jene Frage, die er nur gedacht, aber nicht ausgesprochen hatte.

»Nein, wir ziehen aus.«

Mehr sagte sie dazu nicht. Und Laurens getraute sich nicht, zu insistieren.

»Nun komm endlich rein und setz dich. Aber mach die Tür hinter dir zu.«

Über die Schulter warf sie ihm einen schnellen, jedoch unzweideutigen Blick zu.

»Es zieht.«

Sie griff sich in den Nacken und schlang einen Gummi um ihre zum Zopf zusammengebundenen Haare.

»Ist dir auch kalt?«

Mit dem Rücken zu ihm sprach sie gegen die nackte Wand.

Komische Frage. Nein, dass Laurens fror, ließ sich nicht behaupten. Der nächtliche Spaziergang hatte seinen Kreislauf auf Trab gebracht, und die beiden Frauen taten ihr Übriges, um seine Lebensgeister bei Laune zu halten. Er fühlte sich ziemlich munter.

Den Wasserkocher auf den Heizsockel stellend, trat Safiye an die Zentralheizung unterhalb des Fensters und legte eine Hand auf die Metallrippen.

»Wenigstens dafür sorgt man: dass Öl im Tank ist.«

Überflüssigerweise nickte Laurens.

Er stieß sich vom Türrahmen ab, zog gehorsam die Küchentür zu und ging zum Tisch. Ungelenk nahm er Platz. Er wollte so erwachsen wie möglich wirken und zögerte, ob er die Arme auf die Holzplatte legen oder sich lieber weltmännisch zurücklehnen sollte. Er entschied sich für eine alberne Zwischenlösung.

Je stärker er damit befasst war, sich den Anschein größtmöglicher Coolness zu geben, desto mehr missglückte es ihm. Er kam sich vor wie ein Tollpatsch, was seine Verunsicherung naturgemäß steigerte.

Im Kocher fing das Wasser zu blubbern an.

»Ich glaube, ich muss nachher noch ein heißes Bad nehmen. Ich bin total durchgefroren.«

Weil ihm nichts einfiel, was er dieser schlichten Feststellung hätte hinzufügen können, blieb er still und beschränkte sich darauf, Safiye zuzusehen, wie sie in mehreren Etappen den Tee aufgoss.

Klappernde Schritte näherten sich von draußen, dann sprang die Tür auf.

Sitare erschien in der Küche, in der Hand ein verdächtiges Briefchen aus Zellophan und Drehtabak.

Die junge Frau hatte sich in bequeme Klamotten geworfen. Sie trug inzwischen einen weißen Trainingsanzug mit goldenen Doppelstreifen an Ärmeln und Hosenbeinen. Ihre Füße steckten in Clogs mit braunen Lederkappen. Offenbar hatte sie ihr Haar frottiert, denn es stand in alle Richtungen ab.

»Habt mich erwartet, oder?«

Herausfordernd lächelte sie in den Raum.

Laurens bemerkte, dass sie den Duft von frisch aufgetragenem Parfum mitbrachte, was ihm über unterirdische und erstaunlicherweise schon nach so kurzer Zeit verwitterte Kanäle seine Reisen im Schrank in Erinnerung rief. Sie schienen ihm inzwischen Jahrzehnte zurückzuliegen.

Mit eingeknickter Hüfte stand Sitare da und wartete. Als beifällige Worte zu ihrer Bemerkung ausblieben, hob sie ihr Mitbringsel in die Höhe und meinte:

»O. k., nicht mich, sondern das hier.«

Sie schüttelte das Briefchen.

»Kann's verstehen.«

Sie ließ sich am Tisch nieder und holte aus dem Tabakbeutel Zigarettenpapier und Feuerzeug. Anschließend ging sie mit großem Geschick daran, mehrere Longpapers zusammenzukleben.

Laurens wurde mulmig zumute. Er ahnte, was auf ihn zukam. Zwei Tage nach den Erfahrungen, die er im Dock gesammelt hatte, bestand für ihn also schon wieder die Aussicht, sie zu wiederholen. Das sah nach Karma aus. Jetzt kam alles darauf an, dass man ihm partout nicht anmerkte, wie gemischt die Gefühle waren, die er beim Gedanken an einen Joint empfand.

Insgeheim bat er Ann Kristin um spirituelle Hilfe. Immerhin ging es darum, sich den Frauen gegenüber als ebenbürtiger Partner zu erweisen. Die Nagelprobe auf die Frage, ob er für ein Leben draußen in der Wildnis, jenseits des Othmarschener Palasts, gerüstet war, durfte er kein zweites Mal vermasseln.

Andernfalls säße er tief in der Patsche.

Safiye angelte aus dem Spülkorb, der das komplette Geschirr des Haushalts zu beherbergen schien, drei Becher und stellte ihm und Sitare je einen vor die Nase. Den dritten behielt sie in der Hand. Nach einem Moment der Unschlüssigkeit holte sie die Kanne und kam zu ihnen an den Tisch. Ein Gähnen unterdrückend, verpflanzte sie sich auf den freien Stuhl an der Stirnseite.

»Ist doch besser so, als sich unter einer Brücke den Platz mit Flussmöwen zu teilen. Ohne Schlafsack oder sonst einen Schutz.«

Safiye sagte das ohne einen Anflug von Ironie. Sie goss Laurens Tee in den Becher.

Ihre Freundin sah hoch.

»Hätt er sich nicht träumen lassen, heut Nacht mit so feinen Ladys wie uns zusammenzukommen.«

Zwischen den Fingern zerbröselte sie das Marihuana und streute es über den Tabak.

»Hast dich mit deinen Erziehungsberechtigten zerstritten?«

Bei dem Wort »Erziehungsberechtigten« gab sie ein krächzendes Lachen von sich.

Laurens reagierte auf diesen Einwurf zu seiner eigenen Überraschung mit deutlichem Unwillen. Irgendwo in seinem Innern stieß er sich an der Frau. Eigentlich die ganze Zeit schon.

Ihre Aufmachung, ihre Art – irgendwas passte ihm nicht.

Er wusste selbst nicht, was.

Auf alle Fälle verspürte er keinerlei Drang, aus dem Nähkästchen zu plaudern. Nicht vor den Ohren Sitares. Weder sah er sich genötigt, den verfehlten Plural zu korrigieren, noch überhaupt zur Orientierung über seine Familienverhältnisse beizutragen. Um die Situation zu retten, war ihm ihre Nachfrage nicht mal eine Lüge wert.

Er spürte die Neugier, mit der die Tschechin die Reaktionen in seinem Gesicht prüfte, vermied es aber, ihren Blick zu erwidern.

Stur blieb er dabei, die Frage zu ignorieren, so zu tun, als wäre sie nie gestellt worden. Und das, wo er doch ganz genau wusste, dass er früher oder später um eine fantasievolle Antwort gar nicht herumkam. Die Wahrheit durfte ja unter keinen Umständen ans Licht kommen.

»Er ist von Zuhause durchgebrannt«, erläuterte die Mitbewohnerin, um etwas zu sagen.

Mit beiden Händen führte Safiye den heißen Becher an den Mund und nippte vorsichtig daran.

»Bist ein Piefke«, stellte sie trocken fest. »Und woher bist?«

Eine Frage, die er eigentlich die ganze Zeit schon erwartet hatte, die ihn aber nun, da sie gestellt wurde, unvorbereitet traf. Der Schweiß trat Laurens auf die Stirn. Unschuldig blickte er Safiye an, brachte jedoch keinen einzigen vernünftigen Ton zustande.

Sekundenlang sahen sie sich an.

Ein komisches Gefühl verriet der jungen Frau, dass sie mit der eigentlich harmlosen Frage zu einem heiklen Punkt vorgedrungen war, einem Punkt, an dem sich womöglich nachzubohren lohnte.

»Wohnen tust aber schon in der Stadt?«

Laurens schluckte. Sein Blick ging an Safiye vorbei ins Leere. Als ihm nach ein paar Sekunden immer noch nichts einfiel, das sich als Antwort geeignet hätte, schlug er die Augen nieder, als schämte er sich für sein Versagen.

Safiye wiederum machte eine Miene, die signalisierte, dass sie den Gast nicht bedrängen wollte. Sie gab sich den Anschein, als sei sie großzügig genug, um ihm alle Bedenkpausen der Welt zu gewähren. Ihre Neugier aber wuchs, auch wenn sie das gut zu verbergen verstand.

Ebenso wuchs die Neugier Sitares. Äußerst feinfühlig, war ihr nicht entgangen, dass sie von Laurens innerlich abgelehnt wurde. Stoisch drehte sie an dem Joint weiter und tat so unbeteiligt wie möglich. Insgeheim aber passte sie auf, dass ihr von dem zögerlichen Geplänkel nichts entging.

Endlich ließ Laurens sich herbei, den Mund aufzumachen.

»Eine lange Geschichte«, wich er aus und dehnte die Worte, um Zeit zu gewinnen. Es gab nur eine Frage, die in seinem Kopf kreiste.

Wie konnte er seinen Hals aus der Schlinge ziehen?

Diese Frage köchelte in seinen Neuronen, auf seinen Wangen und seiner Stirn.

Er fuhr fort:

»Oder besser: eine ganz normale. Passiert bestimmt ständig und überall. Überflüssig, sie lang und breit zu erzählen.«

Und nach einer Atempause fügte er an:

»Außerdem ist es zu frisch.«

Er gab sich große Mühe, seiner Vergangenheit den Anstrich äußerster Banalität zu verleihen. Das sollte den Drang zu weiteren Nachfragen ersticken.

Um Ausreden war er dank des jahrelangen Trainings in der Schule und im Palast nicht verlegen.

Die beiden Frauen warfen sich einen vielsagenden Blick zu.

Safiye wechselte die Strategie.

»Musst überhaupt nichts erzählen, wenn du nicht willst. Wir sind ja nicht auf dem Revier.«

Sie schenkte ihm ein sanftes, aufrichtiges Lächeln.

Ihre Freundin zog verächtlich die Mundwinkel nach unten.

»Sie hat recht. Mit denen haben wir nichts am Hut. Mit den ganzen Schnauzbärten.«

Sie hielt für einen Augenblick inne, beugte sich dann zu Laurens und deutete mit dem Finger auf ihre Oberlippe.

»Haben wir Bärte? Damenbärte?«

Sie wirkte unterschwellig aggressiv.

Mit der freien Hand griff sie unter ihren Stuhl und rückte mit ihm noch ein Stück näher an Laurens heran.

»Siehst was?«

Der Ton war schneidend.

Die Stuhlbeine knirschten auf den Kacheln, als sie sich zurückfallen ließ.

Ein zufriedenes Geräusch von sich gebend, sagte sie:

»Siehste. Wir sind Ladys. Echte Ladys.«

Die Linien ihres Mundes verwandelten sich in ein sublimes Lächeln.

»Oben und unten ohne ein einziges Haar.«

Daraufhin wechselte blitzartig der Ausdruck in ihrem Gesicht. Sie schien sich wieder voll und ganz auf ihre Aufgabe zu besinnen: den korrekten Bau des Joints.

Eine Pause entstand, in der sie die Zunge herausstreckte und das Papier beleckte. Nachdem sie das tütenartige Gebilde zusammengeklebt hatte, betrachtete sie mit ausgestellter Zufriedenheit ihr Werk.

»Ein gelungenes Sackerl.«

Keiner sagte was.

Sitare verlagerte ihren Blick von der Zigarette auf Laurens und offenbarte diesem ein beängstigend reserviertes Lächeln.

»Ladys. Huren. Nutten. Was Ihnen besser gefällt, mein Herr.«

Sie sagte das in einem heimtückischen, äußerst provozierenden Ton.

Die Stille im Raum dehnte sich explosionsartig aus und wurde massiv.

Ohne es direkt benennen zu können, begriff Laurens, dass ihre unerwartet deutliche Auslassung kein Geständnis war, sondern in Wahrheit gegen seine Person gerichtet. Doch ihm fehlte die Zeit, um sich über den genauen Charakter der Provokation klar zu werden.

Er warf Safiye einen Blick zu, als wollte er sich ihrer Solidarität versichern, und erwiderte mit kindischem Trotz:

»Na und.«

Nicht mal er selbst fand diese lächerliche Bekundung männlicher Weltläufigkeit überzeugend.

Er hatte den Gedanken noch nicht völlig zu Ende gedacht, da ging ihm ein Licht auf. Er verstand oder glaubte zu verstehen, was der Grund für Sitares unerwarteten Stimmungswandel war.

Sie hatte ihn durchschaut.

Sie hielt ihn für einen Schnösel.

Mit weiblicher Klugheit hatte sie in seinen Blicken und in seinem Verhalten gelesen und erkannt, dass er für ihre Mitbewohnerin Feuer gefangen hatte.

Unter gesenkten Lidern schielte Laurens zu Sitare. Er machte sich darüber, was sie von ihm dachte, keinerlei Illusionen.

Er hatte sie gekränkt, und dass das passieren würde, musste sie früh geahnt haben, da sie von Anfang an dagegen gewesen war, ihn mitzuschleppen. Aber jetzt hatte sie von der Komödie genug. Sie wollte ihm eine kalte Dusche verpassen und verletzte absichtlich seine Gefühle. So, wie er die ihren verletzt hatte. Es war pure Rache.

Er hob den Becher vor sein Gesicht, um es vor Sitare zu verbergen.

Sie war eifersüchtig.

Eifersüchtig auf ihn, den Neuntklässler.

Für eine Sekunde genoss er die Genugtuung, die der Gedanke für ihn bereithielt.

Dann schämte er sich der Anmaßung.

Sitare langte nach dem Feuerzeug, das auf dem Tisch lag.

Mit zitternder Hand steckte sie den Joint in Brand und zog kräftig daran. Als der Rauch aus der Lunge in ihre Kehle stieg, schluckte sie ihn erneut hinunter. Mit routinierter Geste reichte sie das papierne Trumm an Safiye weiter.

Verächtlich fixierte Sitare Laurens über den Tisch hinweg. Dann ergriff sie mit gespielter Vertraulichkeit seinen Unterarm und sagte:

»Ist ja nett, was du sagst.«

Nun floss Rauch aus ihrem Mund und verlor sich auf dem Weg zur Decke.

Sie schickte ihrem Gegenüber ein schiefes Lächeln und wiederholte dessen Worte mit beißendem Spott:

»Na und.«

Laurens spürte, dass er einen Fehler gemacht hatte, aber es war zu spät, um ihn zu korrigieren.

Er entschied, weiter den Unerschütterlichen zu spielen, auch wenn er wusste, dass das niemanden im Raum überzeugte.

»Was ist schlimm daran, Geld dafür zu nehmen?«, verteidigte er sich. »Man nimmt für alles Geld.«

»Geld dafür nehmen.«

Sitare äffte ihn nach. Ihr gekünsteltes Lachen füllte den Raum.

»Das klingt richtig herzig.« Plötzlich wandelte sich ihr Blick. Er wurde eisig und unversöhnlich.

»Warst schon mal bei so einer?«

Das vorletzte Wort sprach sie betont abwertend aus.

»Oder verteidigst nur deinen Vater?« Böse funkelten ihre Augen.

Das saß. Kleinlaut verneinte Laurens.

»Ach so, warst nicht.«

Die Enttäuschte heuchelnd, drehte sie sich weg, schlug die Beine übereinander und setzte eine abfällige Miene auf.

Bloßgestellt richtete Laurens den Blick auf seine Hände, die sich förmlich an die Tasse klammerten. Ihm war jetzt ziemlich unbehaglich zumute.

Die Erlösung kam von Safiye. In den Augenwinkeln bemerkte er, dass sie ihm den Joint reichte. Senkrecht hielt sie ihn zwischen den Fingern, damit die Asche nicht abfiel.

Die Droge kam wie gerufen.

Vorsichtig übernahm er mit zwei Fingern, hob das Trumm auf die Höhe seines Haaransatzes, neigte den Kopf und legte von unten die Lippen an das Papier.

Die Pappe war nass vor Speichel, was ihn im ersten Moment ekelte. Ganz anders, als er es bei normalen Zigaretten erlebt hatte.

Es war ihm egal. Während er kräftig an dem Joint sog, beschloss er in Gedanken, in Zukunft systematischer zu rauchen. Er wollte sich an den Umgang mit der Droge gewöhnen. Das schien ihm für seinen neuen Status in der Welt notwendig zu sein.

Bläulicher Qualm füllte seinen Mund und floss ihm beißend die Luftröhre hinab. Ein schrecklicher Hustenreiz überkam ihn, doch er vermochte ihn zu bezwingen. Sich mit aller Kraft auf sich selbst und sein Vorhaben konzentrierend, behielt er den Rauch so lange wie möglich in den Lungenflügeln. Er hoffte, dass es lange genug war, damit die Cannabinoide ihre Wirkung entfalteten. Als niemand aus der Runde gegen seine Vorgehensweise Einwände erhob, nahm er den nächsten Zug.

In Dunst gehüllt, bekam er auf einmal Angst vor der eigenen Courage. Er wollte es nicht übertreiben. Sein Elend nach dem Erlebnis im Dock stand ihm plötzlich wieder plastisch vor Augen. Insgeheim machte er sich darauf gefasst, dass ihn die so gefürchtete Übelkeit demnächst einholte – und rief sich den vermuteten Weg zur Toilette schon einmal sicherheitshalber vor das innere Auge.

Da entsann er sich auch, dass Finn im Dock über seinen Egoismus erbost gewesen war. Um den Fehler nicht zu wiederholen, beeilte er sich, den Joint weiterzureichen. An Sitare. Aber die schob seine Hand zu seiner Verblüffung von sich weg.

Ohne ein Wort zu verlieren, stand sie auf und ging zur Tür.

»Nimm's nicht tragisch«, sagte sie beim Hinausgehen und gab Safiye mit der Hand ein undeutliches Zeichen.

Man hörte, wie ihr Geklapper sich entfernte, dann ging eine Tür.

In der Küche wurde es still.

Er schielte zu Safiye, die bereits ziemlich weggetreten wirkte. Sie fläzte wenig damenhaft in ihrem Stuhl, ein Arm stützte den Kopf, die Lider waren halb geschlossen.

Zum ersten Mal sah er ihr Gesicht wirklich.

Sie trug Make-up. Im Deckenlicht entdeckte man die feinen Stäubchen im Flaum. Auf ihrer Stirn standen Schweißperlen.

Sein Blick folgte den eleganten Bögen der Brauen, die bis in die Schläfen reichten. Die langen schwarzen Wimpern erweckten den Eindruck, als hätten die Augen sich unter ihren Schutz geflüchtet.

Endlich faszinierte ihn die dünne Eidechsenhaut der Lider. Die vollen, sinnlichen Lippen wirkten blass und waren leicht geöffnet.

»Willst du?«, fragte Laurens mit gedämpfter Stimme, als dürfte Sitare im Nebenzimmer unter keinen Umständen mitbekommen, dass er mit ihrer Freundin einem verbotenen Genuss frönte.

Auffordernd hielt er ihr die Zigarette hin. Sie war inzwischen zur Hälfte heruntergebrannt.

Ohne die Augen zu öffnen oder ihre Haltung auch nur minimal zu verändern, nahm Safiye den Joint entgegen und führte ihn an den Mund. Mit geräuschvoller Hingabe inhalierte sie den giftigen Rauch.

Doch dann, nach einem kurzen Moment des Sammelns, erhob sie sich langsam, schwankte gefährlich, fing sich aber und reichte die Zigarette an ihn zurück mit den Worten:

»Ich lass Wasser in die Wanne.«

Mit diesen Worten verschwand sie im Bad.

Fast hätte Laurens laut aufgelacht, als er allein in der Küche zurückblieb. Er wusste nicht, warum, aber er fühlte sich auf groteske Weise im Stich gelassen, vollkommen fehl am Platz.

Was dachten die zwei sich bei all dem, was sie mit ihm anstellten?

Spielten sie sich als seine Schutzengel auf?

Er zog den Vorhang einen Spalt beiseite und starrte in die Nacht. Draußen gab es nicht viel zu sehen, in der Hauptsache, dass es nach wie vor schneite.

Ohne die Anwesenheit der beiden Tschechinnen entspannte er sich zusehends.

Seine Situation fing an, ihn zu amüsieren, auch wenn, wie er glaubte, damit einherging, dass seine Sache verloren war.

Eine Gelegenheit, um sich in Galgenhumor zu üben.

Die Zigarette an den Lippen, rauchte er sie zwanglos zu Ende, dieser einfachen und überzeugenden Tätigkeit wohlig ergeben.

Dann musste er auflachen. Übergangslos. Ein Albernheitsschub, der ihn am Genick packte.

Doch rasch beruhigte er sich wieder und begriff mit vollkommener Klarheit, dass das Dope zu wirken begann. Er fühlte sich gelassen und durchgeknallt zugleich. Irgendwie arbeitete es in ihm jetzt zweigleisig. Das amüsierte ihn abermals.

Eingelullt vom Marihuana, flossen seine Einsichten und Empfindungen nach und nach wie in einem fernen, von Nebeln verhüllten Strom träge dahin, schwemmten ihn allmählich mit sich fort, nachtabwärts.

Ein plötzliches Geräusch holte ihn in die Gegenwart zurück.

Safiye war in die Küche zurückgekommen. Sie trug einen Bademantel, der ihr bis zu den Knöcheln reichte und an Schultern und Taille viel zu weit war.

Mit hellem Bewusstsein sah er ihre unförmige Gestalt auf sich zukommen. Er sah das Lächeln in ihrem Gesicht, das ihn verzauberte und in seiner Brust ein irgendwie jubelndes Gefühl auslöste.

Ab sofort befand er sich in einem Zustand des gehaltenen Tons.

Hochgestimmt fühlte er sich.

Wortlos rückte Safiye ihren Stuhl neben den seinen und legte sanft den Kopf an seine Schulter. Die Hände vor dem Bauch hielten den Bademantel geschlossen.

Ihr Kopf an seiner Schulter.

Eine Geste der Zärtlichkeit.

Er war unglaublich gerührt.

Von sich, von Safiye, von ihnen beiden.

Eine Welle der Rührung, die ihn wegspülte. Tränen traten ihm in die Augen.

Es war wie im Kino: Es war ihm peinlich.

Da nahm Safiye seine Hand.

Er begriff das erst, als er bereits neben ihr im Raum stand.

Küsste sie ihn?

Dieser Eindruck war schwer abzuweisen.

Auf seinen Lippen tänzelte eine kleine Flamme.

Sie zog ihn an der Hand mit sich, von der Küche durch den Flur ins Bad. Ihre nackten Füße verursachten auf dem Linoleum tapsende Geräusche.

In dem beengten Raum war vor lauter Dampf kaum etwas zu erkennen. Es roch intensiv nach Eukalyptus.

Am Plätschern hörte er, dass Safiye in die Wanne stieg.

22

Schwer und mit einem endgültigen Schlag krachte hinter ihr die Eingangstür ins Schloss.

Es schien noch tiefe Nacht zu sein, als Finn aus dem Haus stolperte, dabei war es immerhin halb sechs. Die Stadt hatte längst angefangen, ihre Routinen aufzunehmen. Aus dem Bahnhof eilten Menschen, die es mit einem mehr oder weniger verderblichen Ziel vor Augen zur Arbeit trieb, und rund um den Europaplatz rollte der erste Verkehr. An den Ampeln warteten ungeduldig die Fernbusse, falls sie nicht sowieso die ganze Nacht über in Betrieb gewesen waren. In ihrem breiten Scheinwerferlicht sah man einzelne Schneeflocken auf und ab tänzeln, späte Nachhut eines für diese Jahreszeit normalen meteorologischen Vorkommnisses.

Finn war von dem, was in der zurückliegenden Viertelstunde vor sich gegangen war, noch wie betäubt. Sie fragte sich, ob sie träumte oder gerade das Leben eines anderen Menschen lebte.

Sie war fassungslos.

Wie war es möglich, dass derselbe Mann, mit dem sie eben noch Opium geraucht und Sex gehabt hatte, sie kurz danach auf die Straße verbannte?

Im Ohr hörte sie den Refrain:

»Komm, mach schon, verschwinde!«

Der Zustand, in dem sie sich hier am Gürtel vorfand, war neu und verunsicherte sie, woran natürlich auch das Opium nicht ganz unschuldig war. Es war ein traumartiger Zustand, so verschwommen wie verstörend. Sie verlor das Vertrauen in die eigene Wahrnehmung, die, abgesehen von jenem traumatischen Tag, an dem die Mutter die Familie verlassen hatte, noch nie dermaßen erschüttert worden war. Die gewohnten, festen Verhältnisse kamen ihr jetzt in Wahrheit trüb und instabil vor.

Eingemummt in ihren Parka, die Kapuze übergeworfen, harrte sie an der Schwelle zum Hauseingang aus, auf dem schiefgetretenen Absatz aus Stein, und war unschlüssig, ob sie den Platz, der vor dem frostigen Hauch des frühen Morgens halbwegs Schutz bot, aufgeben sollte. Hätte sie es getan, wäre ihr das leichtfertig erschienen. So tat sie es nicht. Sie blieb einfach an Ort und Stelle.

»Komm, mach schon, verschwinde!«

Sie war ohne echten Willen, der Aufforderung des Prinzen nachzukommen, denn ihr war klar, dass eine Suche nach dem Bruder unter den gegebenen Bedingungen ergebnislos bleiben musste. Zugleich aber fragte sie sich, was sie stattdessen tun sollte – zu dieser Stunde und in einer fremden Stadt. Die Rückkehr in die Suite und ins Bett wäre das Normalste der Welt gewesen, aber normal war, wie ihr gerade demonstriert worden war, eigentlich nichts mehr.

Im Gefühl des Fremdseins spähte sie aus tiefen, umschatteten Höhlen scheu und verzweifelt in die Welt bzw. in den winzigen Ausschnitt, der sich großspurig für diese ausgab. Sie hatte den Eindruck, dass alles, wovon sie umgeben war – der Verkehr auf dem Gürtel, die mit übertriebener Akkuratesse umspringenden Lichter, die Schattenrisse der Häuser mit ihren teils erhellten Fenstern und die winterlichen Silhouetten der Sträucher und Platanen –, vor ihr zurückwiche wie der ungreifbare Horizont; als würde man ihr das Heimatrecht streitig machen und sie alleinlassen in irgendeinem obskuren Abseits, wo das Klima düster, feucht und eisig war.

Finn reagierte auf diese Bedrohung, indem sie ihrerseits vor diesem Anblick zurückwich und sich enger in den Türrahmen schmiegte, was aber sogleich zur Folge hatte, dass sie im Rücken das harte Türblatt zu spüren bekam. Schnell rückte sie wieder ein Stück ab.

Sie fühlte sich irgendwo in der Mitte zwischen Pflanze und Gespenst, den Grobheiten der Moleküle schutzlos ausgeliefert.

»Komm, mach schon, verschwinde!«

Ihre Gedanken drehten sich im Kreis. Sie verstand es einfach nicht – oder falls sie es doch verstand, konnte sie nicht glauben, dass der Grund für die Rücksichtslosigkeit und Brutalität des Prinzen in dem glühenden Misstrauen zu suchen sein sollte, welches das Ausbleiben des Bruders in ihm entfacht hatte.

»Wo ist er?«, hatte die Frage geheißen, die den Abstand zwischen Bett und Fenster auf ihre Weise vermessen hatte, den Abstand zwischen ihm und ihr – einen Abstand, der mit jeder Wiederholung der Frage größer geworden war, unheimlicher, unhaltbarer.

Um ihr Gesichtsfeld zu öffnen, schlug Finn mit einer rebellischen Bewegung die Kapuze zurück.

Sie ertappte sich dabei, wie sie den Kopf bewegte und nach Laurens Ausschau hielt.

Ihr Leben und das ihres Bruder waren geprägt von einem unauslöschlichen Mal, von einer Amputation, die sie beide auf ewig gezeichnet hatte und von der Welt abtrennte.

In dieser Abgetrenntheit, diesem Karma lag die Ursache dafür, dass es dem Prinzen überhaupt möglich gewesen war, ihr Interesse auf sich zu lenken. Nur weil er ein Einzelgänger war wie sie, ein Verlorener, der unweigerlich wieder zu einem Fremden wurde, wenn man ihn aus den Augen ließ – nur aus diesem Grund war er von ihr auserwählt worden, der Erste zu sein, der sie besitzen durfte.

Die Dimension dieses verwickelten Zusammenhangs erahnte Finn jetzt.

Sie versuchte sich den Prinzen vorzustellen. In Gedanken wanderte sie die Treppe hinauf zur Pension, in die Suite, wo sie ihn in seinem Zimmer vermutete, auf dem Bett oder am Fenster.

Vom nahen Westbahnhof wehte das Echo einer Durchsage an ihr Ohr.

Laut und ungehemmt zog sie die Nase hoch.

Ja, der Prinz hatte Schiss, dass alles aufflog.

Jetzt sah sie es.

Wie konnte man sich in ihrem Bruder nur so täuschen?

Selbst wenn er tatsächlich nicht mehr in der Pension aufkreuzen würde und verschwunden bleiben sollte, durfte man sicher sein, dass er nicht zur Polizei gelaufen war.

Aber der Prinz traute Laurens nicht, und ihr traute er genauso wenig, was zweifellos bedeutete, dass auch umgekehrt es nicht länger hinnehmbar war, ihm ihr beider Vertrauen zu schenken.

In diesem Moment erstarrte Finn.

In einem Winkel ihres Bewusstseins hatte sich ein Verdacht gemeldet, der so gravierend war, dass sie ihn sofort überprüfen musste.

Auf dem Abtreter drehte sie sich um die eigene Achse, bis ihr Oberkörper der Eingangstür zugewandt und sie in der Lage war, diese mit den flachen Händen aufzudrücken.

Keinen Zentimeter gab das Holz nach.

Putain de merde.

Ohne Schlüssel gab es für sie keine Chance, in die Pension zurückzukehren.

Es sei denn, sie klingelte die Wirtin aus dem Bett.

Innerhalb von Sekunden machte sie diese neue Erkenntnis geradezu hellsichtig, denn mit einem Mal begriff sie, warum sie vom Prinzen weggeschickt worden war. Sie begriff, dass es nicht darum ging, sich auf die Suche nach Laurens zu machen. Es ging um etwas ganz anderes. Es ging um den Prinzen selbst.

Wenn er allein in der Pension war, bot sich ihm die Gelegenheit, jenseits dummer und hartnäckiger Fragen seine Siebensachen zu packen und Leine zu ziehen. Es war eine Gelegenheit, um sich unbemerkt in Luft aufzulösen – genau so, wie er sich vor drei Tagen aus heiterem Himmel in ihrem Abteil materialisiert hatte: in einem Geisterzug.

Mit dem rechtzeitigen Eintreffen des Bruders rechnete er offenbar längst nicht mehr.

Für den Prinzen war das Spiel gelaufen. Er zog sich zurück. Er ließ die Komplizen im Stich.

Es war eine skandalöse und unerwartete Einsicht, die geeignet war, sie wegen ihrer verblüffenden Schlichtheit beinahe zu erheitern.

Und während sie mit aufmerksamem Ernst diese überraschende Wendung zu begreifen suchte, nach allen Seiten betastete, prüfte, in ihren Ausläufern erkundete, setzten sich wie absichtslos oder zufällig ihre Beine in Bewegung, als wollten sie der Möglichkeit zuvorkommen, dass in ihrem Rücken die vermutete Fata Morgana unversehens auftauchte – in Gestalt des Prinzen, der sich klammheimlich aus der Pension und ihrem Leben stehlen wollte.

Oder sie wurde, um vielleicht genauer zu sein, in Bewegung versetzt, weil ihr Gehapparat es unter keinen Umständen zulassen konnte, dass das Vorhaben des Prinzen durch die Begegnung mit ihr durchkreuzt oder auch nur gefährdet wurde.

In Finn selbst kämpften unvereinbare Gefühle. Einerseits war ihr wichtig, dass der Plan vollendet wurde. Deswegen war sie in Wien. Deswegen war der Bruder in Wien. Ohne das Lösegeld gab es für sie beide keine Zukunft.

Andererseits aber war sie zu stolz, um den Mann von seinen Absichten abbringen zu wollen.

Sie war überzeugt davon, ihn durchschaut zu haben.

Auf diffizile Weise hatte der Prinz begonnen, Ansprüche zu erheben, und das war etwas, das sie schlecht ertrug.

Der Zauber, der sie an ihn gefesselt hatte, hatte schon vorhin rapide zu schwinden begonnen, und schon verstand sie ihr Hingezogensein nicht mehr – schon wurde alles, was mit seiner Person zusammenhing, unerträglich oder verlor seine Gültigkeit: seine Rolle als Retter, der ihr und dem Bruder aus der Klemme geholfen hatte; das unverfrorene Auftreten; die Großspurigkeit und Ungeniertheit.

In Sekunden sank das Bild, das sie sich vom Prinz gemacht hatte, in sich zusammen. Was übrig blieb, war ein Mann, der ihr gleichgültiger war als jemand aus der Parallelklasse, der auf der Straße zufällig ihren Weg kreuzte.

Erleichtert und doch befangen in einer Art melancholischer Versonnenheit, in einem Zustand jenseits der Gegenwart, schritt sie nun mit dicken Atemwölkchen vor den Lippen über das jungfräulich verschneite Trottoir und machte in blindem Gehorsam alle Richtungswechsel mit, die ihr die Beine vorgaben, ohne dass Muskeln und Nerven zuvor eine Verabredung getroffen hätten.

Der abwesende Ausdruck in ihrem Gesicht ließ vermuten, dass ihre schwierige Meditation noch nicht beendet war.

Und das traf tatsächlich zu. Denn je länger sie über den Prinzen und sein groteskes Verhalten Vermutungen anstellte, desto unheimlicher wurde ihr Laurens.

Plötzlich legte sich eine große Traurigkeit auf ihr Gemüt.

Machte sie sich nicht etwas vor? Wie konnte sie ungetrübt von allem, was sie sich geleistet hatte, weiter daran festhalten, dass sie und der Bruder eine hermetische Gemeinschaft bildeten; dass sie Bewohner waren einer verschlüsselten Welt, die sich von allen anderen abhob – zumal sie gegen diese anderen schwerwiegende und unwiderlegbare Einwände vorzubringen hatte?

Es war nicht länger zu leugnen: Mit seinem kalkulierten Fernbleiben hatte Laurens den Pakt, den sie zusammen mit dem Prinzen im Zug geschlossen hatten, aufgekündigt. Was die Sache erschwerte, war aber, dass er damit sogar die Gefährdung der Schwester in Kauf nahm – die Gefährdung ihres Lebens.

Es war wirklich besser, sich von der Idee mit der Entführung zu verabschieden und den ganzen Kram, bevor es zu spät war, verloren zu geben.

Ihr gemeinsames Vorhaben war gescheitert.

Kurz unterbrach sie ihren Schritt und warf einen Blick zurück.

»Con!«, entfuhr es leise ihren Lippen.

Was würde nun aus ihnen beiden werden?

Jeder auf sich allein gestellt, fern des anderen.

Sie machte ein Gesicht, als bohrten sich glühende Nägel in ihr Herz.

Während sie ihren Gang wieder aufnahm, ploppten in ihrem Bewusstsein tausend Fragen an die Oberfläche.

War es möglich, dass Laurens' Kühnheit so weit ging, auf die Idee zu verfallen, sich nach Hamburg abzusetzen? Der Feind war ja hier, in Wien, jedenfalls, wenn alles nach Plan lief, wovon man ausgehen konnte.

Oder hatte der Bruder den Zug nach Paris genommen?

Vielleicht zog es ihn zu Baladine, um sich für die Eskapade der Schwester zu rächen.

Aber wie sollte er der Tante gegenüber rechtfertigen, dass sie beide tagelang unauffindbar gewesen waren?

Und wie sollte er ihr Fehlen erklären?

Wo waren sie abgeblieben?

Finn versuchte alle Möglichkeiten durchzuspielen.

Dieses und jenes zog sie in Erwägung und verwarf es wieder, doch je mehr sie abwog und hin und her überlegte, desto unheimlicher wurde ihr Laurens, seine rätselhafte Absenz.

War etwas vorgefallen, das seine rechtzeitige Rückkehr vereitelte?

Ein Unfall?

Ohne dass es ihr richtig bewusst wurde, fing sie an, um den Bruder zu trauern – um den ganzen Kosmos, den sie mit ihm teilte.

An der Schwelle einer zuvor nie vorstellbar gewesenen Zukunft war sie brüsk zurückgestoßen worden. Nun war diese glänzende Zukunft ausgelöscht, nun sah sie sich im Angesicht eines dürren, leeren und grauen Horizonts, der nichts verhieß und nichts versprach – außer, dass er immer leer und grau bleiben würde bis an ihr Lebensende.

Da glitt ihr Blick über den dunklen, opaken Himmel – und sie entdeckte in der Ferne den spitzen Schatten eines Kirchturms, der sich mit der Schwärze fast bis zur Wesensgleichheit vermählt hatte.

Sie war zu sehr mit sich selbst beschäftigt, um nach den Gründen zu fragen, aber Tatsache war, dass ihr Schritt – offenbar angestachelt von diesem neuen, überraschenden Ziel – merklich schneller wurde. Vielleicht war es auch nur so, dass sie sich jetzt vollends dem Willen ihrer Füße unterwarf.

Nach wenigen Minuten bog sie von der Hauptstraße ab, erreichte eine schmale Querstraße und stand schließlich parallel zum Westbahnhof vor einem schmiedeeisernen Zaun mit reich verziertem Tor, hinter dem sich ein kleiner, verschneiter Park samt Pfarrhof und Kirche verbarg.

Aus einem schlichten, urtümlichen Instinkt heraus warf sie plötzlich den Kopf herum, weil sie sichergehen wollte, dass ihr niemand folgte.

Noch spukte der Prinz durch ihre Gedanken.

Am Zaun neben dem Tor war ein verglaster Metallkasten für Bekanntmachungen befestigt.

»Lazaristenpfarre« las sie auf dem Rahmen.

Trotz der allzu dick aufgetragenen Symbolik, den der Anblick einer solchen Insel des Friedens bietet, und trotz der Tatsache, dass Finn mit Religion wenig anfangen kann, sieht sie sich, zumindest für den Moment, gerettet.

Sie mochte Kirchen. Kirchen waren Orte, die sich genauso von der Welt absonderten, wie sie und der Bruder von der Tatsachenwelt abgesondert waren. Kirchen machten sich über die Realität lustig. Sie hoben den Finger, um gegen die schrankenlose Herrschaft der Materie Vorbehalte anzumelden. Das gefiel ihr.

Allerdings musste man einräumen, dass sie Kirchen nur betrat, wenn sie davon ausgehen konnte, dass keine Messe gehalten wurde und sie innerhalb der Mauern für sich war. Kaum aushalten konnte sie es, wenn man ihre erhabenen Gefühle teilte oder vorgab, sie zu teilen. Theatralik und Heuchelei waren dafür gar nicht nötig, bloße Anwesenheit reichte aus.

Sie liebte die Stille, die in einer Kirche so eindringlich sein konnte, so physisch, dass man anfing, zu sich selbst Abstand zu gewinnen. Die Widersprüche, die einem die Brust zerrissen, wurden beschwichtigt, bis sie lautlos in sich zusammensanken. Alles fing an, ineinander überzugehen, wie der Winter in den Frühling, der Tag in die Nacht und das Sichtbare in das Unsichtbare. Am Ende verband sich ganz selbstverständlich das Hohe mit dem Ungeheuren.

Finn begriff, dass genau dieses Mysterium es war, dessen sie in ihrer momentanen Not bedurfte. Sie musste ihre innere Ruhe wiederfinden, brauchte Zeit, um Atem zu schöpfen, um herauszufinden, wie es weitergehen sollte. Nur an einem Ort wie diesem hier war das möglich. Es kam ihr wie ein Gleichnis vor.

Wonach Finn sich sehnte, waren heidnische Momente der Erlösung.

Entschlossen drückte sie die Klinke, die sich durchdringend kalt anfühlte. Zu ihrer eigenen Verwunderung ließ sich das Tor öffnen. Es war schwergängig und quietschte Ehrfurcht gebietend, denn es musste Jahre, wenn nicht Jahrzehnte her sein, dass man die Angeln zuletzt geölt hatte. Offenbar betrat man das Kirchengelände gewöhnlich von einer anderen Seite.

Mit vorsichtiger Zurückhaltung setzte sie den Fuß auf das Grundstück.

Wenig später knirschte der Schnee unter ihren eiligen Schritten.

Im eisigen Schlagschatten des mächtigen Kirchenschiffs durchquerte sie den gekiesten Pfarrhof, bis sie an der Ostseite auf den Haupteingang stieß. Davor hielt eine meterhohe, schneebestäubte Tanne Wache.

In der Dunkelheit hob sich das Portal kaum von dem braunen Gemäuer ab und wirkte unter seinem neugotischen Dach eher noch dunkler und deprimierender. Die Stufen, die zu ihm führten, waren voller Schnee. Jemand hatte frische Abdrücke hinterlassen, aber das bereitete Finn wenig Kopfzerbrechen.

Der Küster, dachte sie.

Von der Aussicht auf Sammlung und Einkehr beinahe überschwänglich gestimmt, überwand sie in zwei Sätzen die Stufen und zog mit beiden Händen an der mit Eisenbeschlägen verstärkten Holztür. Und anders als gerade gab es keine Irritation, als diese sich widerstandslos öffnete. Wahrscheinlich hatte Finn wegen der Fußspuren gar nichts anderes erwartet.

Als sie das Gotteshaus betrat, wurde sie von einem angenehm milden Klima in Empfang genommen. Zwischen den Mauern war es kühl, aber nicht kalt. Ihre Hand zog den Reißverschluss des Parkas auf.

Sie befand sich in einer imposanten, von hohen, gebrochenen Stützbögen gesäumten Halle, die nach zwanzig oder dreißig Metern und einer angedeuteten Erlösungsgeschichte in der Apsis endete, einem gemauerten Halbrund hinter den flachen Stufen des Altars.

Sie holte ihren Blick zurück.

Nachdem sie den schweren Stoff des Windfangs beiseitegeschoben hatte, war sie in der Vorhalle stehen geblieben, verharrte nun in ihrem offenen Parka und sah nach beiden Seiten.

Es war düster, und ihre Augen mussten sich erst an die Lichtverhältnisse gewöhnen.

Nach einer Weile stellte sie beruhigt fest, dass sie allein zu sein schien. Der Küster war nirgends zu erblicken. Kein Laut war zu hören. In tiefes Schweigen gehüllt, lag das gewaltige Schiff des Langhauses vor ihr.

Sie hatte sich genau so aufgepflanzt, dass die gedachte Verlängerung ihrer Position den gefliesten Gang teilte, der zwischen Vorhalle und Altar verlief, links und rechts gesäumt von Holzbänken. Abgesehen von den üblichen Figuren und Seitenaltären wirkte der Innenraum karg, spartanisch, trüb, und in den hohen Fenstern schimmerte nur ein mattes, kraftloses Grau, das nicht ausreichte, um Details zu erkennen.

Sie hatte den Eindruck, noch winzige Spuren des Schweißes wittern zu können, der von Generationen von Kirchgängern ausgedünstet worden war und in der Luft hing; sie erschnupperte den sauren Schweiß, die Feuchtigkeit, den Weihrauch, das verbrannte Wachs und die seit Jahrhunderten vorgetäuschte Frömmigkeit.

Finn bewegte sich nun ein paar Schritte in die Vorhalle hinein, unentschlossen, wohin sie sich wenden sollte, als ihr plötzlich am vorderen Ende der Kolonnade Schatten auffielen, die stumm an der Wand spielten. Genau hinsehend, gewahrte sie ein versteckt gelegenes Betkämmerchen, in dem ein paar Kerzen entzündet waren.

In diesem Moment löste sich aus dem Dunkel eine Gestalt und schlich zu einer der Säulen, die das Längsschiff beidseitig flankierten, um diese, soweit Finn es erkennen konnte, zu umarmen und zu küssen.

Finn glaubte, ihren Augen nicht trauen zu dürfen. Überrumpelt von dem Tatbestand, dass sich der Küster offensichtlich doch noch in der Kirche aufhielt, verstand sie nicht, was geschah, welch heimlichem und okkultem Ritual da nachgeeifert wurde, erst recht, als die Gestalt sich vor der Säule auf die Knie warf.

Im selben Augenblick aber schoss ihr ein Gedanke in den Sinn, der so absurd war wie naheliegend, so sehr Wunschdenken wie ernst zu nehmend. Sie glaubte nämlich, in der Gestalt nicht den vermuteten Küster zu erkennen, sondern den Bruder.

War er das nicht da vorne – Laurens?

Finn war sich fast sicher.

Die Statur, die fahrigen Bewegungen …

Ob ihr Bruder, der mit Religion so wenig am Hut hatte wie sie, zu solch katechetischem und unterwürfigem Verhalten, wie es das geräuschlose Treiben offenbarte, überhaupt begabt war, fragte Finn sich nicht.

Vielleicht wollte sie sich das auch nicht fragen.

Die rituellen Verrichtungen, die den Raum zwischen Betkämmerchen und Säulengang füllten, waren skurril, sahen aus, als seien sie von einer höheren Macht diktiert, von Panik und dem Gefühl der Ausweglosigkeit zum Beispiel.

Also von zwei Mächten, mit denen der Bruder in seiner vermuteten Lage höchstwahrscheinlich konfrontiert war.

Dachte Finn.

Es musste er sein.

Um diese Zeit ging kein Mensch in die Kirche, es sei denn, er suchte für sich ein Dach über dem Kopf.

Wie sie selbst hatte Laurens hier in der Kirche Zuflucht gesucht. Das lag für sie auf der Hand.

Immerhin war er, seitdem er aus der Pension geflohen war, um keinen Deut besser dran als sie. Auch wenn er es selbst gewesen war, der seine Lage verschuldet und sich mit seinem Verhalten ins Abseits katapultiert hatte.

Während sie lautlos durch das Halbdunkel des Seitengangs huschte, die Säulen geschickt zur Deckung nutzend – auf ein glückliches Morgen zu, das ihr eben noch unerreichbar erschienen war –, kam sie dem Betkämmerchen näher und näher, und während sie das tat, merkte sie, dass besondere Vorsicht gar nicht vonnöten war, denn Laurens war völlig in sein absonderliches Tun versunken.

Nur noch drei oder vier Meter trennten sie von dem vermeintlichen Geschwister und der wiedergefundenen Seelenruhe.

Bevor sie den Bruder erreichte, hielt sie inne, um ihn mit gesenkter Stimme beim Namen zu rufen.

Doch dazu kam es nicht mehr.

Ihr stockte die Stimme.

Sie entdeckte ihren Irrtum.

Es war nicht Laurens, der sich da in mysteriösen Exerzitien erging, es war auch nicht der Küster – es war eine Frau. Eine Frau, die, wie sie jetzt erkannte, in mindestens zehn Jahre alten Kleidern steckte und auf frappante Weise der Mutter ähnelte, ihr Alter besaß, ihr erinnertes Äußeres.

Wie lange war es her, dass Finn Carima zuletzt gesehen hatte? Und doch war sie überzeugt, dass sie sie auf der Stelle erkannt hätte.

Es gibt eine Erinnerung, der können weder Zeit noch Umstände etwas anhaben.

Vor Schreck schoss Finns Hand hoch zum Brustbein. Sie tat es mit solcher Kraft, so ungebremst, dass das Elfenbein des

Medaillons, das sie um den Hals trug, hart und schmerzhaft gegen den Knochen stieß.

Das Medaillon mit dem Bildnis der Mutter.

Voll unbegriffenem Entsetzen sah Finn zu, wie ihr lebendig gewordenes Gedächtnis sich auf die Beine rappelte und ins Dunkel tauchte, um gleich darauf mit einem Stuhl in der Hand wieder in Erscheinung zu treten. Die Frau stellte das Möbel direkt neben die Säule und richtete es so aus, dass jemand, der darauf Platz nahm, zum Hochaltar blickte.

Es war, als würde man einen Verstorbenen einladen, Platz zu nehmen.

Vielleicht lag es an dem gespenstischen Glanz, der die Szenerie einer Halluzination anglich; vielleicht an der Anmut der aus Stein gehauenen Gesichter, die von erhöhter Warte das Geschehen beobachteten; vielleicht auch an dem Gefühl des Verlassenseins, das Finn einen trockenen Mund bescherte – jedenfalls verwandelte sich in diesem Augenblick auf unerklärliche Weise der Refrain aus dem Mund des Prinzen, der nach dem Verbleib des Bruders fragte, in die viel größer dimensionierte Frage nach dem Verbleib der Mutter.

Wo war sie?

So lange hatten sie und der Bruder Carima nicht mehr gesehen, hatten nichts von ihr gehört.

Es war mysteriös, und es war unglaubwürdig.

Als Finn das klar wurde, stieg aus dem Nichts, aus einem Wirbel unfertiger Gedanken eine ungeheure Sehnsucht in ihr auf, die sie in Besitz nahm und in ihr den Wunsch entzündete, nach Marrakesch zu reisen, zu Carima, dorthin, wo sie sich nach Angaben des Feindes angeblich seit Jahren aufhielt.

In diesem Moment gab es ein Geräusch – und das Gespenst mit dem Antlitz der Mutter fuhr auf dem Absatz herum.

Der Blick, den die Frau ihr zuwarf, flackerte wie der einer

Irren, flackerte vor dem Hintergrund eines rätselhaften und stummen Wissens – und darin, so entsann sich Finn, glich er auf eigenartige Weise jenem Moment, in dem sich der Blick der Mutter mit dem ihren gekreuzt hatte, und jedes Mal, wenn er das tat, hatte sie mit unumstößlicher Gewissheit gewusst, dass er ihr galt und nur ihr.

Da rannte sie schon zum Eingang zurück, durch Seitengang und Vorhalle, fegte mit dem Arm den Windfang beiseite, und als sie schließlich keuchend aus dem Gotteshaus ins Freie schoss, in die Kälte eines noch immer lichtlosen Morgens, hatte sie das verlässliche Gefühl, von einer Strömung erfasst worden zu sein, die sie unvermeidlich der Erfüllung ihres Karmas entgegentrug.

23

Sein Sehsinn hatte aufgehört zu sehen; sein Gehör zu hören. Dennoch war er nicht tot. Auf eine ihm nicht vertraute Weise war er lebendig.

Aus großer Tiefe stieg er auf, ohne vollkommen zu Bewusstsein zu kommen. Es war eher ein Glimmen, ein schwaches Leuchten ganz unten am Grunde irgendeines Sees.

Dann fing er oder etwas in ihm an, allmählich nach oben zu steigen, näher zu kommen, an die Oberfläche zu tauchen – ein Bündel Licht, das bei seinem Austritt aus dem Wasser gebeugt wurde und um ihn eine Welt entstehen ließ, deren Aussehen, Farben und Gerüche ihm unbekannt waren.

Tapeten, Möbel, der auratische Fleck auf dem Vorhang, in dem sich das Licht irgendeiner Straßenlaterne fing.

Nichts davon kannte er.

Er hatte keinen Schimmer, wo er sich befand.

Um ihn herum war es ganz still, doch hielt er das für eine Täuschung, als befände er sich im Auge eines Taifuns, irgendwo zwischen Himmel und Erde.

Seine Brust hob und senkte sich gleichmäßig.

Er dachte, dass er sich in einem Zwischenreich befand, an zwei Orten gleichzeitig; in einer Welt, in der es offenkundig von Nutzen war, wenn man Sinn besaß für das Reale wie für das Irreale.

Auf dem Rücken liegend, reglos wie ein Reptil, unfähig zu erkennen, ob er wach war oder versehentlich nur in einen anderen Traum geraten, spürte er die Wärme und Weichheit von Kissen und Bettzeug.

Das zweite Mal wachte er auf, als er mit der Hand unversehens einen warmen Körper neben sich berührte.

Noch immer lag er auf dem Rücken.

Auch jetzt verspürte er unbegreiflicherweise keinen Impuls, die Lider zu heben, ja, er war sich der Tatsache, dass sie geschlossen waren, nicht einmal bewusst.

Innen- und Außenwelt waren für ihn noch weitgehend ungeschieden, und das, was er wahrnahm, nahm er fragmentarisch wahr, in voneinander unabhängigen Zyklen, als handelte es sich bei allem, was er war, dachte, roch, empfand, um lauter isolierte Welten; um Kristalle aus fernen Galaxien oder um zerebrale Eigenzeiten oder um frei im Raum schwebende Aromen.

Eine fremde Hand tastete nach ihm und forderte ihn auf, näher heranzurücken.

Plötzlich hellwach, wurde er sich der eigenen geheimnisvollen Kontinuität bewusst.

Ein weicher, gut gepolsterter Hintern rutschte an seinen Hüftknochen heran und rubbelte nach einem Moment respektvollen Innehaltens sachte an seiner Haut, neckte, provozierte.

Bald blieb ihm nur die Wahl, der stummen, aber eindringlichen Aufforderung nachzukommen und sich auf die Seite zu drehen, um dem Hintern eine komfortable und wesensgemäße Position einzuräumen.

Danach lagerten die beiden festen Pobacken vor seiner Mitte, scheuerten an seinem Schoß, seinem hart gewordenen Schwanz, bestätigten stets aufs Neue ihr Wohlbehagen, indem sie ihre Lage verließen und gleich darauf wieder einnahmen.

Mit dem Arm umgriff er die Taille und schmiegte seine junge, haarlose Brust an den harten, mageren und von deutlich spürbaren Wirbeln geteilten Rücken. Die beiden Körper fanden in die Löffelstellung wie Murmeln zum tiefsten Punkt der Schale.

Für einen Moment hob er die Lider, aber da er im Dunkel nicht viel erkannte, schloss er sie wieder.

Die Geschmeidigkeit und Hitze des fremden Leibes erregten ihn; die unterdrückten Laute, die er hervorstieß und die dem Wunsch Ausdruck verliehen, gebändigt zu werden; der Geruch der Haut, der Duft, der dem Haar entstieg, in das er seine Nase tauchte.

Die junge Frau und er waren vollkommen nackt.

So absurd es klingt: Er begriff es erst jetzt.

Sein erigiertes Glied rhythmisch gegen den dargebotenen Hintern pressend, probierte er die verschiedensten Positionen aus, ruckelte mit den Hüften, gab hier nach und forderte da, presste, nahm sich zurück, korrigierte, stieß blind zu.

Das beherrschte Stöhnen Safiyes im Ohr, traf er auf eine Nässe, die ihn noch stärker erregte und in die er sich hineinzubewegen begann, fast automatisch, zwangsläufig, in wiederholten Anläufen, bis es ihm glückte, das Fleisch zu teilen und endgültig in den Spalt einzudringen, der längst schon für ihn bereit war.

Danach schlief er ein.

Als er erwachte und ein Gemisch aus Salz, Schlaf und torfigem Rauch auf der Zunge schmeckte, begriff er, dass das, was er für einen Traum gehalten hatte, Erlebnis gewesen war.

Von dem trüben Licht, das zu seiner Iris vordrang, aufgeschreckt, fuhr er blinzelnd hoch und registrierte in der Luft ein fernes, dumpfes, an- und abschwellendes Brummen, wie aus dem Bauch eines Kutters. Es war schwer zu lokalisieren. Vielleicht kam es von der Wohnung darüber, von einer Tiefkühltruhe oder dergleichen, vielleicht von der Straße.

Dann blieb es mit einem Mal aus.

Nur das gleichmäßige Atmen zweier Frauen war noch zu hören und das Ticken eines Weckers.

Neben sich Safiye, die ihren Kopf zwischen den Kissen vergrub, wandte er sich auf die andere Seite und erkannte Sitare einen halben Meter von ihm entfernt.

Sie drehte ihm den Rücken zu. In dieser Sekunde hob sie den Arm und tastete blindlings nach der Decke, als ob ihr diese von den Schultern geglitten wäre, was nicht der Fall war.

Vorsichtig, ohne Unruhe zu verbreiten, ging er mit dem Oberkörper hoch, blickte mit schwerem Kopf über ein Meer aus Laken, Kissen und Klamotten und konnte das, was geschehen war, noch nicht wirklich fassen. Aber mit dieser für ihn eigentlich wenig befriedigenden Erkenntnis schien er sich widerstandslos abzufinden.

Durch den bodenlangen Vorhang vor dem Fenster sickerte nur das spärliche Licht der Straßenlaternen. Dennoch glaubte er, von irgendwoher die Sicherheit nehmen zu können, dass es zwischen sechs und sieben war.

Donnerstag.

Blitzartig durchfuhr es ihn.

Heute war der Tag, an dem sie auf dem Prater das Lösegeld in Empfang nehmen wollten.

Für heute war das Rendezvous mit dem Feind anberaumt.

Für einen kurzen Moment flackerte das Bild von ihm und der Fut noch einmal vor seinem inneren Auge auf.

Wie von einer äußeren Kraft getrieben, befreite er sich aus den Laken, verließ sachte das Bett und suchte das Chaos am Boden möglichst geräuscharm nach den eigenen Klamotten ab. Er spürte den Kater, der ihm in den Knochen saß, gab sich aber alle Mühe, ihn zu ignorieren.

Dann hielt er inne, um sich zu besinnen. Auf Zehenspitzen machte er sich auf ins Bad, wo er die Sachen tatsächlich friedlich auf dem Wäschekorb entdeckte.

Hastig schlüpfte er in seine Kleider, wobei er mit dem Ellbogen versehentlich die Klinke rammte, was zur Folge hatte, dass die Tür lautstark ins Schloss fiel.

Sein Herz pochte, doch blieb alles ruhig. In der Wohnung rührte sich nichts. Niemand rief nach ihm oder beschwerte sich.

Sein Gehirn glich einem Schwamm, vollgesogen mit Gefühlen, Eindrücken, Erinnerungen, aber es gelang ihm nicht, irgendwas davon zu isolieren – was unbedingt nötig gewesen wäre, um ein besseres und tieferes Verständnis für seine Lage zu erreichen.

Im Flur auf dem Linoleumboden kniend, schnürte er die Stiefel zu, als sich der Nebel in seinem Kopf mehr und mehr lichtete.

Zu seiner eigenen Überraschung fühlte er sich wie neu. Sein Schwermut, seine ganze Traurigkeit hatten sich aufgelöst. An ihrer Stelle hatte sich ein strapazierfähiger Optimismus ausgebreitet.

Wenig später befand er sich unten auf der Straße und bewegte seinen Körper stolz und selbstbewusst über das vereiste Pflaster.

Es war noch dunkel. Die Straßenlaternen brannten, die Autos fuhren mit Licht, die Ampeln wechselten wie gewohnt die Farben.

Es war komisch. Allzu lange hatte er geglaubt, dass es sich nicht lohne, für das Leben Mühe und Zeit aufzuwenden.

Nun sah er das ganz anders.

Er war stolz auf das, was er getan hatte.

Es erfüllte ihn mit Glück.

Nach hundert Metern drehte er sich um und ließ im Weitergehen seinen Blick am Gebäude zu dem Fenster hinauflaufen, hinter dem er das Schlafzimmer der beiden Frauen vermutete.

Es war dunkel, während andere Fenster darüber und darunter bereits erleuchtet waren.

Wogen der Seligkeit durchliefen ihn.

Gefolgt von einer tiefen, namenlosen Dankbarkeit.

Während er weiter durch den Schneematsch marschierte, überkam ihn mit einem Mal ein Verdacht.

Konnte es sein, dass die beiden den ganzen gestrigen Abend gemeinsame Sache gemacht hatten, ohne dass er davon etwas mitbekommen hatte?

Er war das Opfer eines Liebeskomplotts, so sah er das.

Das traute er den zweien zu.

Er lachte.

Rückwärts sich bewegend, schickte er ihnen einen letzten Gruß und schwor, Stillschweigen über ihr gemeinsames Abenteuer zu bewahren.

Hiernach wandte er sich um und beschleunigte sein Tempo.

Bald kam ihm alles, was seit seiner Flucht aus der Pension vorgefallen war, wie ein Traum vor.

Das Gestern gehörte plötzlich zu einer anderen Zeit.

Die Nacht teilte sein Leben in eins davor und eins danach.

Es war ein eiskalter Morgen, aber immerhin hatte es in den letzten Minuten zu schneien aufgehört.

Der Himmel glich einem riesigen, bleiernen Gewölbe, das so trübselig aussah, dass es bestimmt in den kommenden Minuten zusammengestürzt wäre, hätte es ganz im Osten nicht einen zarten, rot glühenden Flaum gegeben.

Von irgendwo drang das Klappern der Mülltonnen an sein Ohr.

Die Menschen um ihn her strömten zur Arbeit. Es war kurz vor acht.

Mit Macht trieb es ihn zurück in die Pension, zu Finn und dem Prinzen; zurück zu ihrem gemeinsamen Plan und zurück zu der Welt, von der er aus verletztem Stolz geflohen war.

Nun beschwor allein der Gedanke an sie die schönsten Verheißungen herauf.

Zutiefst aufgewühlt, konnte er es kaum erwarten, den Komplizen von seiner nächtlichen Begegnung mit dem Feind zu berichten. Der Beweis, dass ihr Plan aufging.

In konzentrierter Stimmung würde man die Pension verlassen und sich in Richtung Prater aufmachen.

Voller Tatendrang, fühlte Laurens sich so wohl in seiner Haut wie selten. Er ahnte, dass die Phase, in der er mit sich dauerhaft im Hader lag, in der er gegen alles und jedes seine Widerstandskraft erprobte, um sich selbst zu bestätigen, endgültig hinter ihm lag.

Ein Taxi bog um die Ecke und bohrte mit zwei gelben Fingern unlustig im Morgendunst.

Er winkte dem Fahrer, ließ sich, als der Wagen herangerollt war, in das senfgelbe Polster im Fond fallen und gab das Ziel an.

Pension Dagmar.

Unterwegs bekam er Zweifel, ob er nicht viel zu spät dran war, konnten die beiden doch aus Angst, dass sie von ihm an die Polizei verraten worden waren, die Pension längst fluchtartig verlassen haben.

24

Herrrreinspaziert!

Vom Parkplatz kommend, wo der Taxifahrer ihn nächst dem Prater-Entree abgesetzt hatte, unterquerte er eine Brücke, die zwei Gebäude miteinander verband, und hielt direkt auf das Riesenrad zu, das sich in einiger Entfernung stolz vor ihm in den Himmel erhob.

Noch immer hatte er den galligen Geschmack der vergangenen Nacht und frühen Morgenstunden auf der Zunge; ein schmieriges Amalgam aus Selbstanklagen und Rechtfertigungen; aus bitterer Einsicht, Scham und Selbsthass.

In aller Frühe war er heute Morgen in sein Hotel zurückgekehrt. Zu Fuß. Die Mizzi hatte ihm den Weg erklärt. Aus Angst, dass er das für die Geldübergabe gesetzte Ultimatum verpasste, wenn er zu lange herumtrödelte, hatte er gleich den Frühstücksraum betreten, obwohl dieser noch dunkel war und ohne jedes Personal.

Verlassen hatte sich in dem noch leeren Saal die Silhouette des Büfetts erhoben. Die Klarsichtfolie über den mit Sardellen, Lachs, Tomaten, Frischkäse, Oliven u. a. gefüllten Schalen war beschlagen und hinterließ bei ihm einen zwiespältigen Eindruck.

So ganz allein zwischen all den unbesetzten Tischen fühlte er sich wie ein Strolch, ein Eindringling.

Noch während er ein paar Toasts mit Marmelade in sich hineinschlang, begann sein Magen zu revoltieren. Krampfartige Schmerzen ließen den Unterleib zum Zentrum seines Daseins werden.

Auf seinem Zimmer verschwand er sofort im Bad, wo er für eine längere Zeit in Klausur ging, doch leider ohne Erfolg.

Hartnäckig verwehrte ihm sein Darm, dass er sich entleerte. Die feinsinnige Reaktion des Körpers auf den Totalverlust, den Ruin in einer anderen Maßeinheit.

Jetzt ging es ihm besser. Es war kurz vor zehn und auf dem Prater noch nicht viel los. Die Fahrgeschäfte machten gerade erst auf. Man begegnete ein paar verstreuten Gestalten, die aussahen, als wären sie eben aus den Federn gekrochen; wie Verlorene passierten sie die vergoldete Figur in der Mitte des Vorplatzes. Aus den einsamen Gassen in den Tiefen des Vergnügungsparks plärrte bereits Musik.

Seine Hand schloss sich fester um den Griff des Pilotenkoffers, in dem er ein paar Kilo Altpapier mit sich herumschleppte.

Zum zweiten Mal seit dem Vormittag, an dem ihn die SMS der Entführer erreicht hatte, ließ er den Gedanken zu, dass die Kinder in Todesgefahr schwebten. In seltener Schärfe stieg ihm zu Bewusstsein, wie fahrlässig er handelte, wenn er um der Bequemlichkeit willen einfach davon ausging, dass sie heute wohlbehalten in seine Arme entlassen würden.

In ungefähr drei Stunden hätte die Ungewissheit ein Ende. Dann würde sich zeigen, ob seine selbst auferlegte Blauäugigkeit Glück brachte oder eine Katastrophe nach sich zog.

Über den Platz fegte eisiger Wind, der ihn von der Seite traf und mit den Ketten eines stillstehenden Karussells klimperte, das wegen seines mit barocken Landschaftsszenen dekorierten Drehkranzes aus der Zeit gefallen schien.

Die Terrasse des angrenzenden Cafés war verwaist.

Bis zur Lösegeldübergabe hatte er noch ausreichend Zeit, und das entsprach ganz seinen Absichten.

Seit dem Morgen fühlte er sich von einer inneren Stimme dazu gedrängt, Bilanz zu ziehen. Weite Strecken seines Lebens mussten neu bewertet werden, und dabei würden Reue und Bedauern, so viel schwante ihm, zu hartnäckigen Begleitern werden.

Gab es einen Ort, der für ein solches Vorhaben geeigneter war als das Riesenrad?

Zumal am 4. Januar, wo man davon ausgehen durfte, dass nicht allzu viele auf die gleiche oder eine ähnliche Idee kamen.

Von ferne war das stete und dumpfe Grollen einer Autobahn zu vernehmen.

Mittlerweile war er in den Schatten des Riesenrads getreten. Er hob das Kinn und betrachtete die Waggons, die sich dunkel vor einem dunstigen und kalten Himmel abzeichneten und bewegungslos über ihm schwebten.

Als wollte er vorsorglich all die Fragen abwehren, denen er sich gleich, gut sechzig Meter über der Erde, zu stellen gedachte, rollte er komisch die Schultern.

Immer wieder hatte er in den vergangenen Jahren und Monaten die Versuchung, mehr über sich zu erfahren, aufflammen gespürt, aber er war zu intelligent oder zu feige oder zu eisern, um ihr zu erliegen. Vor einer mitleidlosen Inventur und ihren möglichen Konsequenzen war er zurückgeschreckt.

Uwe Roever bemerkte, dass jemand das Kassenhäuschen aufsperrte. Offenbar ging man in diesen Minuten daran, den Betrieb der legendären Attraktion aufzunehmen.

In der vergangenen Nacht hatte er für innere Einkehr nicht die notwendige Ruhe gefunden.

Er stand unter Schock. Ruhe war ihm auch nicht bei der Mizzi vergönnt, in deren habituelle Lust er sich aus Verzweiflung flüchtete. Und er fand sie nicht bei sich selbst, als er im Anschluss an den unkonzentrierten Sex, den sie miteinander gehabt hatten, dalag und gegen die Decke starrte, neben sich das seelenruhig schlafende Mädchen, das ausreichend Gottvertrauen besaß, um zu dulden, dass ein Fremder wie er einfach bis zum Morgengrauen blieb.

Er war dagelegen und hatte über sein Leben gegrübelt.

Was er schließlich an Erkenntnissen zutage förderte, war wenig schmeichelhaft.

Ausgerechnet in dieser Situation, wo ihm von Minute zu Minute deutlicher wurde, dass er allen Grund hatte, um das Leben seiner Kinder zu bangen, wurde er mit einer Dummheit konfrontiert, die erst jetzt, Jahre danach, ihre perfide Tragik offenbarte und die er sich niemals hätte leisten dürfen.

Niemals.

Carima trat ihm vor Augen, ihr altersloses Gespenst.

Beschämt liefen seine Gedanken zu jenem Nachmittag zurück, an dem ihn die Nachricht aus heiterem Himmel getroffen hatte. Niemals hätte er mit so etwas gerechnet.

Er war ein elender Feigling, ein Verdrängungskünstler, ein Ungeheuer.

In dem kleinen Apartment, das Carima in Marrakesch bewohnte, hatte der Hausmeister sie entdeckt. Es gehörte zu einem modernen Mietshaus, in dem in der Hauptsache Stewardessen der marokkanischen Fluggesellschaft lebten.

Sie lag auf der einfachen Matratze, die ihr als Bett diente, in einem Meer aus Erbrochenem. Daneben ein Haufen leerer Schachteln Antidepressiva.

Damals war er gar nicht in der Lage gewesen, eine solche Möglichkeit in Erwägung zu ziehen.

Dass man freiwillig aus dem Leben scheiden wollte, ging ihm nicht in den Sinn.

Und so kam es, dass er diesen unentschuldbaren Fehler beging.

Aus Selbstsucht, Eitelkeit, grenzenlosem Egoismus.

Er verheimlichte den Kindern den Selbstmord der Mutter.

Ein Luftballonverkäufer kreuzte den Weg des Reeders.

Was hatte er sich nur dabei gedacht, als er glaubte, Finn und Laurens für Jahre und Jahrzehnte einen Teil der sie betreffenden Wirklichkeit vorenthalten zu können?

Jeder vernunftbegabte Mensch musste doch erkennen, dass so etwas nicht gut gehen konnte.

Kam es, weil er sie schonen wollte?

Nein, er wollte *sich* schonen.

In dem Augenblick, in dem er das dachte, hatte er das Gefühl, nicht nur aus einem Traum, sondern aus dem ganzen Leben zu erwachen, das er bisher geführt hatte.

An diesem Vormittag warf Uwe Roever zum zigsten Mal einen flüchtigen Blick auf die Uhr. Es hatte sich zur regelrechten Manie ausgewachsen.

Wie lange war es her, dass ihn das Schreiben der marokkanischen Behörden über Carimas Suizid unterrichtet hatte?

Er runzelte die Stirn.

Zwei Jahre? Drei Jahre?

War es länger her?

Er konnte es nicht mit Sicherheit sagen.

Natürlich hatte er die Auseinandersetzung mit den Kindern und die unausweichlichen Fragen gescheut, die die Selbsttötung der Mutter aufwerfen würden. Um sich Unannehmlichkeiten zu ersparen, hatte er es sogar abgelehnt, dass die Leiche nach Hamburg transferiert wurde. Irgendwann kam ein Paket mit ihren persönlichen Habseligkeiten. Offiziell galten sie ja noch als verheiratet. Dreist genug war er, um es ungeöffnet in einen Müllcontainer am Hafen zu werfen.

Es war nicht besonders schwer, für das Apartment in der Medina einen neuen Mieter zu finden. Der Hausmeister nahm sich der Sache an. Er sorgte auch dafür, dass die sterblichen Überreste der Toten auf dem Cimetière de Bab Ghmat beigesetzt wurden – unter Dattelpalmen, wie er euphemistisch und heuchlerisch schrieb.

Uwe Roever holte mechanisch sein Smartphone aus der Manteltasche und checkte, ob es Anrufe gegeben hatte oder weitere Instruktionen per SMS.

In den darauffolgenden Wochen hatte er gegenüber den Kindern beharrlich geschwiegen – so lange, bis er sich einreden konnte, dass es zu spät war, um das Versäumnis zu beichten. Und so schändlich und verlogen der Kurs war, den er eingeschlagen hatte, so kühl war letztlich sein Entschluss, die Sache auf sich beruhen zu lassen. Auch seinen Bruder und Baladine weihte er nicht ein. Niemand, weder die Geschwister noch sonst jemand, sollte die Wahrheit erfahren.

So verblasste die Erinnerung nach und nach und verwandelte Carima in eine Handvoll Anekdoten. Sie wurde zu einem Phantom, das manchmal in den Gesprächen noch herumgeisterte.

Es gibt allen Grund, darauf zu bauen, dass der Alltag sein Übriges tut, um dem Gedächtnis an einen Menschen im Lauf der Zeit noch die letzte Verbindlichkeit und die letzte Materialität zu nehmen. Am Ende ist jeder wie der Geruch, der ihm einmal eigen gewesen ist, wie die Wünsche, die ihn umgetrieben, und wie die Feindschaften und Sympathien, die ihn begleitet haben, nur noch in metaphysischer Konzentration vorhanden, selbst für Freunde und Angehörige, in einer Dosis, die kaum stärker wirkt als die eines ausgedachten Namens.

Jetzt, da Uwe Roever vor dem Riesenrad auf Einlass wartete, drei Stunden vor dem eigentlichen Termin, fühlte er sich in Anbetracht der Schuld, die er auf sich geladen hatte, so schlecht und elend wie in den Momenten, in denen er von Finn und Laurens auf die Mutter angesprochen worden war.

Aus dem Reflex heraus, Buße tun zu wollen, langte er mit der freien Hand nach dem Portemonnaie in der Innentasche des Mantels und prüfte durch das Leder des Handschuhs, ob die Rückflugtickets noch an ihrem Platz steckten und nicht womöglich im Rausch der vergangenen Nacht verloren gegangen waren.

Um der vollen Wahrheit die Ehre zu geben, war ihm von Anfang an bewusst, dass er eine Mitschuld an Carimas Selbstmord trug – aber er trug diese Mitschuld nicht deshalb, weil ihre Vorstellungen von Liebe und Ehe von den seinen abgewichen waren, sondern weil er der geborene Verräter war, jemand, der sich über alle Regeln und Abmachungen hinwegsetzte und nur sich selbst als letzte normative Instanz anerkannte.

Weil er ständig vor sich weglief.

Nun war es wirklich zu spät.

Nun stand er vor vollendeten Tatsachen, ohne die Chance, den Fehler je wieder ungeschehen machen zu können.

Zu tun blieb ihm also nur eines: die Kinder wohlbehalten aus der Gewalt der Kidnapper zu retten.

Uwe Roever steuerte die Kasse an und verschwand kurz darauf als Einziger in dem Waggon, der unten an der Sohle des stählernen Ungetüms beharrlich auf Fahrgäste wartete.

Während er auf der Holzbank Platz nahm, vor den geschlossenen Knien den Pilotenkoffer, summte er leise vor sich hin, wie ein Arzt, der seinem Patienten eine unangenehme Nachricht überbringen muss.

Am von Stahlstreben und Speichen zerschnittenen Himmel konnte man ein paar Dohlen kreisen sehen.

In dem Waggon stank es nach feuchtem Papier und Rattengift.

Geduldig wartete er auf den Moment, in dem sich das Riesenrad in Bewegung setzte. Um sich die Zeit zu vertreiben, studierte er die zahlreichen Liebesschwüre an der Holzwand, die dort mit Kuli oder Filzstift verewigt waren.

Schließlich blickte er zerstreut durch das Seitenfenster zu den beiden Achterbahnen hinüber, die in unmittelbarer

Nachbarschaft aufgebaut waren, aber aussahen, als seien sie noch nicht in Betrieb genommen.

Brav wie ein Schuljunge saß er mit den Händen im Schoß auf der Bank und hoffte, dass niemand zu ihm in den Waggon stieg.

Mittlerweile richtete er den Blick aus dem gegenüberliegenden Fenster. Mit gerecktem Oberkörper vermochte er gerade noch Teile des bemalten Gipskartons zu erspähen, der die esoterische Welt des Praters ausmachte.

25

Als unten ein Laster vorbeidonnerte, erzitterten die Glasscheiben.

Wie angewurzelt stand Laurens unter dem Türsturz, der die beiden Zimmer miteinander verband, und machte große Augen.

Für eine gefühlte Ewigkeit weigerte er sich zu glauben, was er sah.

Doch dann kam er nicht länger dagegen an, und Enttäuschung breitete sich auf seinem Gesicht aus.

Sein Herz krampfte sich zusammen. Gleich darauf ergriff eine opake, unbezwingbare Müdigkeit von ihm Besitz.

In der Suite gab es nichts, das darauf hindeutete, dass sie noch vor Kurzem von drei Menschen bewohnt gewesen war.

Die eine Seite von ihm und der Schwester, die andere vom Prinzen.

So war es gewesen.

Er konnte es beschwören.

Aber nun waren die Betten abgezogen, die Schränke leer geräumt.

Hatte er geträumt?

Da fiel sein Blick auf den Heizkörper unter dem Fenstersims. Mit zwei Schritten trat er an sie heran und befühlte an verschiedenen Stellen die Rippen.

Sie waren ausnahmslos kalt.

Ungläubig wandte er sich wieder den Räumlichkeiten in seinem Rücken zu, der riesigen Lüge, die über den Betten schwebte und die leeren Regale füllte.

Sogar seine Tasche hatten Finn und der Prinz mitgenommen.

Die Alben, die er auf dem Nachttisch platziert hatte.

Und das Handy natürlich.

Er verstand nichts mehr.

Gar nichts.

In seinem Kopf erhob sich wildes, stummes Tohuwabohu.

Nach einer Weile, in der er nur bewegungslos dagestanden hatte, kristallisierte sich aus dem von Blitzen und Leuchtfeuern illuminierten Nebel eine Frage heraus: Zogen der Prinz und die Schwester das Ding allein durch?

Mattheit legte sich auf alle Teile seines Körpers, drückte ihn nach unten, sodass er nur noch den Wunsch verspürte, sich zu setzen.

Auf der nackten Matratze mit gekrümmtem Rücken hockend, beobachtete er teilnahmslos den trockenen Schnee, den ein Windstoß vom Aluminiumbrett vor dem Fenster aufwirbelte.

Man konnte nicht sagen, dass er verzweifelt war. Er war auch nicht eifersüchtig. Er hatte nichts gegen Finn. Selbst der Prinz war ihm einigermaßen gleichgültig. Es war eher eine grundsätzliche, metaphysische Enttäuschung, die sein Blut, seine Gedanken, seine Empfindungen tränkte.

Er hatte den unabweisbaren Eindruck, dass er sich seit der Minute, in der er die Pension betreten hatte, wieder in einer Welt bewegte, die gar nicht für ihn gedacht war. Nur eine kurze Verschnaufpause war ihm vergönnt gewesen.

Tausend Fragen stoben durch seinen Kopf.

Es fiel ihm schwer, den Verdacht, der sich von Sekunde zu Sekunde verdichtete, als Gewissheit zu akzeptieren. Er konnte einfach nicht glauben, dass die Schwester und der Prinz allein zum Prater aufgebrochen waren, um den Feind abzukassieren.

Immer wieder schüttelte er den Kopf.

Nein … nein … nein …

Laurens wusste nicht, wie lange er auf dem Bettrand sitzen blieb. Er hörte die Wirtin, die zu dieser frühen Stunde längst wach war, immerhin war die Tür zur Pension bereits angelehnt gewesen. Sie schien vom Auszug ihrer Gäste nichts mitbekommen zu haben. Jedenfalls ließ sie sich nicht herbei, um nach dem Rechten zu sehen.

Nervös fuhr er sich mit der Hand durchs Haar.

Seine Lage erschien ihm hoffnungslos, und im Grunde blieb ihm nur eine einzige Rückzugsmöglichkeit.

Er zog seine Stiefel aus, um zur Zimmertür zu schleichen und sie zu verrammeln. So geräuschlos wie möglich schob er einen Stuhl, den er im Vorbeigehen ergriffen hatte, unter die Klinke, um zu verhindern, dass sie sich hinunterdrücken ließ. Wie aus weiter Ferne fühlte er sich an gewisse Tage in Othmarschen erinnert, wenn er exzessiv seinem régime de paresse huldigte.

Diese rätselhafte Welt der Geschwister …

Sachte schloss er jetzt auch die Verbindungstür.

Er zog sich auf sein eigenes Terrain zurück, in seine Separatwelt.

Als Erstes sperrte er den kommenden Tag aus und schloss die Vorhänge.

Anschließend ging er daran, es sich im Innern des Schranks bequem zu machen. Er zog die Schuhe aus und polsterte mit den Plumeaus der Betten die harten Bretter an Boden und Rückwand. Unter seinem Gewicht knarzte und ächzte das Holz verdächtig. Es roch nach ranzigem Rosenöl und Staub.

Von innen zog er die beiden Türflügel zu.

Es wurde dunkel um ihn.

Angespannt wartete er darauf, dass die inwendige Realität seine Fantasie zu nähren anfing.

Doch es geschah nichts.

Der Zauber wirkte nicht.

Er hockte im Schrank und hoffte vergeblich darauf, dass ihn wie früher diese süße und fast närrische Lust überkam, als ob die unmittelbare Zukunft etwas bringen müsste.

Warum kam diese Lust nicht?

Es gab kein Außen mehr, keine Störung. Er gehörte doch ganz sich selbst?

Von der Decke drang wie aus einer höheren Welt das Geräusch von Schritten, die unruhig auf und ab gingen, Schritte, die man einem Mann wie dem Prinzen zutraute, wobei Laurens hätte schwören mögen, dass die Etage, in der sich die Pension befand, die oberste war. Darüber gab es nur den Dachstuhl.

Nach einer Weile trat wieder Stille ein.

Eine Stille, in die sich die gedämpften Geräusche der Straße mischten.

Ratlosigkeit und Verzweiflung stiegen vom Grund seines Innern in ihm auf.

In den folgenden Minuten begann Laurens damit, sinnlose Worte leise vor sich hin zu sprechen, wie er es manchmal als Kind gemacht hatte, um in einen Zustand der Entrückung zu geraten.

Plötzlich veränderte sich sein inneres Klima dramatisch, und er fing an, wie irre mit den Zähnen zu klappern. Vor dem inneren Auge sah er sich ziellos über labyrinthische Treppen und Flure hasten.

Aufgewühlt, mit klopfendem Herzen, trat er mit dem Fuß versehentlich die Schranktüren auf.

Das Quietschen der Angeln und das plötzlich hereinfallende Licht holten ihn mit einem Schlag zurück in die Welt.

In der glasigen Realität, die ihn jetzt umhüllte, wurde ihm klar, dass es für ihn weder ein Vor noch ein Zurück gab. Er saß fest.

Er hatte nur mehr eine einzige Chance.

In Großbuchstaben sah er es vor sich: DER PRATER.

Mit den Fingern umfasste er links und rechts die beiden Schrankhälften und zog seinen Körper in die Höhe.

Am schnellsten war der Vergnügungspark mit der U-Bahn zu erreichen.

Vom Westbahnhof aus.

Das hatte er aus dem Mund des Prinzen.

Und als er wenig später im Waggon durch die unterirdischen Röhren ratterte, die schaukelnde Hand in der von der Decke hängenden Halteschlaufe, auf dem Gesicht das wechselnde Licht, da spürte er, wie von Station zu Station die Wut in ihm anschwoll.

26

Ein Rumpeln durchlief die Konstruktion – und das Riesenrad fing an, bedächtig in die Höhe zu klettern.

Unter Laurens' schnellen, harten Schritten dröhnten die Bretter. Der Schaustellergehilfe an der Rampe, der das Zusteigen der Passagiere überwachte, wedelte mit dem Arm, um den jungen Mann zur Eile anzutreiben.

Laurens verfiel in Trab und schaffte es gerade noch, mit einem Satz in den Waggon zu springen, bevor dieser sich von der Sohle erhob. In seinem Rücken hörte er das Zischen der Automatiktür.

Als er vor einer halben Stunde den Entschluss gefasst hatte, die Schwester und den Prinzen zur Rede zu stellen und seinen Anteil am Lösegeld einzufordern, war er aufgrund seiner Unversöhnlichkeit derart blockiert gewesen, dass ihm der Name des Irrgartens nicht mehr eingefallen war, in dem gemäß der Vereinbarung der Koffer mit dem Lösegeld den Besitzer wechseln sollte.

Doch nachdem er an der Messe angelangt war und aus der U-Bahn kam, wurde ihm bei der Suche nach einer Lösung für das Problem von der Umgebung auf die Sprünge geholfen. Während er nämlich durch Matsch und Schnee auf den Prater zulief, stand ihm die ganze Zeit das Riesenrad vor Augen, das sich mächtig in den eisgrauen Himmel erhob. Laurens konnte gar nicht anders, als den Anblick als Wink zu verstehen. Begünstigt wurde seine Hellsicht von dem Umstand, dass er sich zu entkrampfen begann – nun, da es nichts mehr gab, das ihn aufhalten konnte. Andernfalls wäre er für Hinweise dieser Art schwerlich empfänglich gewesen. Der Druck, der sich die letzte halbe Stunde in ihm aufgebaut hatte, ließ spürbar nach. Doch obwohl ihn der Blick auf die Armbanduhr darüber informierte, dass genug Zeit für einen Abstecher blieb, beschleunigte er den Schritt.

Dass das Spiegelkabinett mit etwas Glück von oben auszumachen sein musste, hielt Laurens für unstrittig. Eine andere Auffassung konnte er sich in seiner Lage auch kaum leisten. Es war ja augenscheinlich, dass die überwiegende Zahl der Vergnügungsgeschäfte sogar tagsüber mit spektakulären Leuchtreklamen für sich warb. Wieso dann nicht auch der Irrgarten? Wenn erst einmal sein Blick so scharf wie der eines Raubvogels über den Rummelplatz glitt, war es eine Frage von Ausdauer und Geduld, bis ihm der entfallene Name irgendwo ins Auge sprang.

Ungebremst nahm er direkten Kurs auf das Riesenrad. Was ihn antrieb, war der brennende Wunsch, den beiden Abtrünnigen das Handwerk zu legen und dafür zu sorgen, dass die Gerechtigkeit im Universum wiederhergestellt wurde.

In Laurens' Kopf ging alles durcheinander. Sein Verhältnis zur Welt war seit den jüngsten Ereignissen völlig ungeklärt. Alles, woran er eben noch geglaubt hatte, war in seinen Fundamenten erschüttert. Finns Verrat nagte an ihm, zerfraß all die lauteren Gefühle, die er zuletzt wieder für sie empfunden hatte. Aber auch mit viel gutem Willen ließ sie sich nicht länger als seine Schwester bezeichnen. Sie war eine Renegatin, und darum waren die Bande zwischen ihnen für immer gelöst.

Äußerlich die Pose des Gleichmütigen einnehmend, was ihn an die Grenzen seiner Kräfte brachte, fürchtete er den Schmerz, dem er von jetzt an schutzlos ausgeliefert sein würde, ausgesetzt dem Wüten interstellarer Winde, taumelnd wie ein Schiff auf hoher See, ohne »Woher« und »Wohin«. Es ging für ihn nur noch darum, nicht zu kentern, keine Havarie zu erleiden.

Es gab keine Verpflichtungen mehr, keine Pakte und Eide, keinen Halt und keine Zukunft, ringsherum gab es nur noch – Feinde.

Kann man sich vorstellen, dass die Zeit voranschreitet, indem sie abwechselnd aus Tatsachen und Einbildungen das Gespinst der Wirklichkeit flicht?

Mit dem Rücken an der Kabinentür verharrend, starrte Laurens ungläubig auf die Gestalt, die sich mit ihm den Raum teilte, als handelte es sich bei ihr um einen erstaunlichen, hölzernen Gegenstand.

Er fühlte sich außerstande, das, was er sah, zu begreifen. Eine Armeslänge entfernt saß der Hauptfeind auf einer Holzbank, brav, demütig wie ein Erstklässler, vor den Knien einen heuchlerisch sachlichen Pilotenkoffer, im Gesicht die gleiche Fassungslosigkeit, die er selbst an den Tag legte, genau wie er an seinen Sinnen zweifelnd und an den erlernten Naturgesetzen.

»Laurens …«

Den eigenen Namen zwar vernehmend, drang das Gehörte doch nicht bis zu ihm durch.

»Wieso haben sie dich gehen lassen …?«

Obwohl ein dumpfes, gleichmäßiges Rattern anzeigte, dass das Riesenrad an Schwung gewonnen hatte, ging die Frage, die nur stockend und leise zwischen den Lippen hervorgekommen war, nicht im Lärm unter.

Ausgesprochen, glühte sie in der Luft wie ein Stück Draht.

Laurens rührte sich nicht. Wie angewurzelt stand er da, steif und unfähig, einen halbwegs klaren Gedanken zu fassen oder wenigstens einen Laut von sich zu geben.

Für den Bruchteil einer Sekunde war er davon überzeugt, verrückt geworden zu sein.

»Und deine Schwester?«

So verstört der Reeder war, so hartnäckig suchte er nach einer Antwort für das Rätsel, das zum Greifen nah vor ihm stand.

Als Laurens den entgeisterten Blick auffing, mit dem der Vater auf sein Erscheinen reagierte, das ungläubige Misstrauen, das sich in ihm spiegelte, da begriff er, dass das Spiel, das die Schwester, er und der Prinz sich im Zug ausgedacht hatten, endgültig vorüber war – die Luft, die sie drei in den vergangenen Tagen geatmet hatten, war faulig geworden.

In einem der Waggonfenster entdeckte er die Positionslichter eines Flugzeugs, das aus den Wolken sank.

Für einen langen, ausgedehnten Moment schämte er sich der eigenen Gegenwart; für die Lügengeschichten, die er und die Schwester dem Feind aufgetischt hatten; dafür, dass er sich nicht in der Gewalt von Entführern befand oder solchen heldenhaft entkommen, sondern unbehelligt geblieben war, feige, trotzig.

Das aschfahle Gesicht des Feindes musternd, erriet er die Fragen, die diesen bestürmten – und hüllte sich in Schweigen.

Je höher der Waggon emporschwebte, desto stärker empfand Laurens wegen des zurückweichenden Bodens die eigene Unbewegtheit. Eine Illusion, die jedoch sein Gefühl der Ohnmacht verstärkte.

Da!

Hat er richtig gesehen?

Für einen flüchtigen Moment ist Laurens irritiert, weil er meint, unten auf dem Platz zwischen all den Menschen Finns Gestalt erkannt zu haben, doch dann dreht das Riesenrad sie wieder aus seinem Sichtfeld.

Er ahnt nicht, dass der Prinz längst über alle Berge und die Gestalt, in der er Finn zu erkennen geglaubt hat, tatsächlich die Schwester gewesen ist. Er ahnt nicht, dass von dem ganzen Abenteuer nichts weiter für ihn zurückbleiben wird als die Einsicht, auf dieser Welt von nun an ganz allein zu sein, von der Mitwelt unwiderruflich getrennt.

Laurens hatte das Gefühl, dass ihm schwindlig wurde, als der Reeder von Neuem anhob und ihn in die Gegenwart zurückriss.

»Ich weiß«, hörte er ihn mit brüchiger Stimme sagen, wobei ihn ein komischer Blick traf.

Der Reeder brach ab.

Nach einer Pause: »Es fällt mir schwer, all die Fehler, die ich gemacht habe, einzuräumen …«

Es war ein neuer, für Laurens' Ohren gänzlich ungewohnter Ton, der da angeschlagen wurde und der ihn zur Vorsicht gemahnte, weil er seinem Verursacher Kalkül unterstellte, Taktik.

Der Feind starrte von seinem Platz aus zu ihm herüber, als wäre er nur zum Prater gekommen, um eine alte Schuld abzutragen, deren Begleichung so lange immer wieder von ihm hinausgeschoben worden war.

Und dann brach es heraus, spülten halb ausgesprochene, halb verschluckte Worte und Sätze nach und nach alles ans Licht, was in namenlosen Nächten wieder und wieder von den Geschwistern bezweifelt, zurechtgerückt und beschworen worden war – Momente aus ihrer Biografie, an die sich Mutmaßungen knüpften und Vorbehalte, und in deren veränderlichen, unberechenbaren Schatten sie herangewachsen waren: das elterliche Zerwürfnis, Carimas mysteriöses Verschwinden, ihr nun eingestandener, offenbarter Selbstmord.

Wieder hatte Laurens den Eindruck, dass ihn Schwindel erfasste, obwohl der Ausdruck »Selbstmord« ihm in seiner Unmissverständlichkeit nicht ganz deutlich wurde. Er stellte sich darunter so etwas vor wie eine ultimative Reise im Schrank.

Seine Hand glitt in den Rücken und tastete nach Halt.

Mehr geschah nicht.

Als er nach langen Minuten der Beichte und des Schweigens die Gestalt auf der Bank erneut fixierte, das wirre Haar, die sichtliche Erschöpfung, den reuevollen Blick, da erkannte er in ihr mit einem Mal den Vater. Er spürte den Stich in seinem Herzen, und er versuchte ihn auszuhalten; versuchte das mit ihm verbundene Leiden und die Lügen anzunehmen; versuchte die Glut, die sich tief in sein Inneres bohrte und ein schmorendes Loch hinterließ, zu ignorieren.

Wie er ihn, seinen Erzeuger, so dahocken sah, die gerundeten Schultern, die Fassade zerstört, mit seinem Latein am Ende, da tat er ihm leid, zunächst, aber bald darauf schon nicht mehr; bald darauf empfand er keinerlei Mitleid mehr mit dieser Kreatur, empfand für sie noch nicht einmal Hass, nur Gleichgültigkeit.

Unter ihm begann sich das Häusermeer auszubreiten, und die Menschen flitzten wie winzige Gestalten über Straßen und Plätze. Man sah die Skelette leer stehender Messehallen; Fabrikschlote, Baukräne und Kirchtürme; das braune Band der Donau, das sich irgendwo im Norden durch die Stadt schlängelte; die braun-graue Kuppel aus Industriedunst und die Autobahn, die den Prater teilte.

Wie gern hätte er seiner Zukunft so etwas wie Kontur und Inhalt verliehen, aber sie erschien ihm nur grau und filzig und bedrückend.

Wenn er noch einmal über die Vorkommnisse der vergangenen Tage nachdachte, packte ihn ein stiller, ungerechter Zorn. Er hätte hier in dieser einsamen, nur mit dem Vater geteilten Höhe laut schreien oder losheulen mögen oder beides zugleich.

Aber er tat es nicht.

Er fand keinen Grund, den er hätte akzeptieren können.

Er stand weiter an der Tür, schwieg und regte sich nicht.

Laurens entdeckte, dass die Augenwinkel des Vaters feucht geworden waren, zwang sich, so unbeteiligt wie möglich den Geschmack zu imaginieren, den das Salz auf den Lippen hinterließ.

»Laurens …«, hörte er ihn sagen. Leise, stimmlos. »Mein Sohn …«

Verlegen sah Laurens durch das Fenster in den Himmel und redete sich ein, dass seine Starre mit den Temperaturen draußen zu tun hatte.

Es war zu spät.

Irgendwo über seinem Kopf tapste ein Vogel umständlich über das Blechdach des Waggons.

Ein Vogel oder Engel, flaumweiches Insekt aus der unmittelbaren Unwirklichkeit.

Von hier oben erschien Laurens alles, auch das eigene Leben, plötzlich sehr weit weg, als stammte es aus einem gänzlich anderen Universum.

Ja, er gehörte nicht mehr zu der Welt unter ihm, er gehörte zu einem anderen Stern, Parsec entfernt.

Sich selbst fremd geworden, als begriffe er erst jetzt, dass ihn die aerostatische Maschine, in der er sich befand, Meter für Meter von dem abbrachte, was einmal sein Leben gewesen war, holte ihn die atavistische Angst ein, zu seiner Vergangenheit und seinem korrodierten Selbstverständnis den Kontakt zu verlieren.

Sein Herz schnürte sich zu.

Doch dann beruhigte er sich wieder. Aus dem Fenster in den bleichen Himmel starrend, weigerte er sich, noch irgendein Ding dieser Welt wahrzunehmen. Er sah nur das Licht selbst, seine Strahlkraft; sah die diffuse, über den gesamten Himmel gleichmäßig verstreute, kalte Helligkeit, als wäre die Zukunft für einen Augenblick durchscheinend geworden; tauchte ein in das gestaltlose Lichttheater, das ihn aus jener Welt löste, die ihn einst gefangen gehalten hatte.

»Sie wartet unten«, sagte er plötzlich in die halbdunkle und knarzende Stille der Kabine hinein.

»Wer?«, kam es von der Bank. »Wer wartet unten?«

»Finn.«

In den nächsten Augenblicken geschah nichts, außer, dass ein nervöses Rattern erklang, wie von Zahnrädern eines überdimensionierten Uhrwerks.

»Ich muss Baladine anrufen. Sie hat sich solche Sorgen um euch gemacht.«

Der Reeder zog sein Smartphone aus dem Mantel.

Laurens starrte ihn verdattert an.

»Sag ihr nicht, dass wir kommen.« Mit einem Ruck drehte er sich vom Vater ab und suchte mit den Augen den Himmel nach der Stelle ab, die verriet, in welcher Richtung der Orient zu suchen war.

»Ich fahre nicht nach Paris. Ich will nach Marrakesch.«

»Zum Cimetière de Bab Ghmat?«, hörte er im Rücken die Stimme des Vaters. »In der Medina?«

»Marrakesch«, murmelte er.

Das war exakt der Moment, wo man unten auf der Erde sah, wie der Waggon, in dem sich diese zwei Menschen aufhielten, Vater und Sohn, den Zenit überschritt, um mit eiserner Konsequenz wieder hinabzusteigen, dem unvermeidlichen Nadir entgegen.

Im Kopf von Laurens blieb unterdessen nur das geisterhafte Echo eines Traums oder einer Erinnerung zurück.

Wer würde er sein, wenn er unten ankam?

Immer dichter rückten die menschlichen Punkte, die geschäftig über den Prater wuselten.

Dann hatte der Waggon die Sohle erreicht.

S. 6, Motto
On se sent plutôt la qu'ici. – Man fühlt sich weniger hier, eher dort.

S. 9
Ne me casse pas les couilles! – Geh mir nicht auf den Sack.

S. 23
Au fond ça m'est bien égal! – Im Grunde ist mir das völlig egal.

Arriviste! – Emporkömmling!

S. 26
Sommes-nous au complet? – Sind wir vollständig (alle zusammen)?

Viens, ma gosse. – Komm, Kleine.

S. 56
To'n pi! = Tant pis! – Dann eben nicht!

S. 73
Es-tu fou? – Bist du verrückt?

S. 89/90

Tous ces moments	All diese Momente
Perdus dans l'enchantement	verloren in der Verzauberung
Qui ne reviendront.	werden nicht wiederkommen.

S. 96
Avoir une longueur d'avance sur quelqu'un. – Jemandem einen Schritt voraus sein.

S. 153
Faites! – Abgemacht!

S. 165
C'est une caricature. – Das ist eine Karikatur.

C'est pour rire. – Das ist zum Lachen.

S. 199
Une demi blonde d'un petit air faussement contrit. – Ein kleines Helles mit aufgesetzt-reumütiger Miene.

S. 204
Voyage autour de ma cellule. – Reise um meine Zelle.

S. 249
Ratés – Versager/Blindgänger

Douceurs – Freundlichkeiten/Gefälligkeiten

S. 276
Putain de merde. – Verdammte Scheiße.

S. 279
Con! – Arschloch!

S. 305
Régime de paresse – Regime der Faulheit

Ich bedanke mich bei der Literaturförderung des Landes Rheinland-Pfalz für den »Martha-Saalfeld-Förderpreis« und bei der Villa Decius, Krakau, für das Aufenthaltsstipendium »Homines Urbani«. Danken möchte ich auch meiner Lebensgefährtin, die mir unzählige Male half, wenn ich nicht weiterwusste, und die die Geduld aufbrachte, all meine Irrwege mit unerschöpflichem Verständnis zu begleiten. Mit ihr stieg ich eines Abends versehentlich in den Zug, der bald darauf mit uns beiden als einzigen Passagieren durch die Nacht rauschte – ohne Halt und ohne dass wir das Ziel gekannt hätten. Julia ist der Roman gewidmet.